Serena Valentino

A história do vilão de A Bela e a Fera

São Paulo
2024

Kill the Beast
Copyright © 2024 Disney Enterprises, Inc. All rights reserved. Adapted in part from Disney's *Beauty and the Beast*.
Published by Disney • Hyperion, an imprint of Disney Book Group.

© 2024 by Universo dos Livros
Todos os direitos reservados e protegidos pela Lei 9.610 de 19/02/1998.

Nenhuma parte deste livro, sem autorização prévia por escrito da editora, poderá ser reproduzida ou transmitida sejam quais forem os meios empregados: eletrônicos, mecânicos, fotográficos, gravação ou quaisquer outros.

Diretor editorial: Luis Matos
Gerente editorial: Marcia Batista
Produção editorial: Letícia Nakamura e Raquel F. Abranches
Tradução: Jacqueline Valpassos
Preparação: Aline Graça
Revisão: Gabriele Fernandes e Tássia Carvalho
Arte: Renato Klisman
Diagramação: Beatriz Borges
Ilustração da capa: Jeffrey Thomas

Dados Internacionais de Catalogação na Publicação (CIP)
Angélica Ilacqua CRB-8/7057

V252g	Valentino, Serena
	Gaston : a história do vilão de A Bela e a Fera / Serena Valentino ; tradução de Jacqueline Valpassos. – São Paulo : Universo dos Livros, 2024.
	320 p. (Coleção Vilões da Disney, vol 11)
	ISBN 978-65-5609-700-8
	Título original: *Kill the Beast*
	1. Ficção infantojuvenil norte-americana 2. Gaston – Personagem fictício I. Título II. Valpassos, Jacqueline III. Série
24-3257	CDD 028.5

Universo dos Livros Editora Ltda.
Avenida Ordem e Progresso, 157 - 8º andar - Conj. 803
CEP 01141-030 - Barra Funda - São Paulo/SP
Telefone: (11) 3392-3336
www.universodoslivros.com.br
e-mail: editor@universodoslivros.com.br

Dedicado com amor a meus leitores incrivelmente gentis e solidários. Eu lhes agradeço de todo o coração. Obrigada.

PRÓLOGO

DO LIVRO DOS CONTOS DE FADAS

Você pode pensar que conhece a história de Gaston. Pode até se lembrar do intrépido autoproclamado herói abrindo caminho pela saga da Fera, flexionando os músculos e projetando seu queixo enquanto enaltecia a si mesmo em canções, como se fosse o rei da terra dos machões-com-covinha-no--queixo. No entanto, às vezes há mais de um vilão em um conto de fadas. E não se engane: tanto Gaston quanto a Fera eram os vilões desta história, mesmo que a Fera eventualmente tenha se redimido.

Alguns até dizem que *nós* é que somos as verdadeiras vilãs que espreitam estas páginas, manipulando os fios do destino e tecendo estas histórias para se adequarem aos nossos próprios desígnios. As bruxas intrometidas, intrigantes e diabólicas de todos estes contos: as Irmãs Esquisitas. E talvez não estejam enganados.

Como autoras do Livro dos Contos de Fadas, podemos dizer com autoridade mágica que este é um livro como nenhum outro. É fluido e está sempre mudando, assim como mudou o destino daqueles cujas histórias narramos. E embora os acontecimentos que moldaram a vida de Gaston e a sua morte no fim tenham acontecido há muito tempo, a nossa narrativa reflete tudo o que ocorreu antes do seu tempo e o que aconteceu desde então. Você pode se perguntar como isso é possível. É simples: vemos as coisas com muito mais clareza em nosso novo lar no Submundo na companhia de Hades. Nós enxergamos tudo. Passado, presente e futuro.

Se você leu a lenda da Fera no Livro dos Contos de Fadas, sabe por que ajudamos a amaldiçoá-lo. Ele era um homem egoísta, vaidoso e cruel que partiu o coração de nossa filha Circe. Falamos filha porque é isso que ela é, mas há muito tempo, na altura desses acontecimentos, mentimos à nossa filha e lhe dissemos que ela era nossa irmã. Nossa irmã mais nova, que protegeríamos a qualquer custo, incluindo fazer amizade com Gaston para nos vingar do príncipe Fera. E embora você possa pensar que conhece o papel que Gaston desempenhou nesses eventos, sempre há mais de uma versão da mesma história. Esta é a versão dele.

Se este é ou não um conto de redenção, depende de você. Trata-se da história de dois meninos que se amavam como irmãos e que mudariam para sempre a vida um do outro.

CAPÍTULO I

IRMÃOS DE SANGUE

Gaston cresceu em um reino pitoresco, com um castelo situado no topo de uma imponente ilha rochosa conectada às terras da propriedade por uma longa ponte de pedra. Era uma construção bela e arquitetonicamente singular, composta de vários níveis – cada qual com patamar e jardim próprios. As torres do castelo, e havia muitas, pareciam chapéus de bruxa pontudos que perfuravam majestosamente o céu. Gaston administrava esse castelo e os terrenos do entorno e, junto ao príncipe daquele reino, passava os dias explorando cada centímetro dali e as vastas florestas da região.

Gaston e o príncipe eram melhores amigos desde que tiveram idade suficiente para se aventurar. Suas mães eram muito próximas e gostavam da ideia de os filhos crescerem juntos, que foi o que aconteceu. Eram meninos incontroláveis, aventureiros e rebeldes, sempre em busca de emoção – e nunca tiveram que procurar muito para encontrá-la. A dupla sempre achava uma forma de se divertir.

Brincavam de procurar as árvores mais antigas e os caminhos mais cobertos de vegetação. Com isso, encontraram construções anexas abandonadas em mau estado e carvalhos escavados que levavam a túneis subterrâneos, e descobriram um cemitério antigo e em ruínas que parecia ter existido lá muito antes de a família do príncipe governar aquela terra. Em alguns dias, passavam horas cavalgando, saltando riachos e cercas, desafiando um ao outro a cavalgar o mais longe possível do reino do príncipe para que pudessem explorar terras estranhas sobre as quais só haviam aprendido através dos livros que encontraram na biblioteca do castelo. Em outros, ficavam perto de casa, debruçados sobre esses livros e sonhando acerca de como seria a vida quando tivessem idade suficiente para fazer o que quisessem.

Uma de suas travessuras favoritas quando estavam no castelo era entrar furtivamente na biblioteca para fuçar todo tipo de livros, incluindo aqueles sobre a história dos Muitos Reinos. Tais obras estavam repletas de ilustrações extravagantes de seres que não eram vistos havia centenas de anos, como os grandes Senhores das Árvores, que outrora governaram todas as terras sobre as quais os Muitos Reinos se encontravam agora construídos. Mal sabiam eles que, não muito tempo depois, os Senhores das Árvores emergiriam novamente, despertando de um longo sono para ocupar seu lugar no mundo mais uma vez.

O bibliotecário do castelo, Monsieur Biblio, era um homem rabugento e enfadonho, bastante rigoroso quanto ao fato de os livros nunca saírem da biblioteca, embora por direito as obras pertencessem ao príncipe – ou, pelo menos, fossem pertencer um dia. Monsieur Biblio guardava os livros como um dragão ganancioso protegendo seu tesouro, às vezes até rosnando e resmungando se descobrisse que faltava algum deles. Os dois meninos concordavam que Monsieur Biblio parecia mais uma toupeira do que um dragão. Ele era um homem atarracado, com uma cabeça muito redonda e calva, e olhinhos que eram ampliados pelos óculos grossos. Gaston e o príncipe gostavam de brincar de entrar furtivamente na "Cova do Dragão", como chamavam a biblioteca, desafiando um ao outro a entrar enquanto Monsieur Biblio cumpria seus deveres. Às vezes, o príncipe entrava sob o pretexto de fazer uma pergunta a Monsieur Biblio, geralmente sobre um assunto que sabiam que interessava ao bibliotecário de maneira especial e sobre o qual poderia falar sem pressa. Os meninos observaram que Monsieur Biblio estava intrigado, em particular, com a história e a construção dos vários castelos nos Muitos Reinos. E sentia-se notavelmente atraído pelos diversos protocolos que regiam a vida doméstica em cada um desses castelos. Mas seu interesse especial, o que mais ocupava seu tempo, era aprender sobre os guardiões de livros que vieram antes dele e como administravam bibliotecas. A pessoa comum, não por culpa própria, pode não perceber que a esfera de ação do bibliotecário real ia muito além da proteção dos tomos régios. Esse profissional era o que mais conhecia a casa, seus bens e aqueles que haviam vivido dentro de suas muralhas ao longo dos tempos. Ademais, era historiador. Assim, tudo o que o príncipe precisava fazer era perguntar a Monsieur Biblio sobre a casa, ou sobre quem era o retratado em determinado quadro, e o homem tagarelava sem parar – o que dava a Gaston a oportunidade de entrar furtivamente e colocar alguns livros na mochila. Depois, os meninos riam, satisfeitos por terem enganado mais uma vez o velho e enfadonho Monsieur Biblio, e levavam seus tesouros ilícitos para a casa na árvore, onde não seriam incomodados.

Não havia praticamente nada que Gaston e o príncipe amassem mais do que colocar as mãos em livros magníficos cheios de emocionantes histórias de aventuras. Gaston adorava olhar os desenhos enquanto o príncipe lia em voz alta as páginas. Às vezes, passavam horas lendo um dos preciosos tomos de Monsieur Biblio, escondidos na casa na árvore que o pai de Gaston construíra para eles, não muito longe do chalé onde o garoto morava com o pai. Este era o único adulto que sabia sobre a casa secreta na árvore – já que aqueles que moravam no castelo raramente visitavam o chalé – e prometeu que nunca contaria a ninguém. O esconderijo era tudo o que os meninos poderiam desejar, com grandes janelas redondas e um alçapão que podiam fechar quando estivessem lá dentro. O local ficava enfiado no alto dos galhos fortes de um venerável e maciço carvalho e, à noite, parecia aos meninos que estavam entre as estrelas. Eles tinham almofadas para se sentar e pilhas de livros da biblioteca para desfrutar, cercados pelas coisas interessantes que haviam encontrado em suas aventuras. Era o lugar secreto deles. Um mundo onde só existiam os meninos e suas histórias.

– Que livro você lerá para nós esta noite? É sobre dragões? – perguntou Gaston, jogando suas espadas e escudos de madeira em um canto da casa na árvore.

Ainda vestiam os trajes de cavaleiros da aventura do início do dia. Haviam corrido pelas catacumbas abaixo do castelo, em busca de dragões. Claro que não encontraram nenhum dragão de verdade, mas se divertiram muito matando essas criaturas em sua imaginação.

Depois de um dia matando dragões, eles se acomodaram, deitando-se juntos em uma montanha de almofadas que haviam levado do castelo, decididos a mergulhar nas páginas de um de seus livros favoritos. Felizmente, ninguém parecia notar as várias coisas que desapareciam do castelo e que acabavam na casa na árvore. (Isto é, afora os livros que eles surrupiavam da biblioteca.)

– É outra história sobre a Floresta dos Mortos – disse o príncipe, segurando um livro velho e grosso chamado Livro dos Contos de Fadas.

– São as minhas favoritas! Espero que haja uma batalha com todos aqueles soldados mortos!

– E há! É sobre Sir Jacob, lembra dele? Esta história é sobre sua jornada antes de morrer e como ele passou a servir as Rainhas dos Mortos.

– Ah, uau! Sempre me perguntei como ele foi parar lá. – Gaston ficava imaginando como Sir Jacob havia sido em vida. Esperava que houvesse uma boa descrição dele. Gaston adorava o Livro dos Contos de Fadas. Tinha tudo o que ele mais gostava: contos emocionantes imersos na história dos Muitos Reinos. E é claro que não fazia mal algum haver vários contos envolvendo dragões, gigantescas árvores falantes, soldados mortos-vivos, bruxas e magia.

– Você acha que poderíamos ir para a Floresta dos Mortos um dia, Reizinho?

– Não, a menos que você queira se tornar um dos soldados mortos-vivos de Jacob – respondeu o príncipe com uma risada. – Mas podemos ir para o reino Morningstar. É uma longa viagem, porém não tão longa a ponto de não voltarmos antes do jantar se sairmos bem cedo.

– Você acha que nossos pais nos deixariam ir?

– Não vamos dar a eles a chance de dizer não. – Gaston adorava isso no amigo. O príncipe estava sempre disposto a se aventurar, sem se importar com as regras. Se ele fosse o tipo de príncipe que seguisse regras, os dois não seriam amigos e não fariam tantas travessuras. Nem teriam todos os tesouros que coletaram em suas muitas aventuras.

Alguns desses tesouros eram aparentemente prosaicos, como pinhas de aparência interessante, ou pedras de cores vivas, ou bolotas com símbolos estranhos gravados nelas. Também tinham penas de corvo, pedaços de lápides do cemitério e pequenos ossos que encontraram no chão da floresta. Por menor que fosse, cada tesouro contava uma história diferente, uma lembrança da aventura vivida naquele dia. Mas o seu tesouro mais valioso era a pequena faca de caça usada para cortar a palma das mãos para que pudessem se tornar irmãos. Não havia nada de mágico nisso, é claro; nenhum deles sabia dessas coisas, exceto pelas histórias de fadas que o príncipe lia em voz alta de vez em quando. Só queriam ser irmãos, e isso era a coisa mais próxima de serem irmãos de verdade que conseguiam imaginar.

Serem irmãos de sangue.

Se dependesse de Gaston e do príncipe, ficariam na casa na árvore o dia todo e até tarde da noite, debruçados sobre seus livros mais queridos e discutindo as histórias fantásticas que descobriam. E às vezes ficavam, até que o pai de Gaston os chamava para lembrar ao príncipe que deveria voltar para casa e jantar ou ter aulas com o tutor, o Senhor Willowstick. Gaston normalmente acompanhava o príncipe de volta ao castelo, onde se separavam: o príncipe ia para o salão de jantar, e Gaston ia visitar a Senhora Potts na cozinha ou na sala de estar dela. Quando o jantar acabava, os dois partiam para outra aventura, com os bolsos cheios de guloseimas que a Senhora Potts lhes dava.

Um de seus outros passatempos favoritos era esgueirar-se por partes do castelo que eram proibidas. Dizer a qualquer um deles que algo não era permitido era como lhes dar uma ordem direta para procurar aquela coisa e descobrir seus segredos. Passavam incontáveis horas vagando pelas catacumbas sob o castelo e explorando suas muitas passagens secretas.

Encontraram até painéis escondidos que conduziam a passagens entre as paredes do castelo que os levavam diretamente às cozinhas do porão, que na verdade não eram segredo algum, pois eram bem conhecidas dos funcionários, sendo uma passagem mais direta para os criados, a fim de que pudessem levar as refeições para o salão de jantar e cumprir outras tarefas sem perturbar a família real. Mas os rapazes tinham inventado outras razões para essas passagens secretas, histórias malucas que alimentavam a sua imaginação, proporcionando-lhes intermináveis horas de diversão. Ambos adoravam se esconder atrás das portas secretas e sair quando ouviam alguém do outro lado para assustar o infeliz transeunte, embora tomassem cuidado especial para não fazer isso com o Senhor Cogsworth. Nenhum dos meninos queria dar ao Senhor Cogsworth um motivo para ficar zangado com eles. Ou, mais precisamente, ainda mais razões para ficar zangado com Gaston, porque o Senhor Cogsworth parecia estar sempre num estado de desaprovação no que dizia respeito a Gaston.

O mesmo não acontecia com a governanta-chefe, a Senhora Potts, ou com a maioria dos outros empregados; todos pareciam amar Gaston e estavam felizes em deixar os meninos se divertirem, até permitindo que Gaston e o príncipe acreditassem que tinham feito uma nova descoberta quando apareceram inesperadamente na cozinha, fingindo ser ghouls e depois implorando por guloseimas, que a Senhora Potts sempre tinha à mão quando os garotos entravam saltando em sua sala de estar ou cozinha.

Quase todos os servos tratavam Gaston e o príncipe como se fossem irmãos. Não que *fossem* irmãos, veja bem, mas tinham mais ou menos a mesma idade e, sendo tão bons amigos, estavam sempre na companhia um do outro. E haviam declarado que eram irmãos de sangue, afinal de contas, e quem lhes diria o contrário?

O pai de Gaston, Grosvenor, era o guarda-caça do rei e caçador real. Era sua função supervisionar os cavalariços que cuidavam dos cavalos e dos cães, e supervisionar aqueles que cuidavam dos terrenos e da floresta que cercavam o castelo. Mas o mais importante é que ele organizava as caçadas reais para o rei e seus vários convidados da nobreza.

E, embora de dia Gaston percorresse o castelo de cima a baixo, à noite ele voltava para casa, para o chalé de pedra onde morava com seu pai, longe da agitação do castelo, como Grosvenor preferia. O homem nem sempre se contentara em ficar escondido no chalé; era muito sociável com os outros funcionários. Mas, hoje em dia, preferia a própria companhia à de qualquer outra pessoa, isto é, exceto a de Gaston, a quem amava profundamente.

Gaston também amava o pai, mas a vida com ele podia ser solitária no chalé na floresta. Grosvenor era um bom homem que se orgulhava de seu trabalho e fazia questão de ensinar seu ofício ao filho. Era um pai gentil e amoroso, mas Gaston sentia que havia uma ferida profunda no coração do caçador, uma ferida secreta que servia de proteção e que às vezes lhe causava grande melancolia. Grosvenor ficava sentado por horas na parte de fora do chalé, apenas olhando para o céu estrelado. Gaston era sempre bem-vindo para se juntar ao pai na cadeira ao lado da dele, e ocasionalmente se sentavam juntos em silêncio, observando as estrelas piscarem contra a cortina escura da noite. O menino sabia quem assombrava os pensamentos do pai: sua mãe.

A mãe de Gaston, Rose, morrera quando o filho era muito jovem. Ele não tinha lembranças de verdade dela, apenas as histórias que os criados e o pai lhe contavam, e parecia que ela era amada por todos que a conheceram. E, embora fosse muito amigável com os outros criados, Rose era particularmente próxima da Senhora Potts. As duas tornaram-se amigas quando foram trabalhar no castelo como jovens empregadas de salão. Juntas, subiram na hierarquia: a Senhora Potts tornou-se governanta-chefe e Rose, atendente pessoal da rainha e dama de companhia. Ambas estavam sempre juntas quando não se encontravam no cumprimento de seus deveres e foram madrinhas de casamento uma da outra. Naquela época, Grosvenor e Rose faziam suas refeições na casa-grande (que era como chamavam o castelo) com os demais criados e, juntos, compartilhavam como havia sido o dia de cada um, rindo dos relatos e às vezes ficando acordados até altas horas para curtir a companhia um do outro. E assim foi, até Rose morrer.

De acordo com a Senhora Potts, as pessoas só tinham boas recordações de Rose, e todos na casa, dos patrões à criadagem, ficaram com o coração partido quando ela morreu. Falavam de como a rainha entrou em um lamentável estado de luto assim que Rose foi tirada deles tão inesperadamente, e insistiu que a mãe de Gaston fosse enterrada na propriedade, para que pudesse visitar o local de descanso de sua amiga, muitas vezes levando ela própria flores para o túmulo de Rose. Ninguém contava a Gaston como sua mãe morrera, e ele sabia que fora de modo trágico, porque sempre se falava do assunto em voz baixa, com expressões faciais angustiadas. Mas havia uma única coisa de que Gaston tinha quase certeza: o rosto de seu pai trazia as cicatrizes do que acontecera naquela noite, e o menino sabia que elas não eram nada se comparadas às cicatrizes no coração de Grosvenor. Então, Gaston entendia por que seu pai às vezes passava horas em silêncio e por que gostava do isolamento de sua casinha de pedra na floresta.

Com a morte da mãe de Gaston, os outros adultos da vida do menino se uniram em torno dele. Embora as responsabilidades do pai de Gaston para com a coroa fossem grandes, e muitas vezes ele caísse em uma melancolia silenciosa sem aviso-prévio, o homem sempre arranjava tempo para Gaston, tomando cuidado especial para mostrar ao filho tudo o que ele precisaria saber para que um dia Gaston pudesse ocupar seu lugar como o caçador real. Era uma boa posição, especialmente para alguém que adorava caçar e se aventurar ao ar livre. E, ainda que Gaston compartilhasse esse amor com o pai e o respeitasse, assim como sua posição, o garoto queria mais. Queria aprender a ler e a escrever, e queria aprender sobre o mundo e suas histórias. Queria a mesma educação que o príncipe recebia. Ficava feliz quando o príncipe lia histórias para ele, mas queria lê-las ele mesmo. Quando compartilhou isso com seu amigo, o príncipe insistiu que Gaston se sentasse com ele nas aulas, mas seu tutor, o Senhor Willowstick, recusou, dizendo que Gaston seria apenas uma distração. E no momento em que Gaston perguntou ao pai se ele poderia frequentar a escola da aldeia, o pai disse que não via razão, já que Gaston tinha muito que aprender para se tornar o caçador real. Com o passar do tempo, Gaston desistiu de perguntar ao pai se poderia frequentar a escola e aprendeu o que pôde com os livros que ele e o príncipe aproveitavam juntos, mas isso sempre o fazia sentir como se estivesse faltando alguma coisa. E esse era mais um exemplo de como ele não era de fato igual ao príncipe, não importava o quanto o príncipe insistisse que era.

Desde a morte de Rose, a Senhora Potts passou a ter um interesse especial por Gaston. A Senhora Potts o adorava e estava sempre lá para oferecer conselhos ou ralhar balançando o dedo negativamente, a depender da situação. Gaston era bem-vindo à sala de estar da Senhora Potts, onde ela passava a maior parte do tempo executando diversas tarefas. Quando não estava em sua sala de estar, supervisionava o pessoal da cozinha e as criadas, ou fazia companhia ao Chef Bouche enquanto ela mesma cozinhava um pouco, atividade que era um de seus passatempos mais queridos.

Cogsworth, que era um pouco mais sisudo, não aprovava que Gaston zanzasse pelo castelo. Na maioria das vezes, se estivesse estalando a língua em desaprovação ou resmungando, era sobre Gaston, especialmente quando ele e o príncipe corriam para o castelo depois de uma de suas aventuras com botas enlameadas. Cogsworth nunca perdia a oportunidade de lembrar a Gaston que ele não deveria entrar pela porta da frente, mas sim pelos fundos, por onde os servos acessavam o local. O príncipe sempre gesticulava para o Senhor Cogsworth sair, dizendo que esse tipo de coisa não importava, mas era o trabalho de Cogsworth, afinal, manter os padrões da casa, e um desses padrões era garantir que Gaston conhecesse seu lugar. Ou pelo menos era assim que o Senhor Cogsworth via as coisas. No frigir dos ovos, Gaston era filho de um servo, e os servos entravam no castelo pelos fundos. E, embora o rei e a rainha não parecessem se importar com a amizade do filho com Gaston, o Senhor Cogsworth deixava claro que sentia que era uma amizade que não poderia durar até a idade adulta. Havia histórias, claro, de aristocratas e seus servos desafiando a grande separação de classes e tornando-se verdadeiros amigos, mas eram raras. E, mesmo que já houvesse tido uma amizade tão milagrosa em sua própria casa entre a rainha e a mãe de Gaston, Rose, o Senhor Cogsworth ainda desaprovava tais coisas.

Quando Rose estava viva, a rainha insistiu, após o nascimento de Gaston, que ele fosse cuidado no infantário do castelo durante o dia, em vez de Rose encontrar alguém da aldeia para vigiá-lo enquanto ela cumpria seus outros deveres. A própria rainha esperava um bebê para breve, e as duas mulheres adoraram a ideia de seus filhos crescerem juntos.

O Senhor Cogsworth não aprovava nem um pouco essas ideias. Veja, ele era das antigas. Não o que se poderia chamar de modernista, mas havia pouco que pudesse opinar quando era isso que a própria rainha desejava.

Os modos um tanto rígidos do Senhor Cogsworth ocasionaram várias discussões ao longo dos anos entre ele e a Senhora Potts, discussões bastante *barulhentas*, que muitas vezes faziam os outros servos se espalharem em todas as direções, especialmente quando a Senhora Potts começava a atirar xícaras de chá em frustração.

Certo dia, quando os meninos tinham cerca de sete anos, Cogsworth e a Senhora Potts expulsaram todos da cozinha com mais uma de suas altercações. Ela estava ali, revisando o cardápio com o Chef Bouche enquanto cozinhava um pouco, quando o Senhor Cogsworth irrompeu no recinto batendo os pés e resmungando. A Senhora Potts passava a maior parte do tempo na cozinha quando não estava na sala de estar cuidando de seus outros afazeres. Ela gostava da companhia do Chef Bouche e das criadas da cozinha, e da agitação dos lacaios entrando e saindo contando piadas. Até gostava quando o Senhor Cogsworth vinha para uma conversa ou uma xícara de chá, mas dava para ela notar, pela expressão no rosto dele naquele dia, que o mordomo não estava de bom humor.

— Não sei quantas vezes já tive que mandar aquele menino Gaston passar pela entrada dos empregados! Você deveria ver a lama que ele deixou no vestíbulo. Como se todos nós não tivéssemos trabalho suficiente nos preparando para o retorno do rei e da rainha de suas viagens.

O bigode do Senhor Cogsworth tremia de frustração, e a Senhora Potts balançou a cabeça e suspirou enquanto continuava a preparar biscoitos. A rigor, cozinhar não era uma das funções da Senhora Potts. Ela era a governanta-chefe. Era a segunda em comando depois do Senhor Cogsworth, porém tratava-se mais de uma parceria, ou pelo menos era assim que ela enxergava as coisas. O fato é que gostava de cozinhar e, em vez de aumentar as funções do Chef Bouche, pedindo-lhe que preparasse guloseimas extras para o príncipe, Gaston e seus próprios filhos, que eram muitos, ela mesma fazia isso, porque praticamente não havia nada que amasse mais do que agradar às crianças.

— E suponho que o príncipe não tenha trazido nem um pouco dessa lama nos pés. — A Senhora Potts afastou uma mecha de cabelo que havia conseguido escapar de sua touca enquanto pressionava a massa com um grande cortador de biscoitos no formato de um navio pirata, levantando uma sobrancelha para o Senhor Cogsworth.

— Ele é o príncipe. Ele pode enlamear o que quiser, onde quiser. Gaston é filho de um servo!

Cogsworth sempre assumia essa postura. A seus olhos, o príncipe nunca fazia nada de errado. Já em relação a Gaston, a história era outra.

— Por que você sempre tem que colocar o pobre garoto no lugar dele, Senhor Cogsworth? Coma um dos biscoitos que fiz para os meninos, talvez isso o deixe menos mal-humorado — disse ela, sorrindo para o colega.

— É revigorante saber que você acha que Gaston tem um lugar, Senhora Potts! Você trata esses meninos como se fossem irmãos. Percebe que não está fazendo nenhum favor a Gaston, tratando-o como se ele fosse igual ao príncipe?

— Eles se amam como irmãos, Senhor Cogsworth, e por que não deveriam? Você não conseguiria separar aqueles garotos nem se tentasse.

— E eu não sei disso?! E como você acha que vai ser quando ambos crescerem e Gaston for o guarda-caça aqui? – argumentou o Senhor Cogsworth. A Senhora Potts supôs que ele pudesse estar certo em circunstâncias diferentes, com meninos diferentes. Mas ela conhecia aqueles dois melhor do que o Senhor Cogsworth. Ela conhecia seus sentimentos.

— Gaston será o caçador real, Senhor Cogsworth, e o rei e a rainha não parecem se importar com a amizade deles, então não vejo por que você deveria fazer isso.

— O rei e a rainha estão ocupados demais para perceber. – O comentário pegou a Senhora Potts de surpresa. Esse tipo de coisa nunca era falado em voz alta, mesmo que do ponto de vista dos servos parecesse ser o caso. O rei e a rainha estavam frequentemente ausentes e, quando estavam no castelo, ficavam ocupados demais para passar tempo com o filho. Mas a Senhora Potts sabia que a rainha amava o príncipe e tinha um interesse especial por Gaston, e que estava satisfeita com o fato de os dois serem amigos.

— Bem, eu lhe digo para deixar isso para lá, Senhor Cogsworth. Apenas deixe-os em paz. Pense em quão solitário o príncipe ficaria sem Gaston. Pense nos problemas que ele teria sem a amizade de Gaston, especialmente com gente como você dizendo que ele pode fazer e dizer o que quiser. E daí se eles continuarem amigos quando crescerem? Que mal isso causará? Você sabe como a rainha era próxima da mãe de Gaston. Ela a amava como uma irmã.

— Não importa o quanto a rainha amasse Rose, ela ainda era serva da rainha, e Rose conhecia seu lugar. Até eu, mordomo desta grande e respeitada casa, conheço meu lugar. E, como tal, cabe a mim ficar de olho no príncipe – esclareceu ele com as mãos nos quadris, numa postura desafiadora, e falando com ênfase. A Senhora Potts sabia que, quando o Senhor Cogsworth colocava as mãos nos quadris, estava tenazmente obstinado. Não havia como abalar sua determinação.

— Bem, fique de olho nele do seu jeito, e eu farei o mesmo do meu – disse ela, entregando uma assadeira coberta com biscoitos em formato de navio pirata para uma das empregadas da cozinha levar ao forno.

— Enchendo-os de guloseimas e tratando os dois como pequenos príncipes, sem dúvida – resmungou o Senhor Cogsworth.

— E daí se eu fizer isso?! Agora, vá embora! É melhor você subir e se certificar de que tudo está pronto para o retorno do rei e da rainha. Já tenho o bastante com que me preocupar administrando o banquete de boas-vindas com o Chef Bouche sem que você venha aqui e espante todo mundo para fora da cozinha. – A Senhora Potts podia ouvir sua voz aumentando o tom como uma chaleira prestes a ferver. E não era de admirar, com o Senhor Cogsworth tagarelando e sendo, na opinião dela, um considerável esnobe.

– Bem, então, se você vir o príncipe, diga-lhe que espero que ele esteja lá embaixo para saudar seus pais quando chegarem, *sem* Gaston a reboque!

– Tique-taque, Senhor Cogsworth! O rei e a rainha estarão aqui antes que você perceba! – advertiu a Senhora Potts, apontando para o relógio.

Com uma contração do bigode, o Senhor Cogsworth virou-se e saiu da cozinha. Parecia um general em guerra, a caminho para proteger as ameias. Quando ele se foi, a Senhora Potts pôde ouvir sons de risadinhas e pés arrastados por trás do painel oculto que levava à passagem que ligava a cozinha ao salão de jantar. Perguntou-se quanto da conversa eles teriam ouvido.

– Vocês podem sair agora, meninos, ele já foi – disse ela, sorrindo-lhes enquanto saíam de trás do painel escondido na parede. – Suponho que tenham ouvido tudo o que ele disse, não foi? Bem, só para deixar claro, amo vocês dois da mesma forma. Não deem ouvidos ao velho e enfadonho Senhor Cogsworth. Não percam tempo pensando nele, entenderam? – Ela olhou para Gaston, que parecia um pouco triste. A Senhora Potts ficava com o coração partido ao vê-lo desanimado, e sempre fazia o possível para tirá-lo desse estado de espírito. Fora uma promessa que fez a si própria quando a mãe de Gaston morreu, de que cuidaria dele como se fosse um de seus filhos.

– Eu não me importaria se Gaston fosse meu irmão – comentou o príncipe, radiante e orgulhoso ao lado do amigo. Que dupla formavam, ambos cobertos de lama por causa de suas aventuras. Ambos tão dedicados um ao outro.

— Eu sei que não se importaria, querido, você é um menino doce – disse a Senhora Potts, sorrindo para o príncipe. – E suponho que vocês estivessem brincando de cavaleiros na floresta? Matando uma criatura ou outra, talvez um monstro de lama?

— Todo mundo sabe que monstros de lama não existem, Senhora Potts! Não, estávamos caçando dragões no...

— Gaston, shh! – o príncipe apressou-se em interrompê-lo, dando-lhe uma cotovelada nas costelas. – Não revele todos os nossos segredos. – O príncipe muitas vezes fazia a Senhora Potts rir. A ideia de que pudessem esconder qualquer coisa dela era cômica.

— Acha que não sei tudo o que vocês, meninos, fazem? Deixe para lá; você ouviu o Senhor Cogsworth: suba e prepare-se para cumprimentar seus pais. Não vou deixá-lo coberto de lama quando eles chegarem. Tomem... – Ela entregou a cada um dos garotos um biscoito coberto com um bocado de algo desagradável que parecia ser glacê.

— O que é essa coisa cinzenta? – perguntou Gaston, olhando para o biscoito e cheirando-o com desconfiança.

— Experimente, querido. São apenas biscoitos esfarelados misturados com pudim e creme. Juro que está delicioso – assegurou ela, colocando mais cobertura em tigelas de pudim, prevendo que eles iriam querer mais.

O príncipe mastigou seu biscoito, parecendo concordar com a descrição da Senhora Potts, e alegremente aceitou a tigela que a mulher lhe ofereceu.

— Vamos, Gaston, prove, é realmente uma delícia. – O príncipe pegou um bocado da substância cinzenta da tigela com o dedo e cutucou Gaston com o cotovelo. – E então poderemos voltar para nossa casa na árvore – acrescentou, sorrindo.

– Vou manter Gaston aqui comigo para tomar um chá, querido. Vá agora e prepare-se para a chegada dos seus pais. – A Senhora Potts, que, ao contrário do Senhor Cogsworth, nunca fazia cerimônias, não se preocupou em chamar o príncipe por seu título real. O príncipe não pareceu se importar, mas ficou mal-humorado porque ela não o deixou escapulir com Gaston para a casa na árvore, em vez de ficar apresentável para seus pais. – Tome, pegue isso – ofereceu ela, dando-lhe uma pilha de biscoitos embrulhados em um pano para levar consigo e um beijo na bochecha. Depois que o príncipe saiu da sala, a Senhora Potts segurou a mão de Gaston. Estava claro que algo o estava incomodando.

– Qual é o problema, querido?

– Eu gostaria que fôssemos irmãos – respondeu ele com um grande suspiro.

– Vocês são irmãos em seu coração, querido. E isso significa ainda mais do que compartilhar os mesmos pais – afirmou ela, erguendo gentilmente o queixo do menino com a mão para que os olhos dele encontrassem os dela.

– Mas e se o Senhor Cogsworth estiver certo? E se o príncipe não quiser ser meu amigo quando formos mais velhos?

– Sei no fundo de meu coração que ele vai querer ser seu amigo, querido. Eu prometo. Vamos, anime-se. Enviei uma mensagem a seu pai dizendo que vocês dois deveriam se juntar a nós no salão dos empregados para jantar esta noite – disse ela, percebendo que o Chef Bouche caminhava em direção a eles.

– Sério? Isso é permitido? – perguntou Gaston.

— Claro que é permitido, meu garoto! – respondeu o Chef Bouche. – E teremos um banquete magnífico para comemorar. Já se passaram muitos anos desde que seu pai se juntou a nós para jantar. – Ele deu tapinhas no ombro de Gaston.

— Mas o Senhor Cogsworth não se importará? – Gaston questionou.

— Deixe o Senhor Cogsworth comigo, querido – respondeu a Senhora Potts. – O jantar sairá tarde esta noite, só depois de servirmos o jantar lá em cima. Tome... – Ela lhe entregou um prato de sanduíches. – Coma isso com chá antes de ir. Não quero que fique com fome esperando tanto tempo antes do jantar.

— Obrigado, Senhora Potts – disse Gaston, perguntando-se o que ele havia feito para merecer tamanha sorte.

Depois do chá e dos sanduíches, Gaston atravessou a passagem entre as paredes do castelo. Ele imaginou que fosse encontrar o príncipe ali, aguardando por ele, decidindo que não ia cumprimentar os pais. Gaston até deixou alguns sanduíches de lado caso o amigo quisesse beliscar alguma coisa antes de ser obrigado a comer a comida chique que serviam no salão de jantar. Para decepção de Gaston, o príncipe não esperava por ele no corredor, mas ele concluiu que seu amigo realmente fizera o que lhe foi dito e agora estava se preparando para o retorno dos pais. Então, Gaston terminou ele mesmo os sanduíches enquanto caminhava pelo corredor.

Desejou que o príncipe estivesse com ele. Os dois adoravam esses lugares secretos e os conheciam de cor. Gaston escolheu o caminho que ia dar em um túnel conduzindo às terras que rodeavam o castelo sem precisar cruzar a ponte. Atravessou a floresta, que ficava bastante bonita naquela hora do dia. Era o momento em que a noite e o dia se encontravam, tornando o céu laranja e fazendo com que as árvores e construções se assemelhassem a recortes em papel preto. O cemitério parecia saído das páginas de um livro pop-up de que Gaston se lembrava da época em que ele e o príncipe eram crianças no infantário. Não parecia real, com suas lápides, mausoléus e árvores retorcidas delineadas contra o céu perfeito demais. Não parecia real que aquele fosse o lugar onde sua mãe estava sepultada. Sua mãe nada mais era do que histórias para ele. Como o personagem de um livro ou de um dos contos de fadas que o príncipe lia para ele. Gaston supunha que a amasse, tanto quanto qualquer um poderia amar alguém que não conhecia, mas desejava mais do que tudo tê-la conhecido, não apenas por si próprio, e sim por seu pai, porque sabia que Grosvenor a amava e sentia falta dela de todo o coração. Enquanto estava parado ali, observando o dia se transformar em noite, acompanhando as mudanças de luz e as sombras dos galhos das árvores se estenderem pelo cemitério, perguntou-se como teria sido a vida se sua mãe tivesse sobrevivido. Ou como teria sido se ele e o príncipe fossem de fato irmãos. Pensou nisso enquanto continuou caminhando para casa através da floresta que conhecia bem até que finalmente chegou ao chalé de pedra onde morava com o pai.

Era um belo chalé, na verdade. Mais espaçoso do que a maioria dos chalés da propriedade. Seu pai explicara que eles haviam recebido acomodações tão grandiosas pelo tanto que sua mãe era amada antes de falecer, mas parecera a Gaston (mesmo em uma idade tão tenra) que seu pai nunca enxergara verdadeiramente o próprio valor. Mesmo que seu pai fosse *o melhor* em tudo. Ele era o melhor caçador, perseguidor e rastreador. Sabia o nome de todas as árvores, flores e arbustos. Sabia quais plantas, cogumelos e frutas eram venenosos e quais poderiam ser ingeridos, assim como o nome de todas as criaturas, incluindo as diferentes espécies de pássaros que habitavam a vasta floresta, da qual ele era o guarda-caça. E sabia cuidar de animais doentes, coisa de que Gaston particularmente se orgulhava, porque admirava o amplo conhecimento e experiência do pai no que dizia respeito aos cuidados com os bichos. Ele era conhecido por levar para casa uma criatura ferida de vez em quando, cuidando dela para recuperá-la ou ficando acordado a noite toda com os cavalariços tratando de um cavalo ou cachorro doente ou ferido. Gaston achava o pai um grande homem. Porém não acreditava que Grosvenor tivesse noção da própria grandeza. Ele não percebia que era o melhor. Mas também, se tivesse noção, não seria a mesma pessoa. E Gaston amava seu pai do jeito que era.

Quando Gaston chegou ao chalé, viu fumaça saindo da chaminé de pedra. Seu pai provavelmente estava sentado perto do fogo, já instalado de modo confortável em sua poltrona favorita. Gaston esperava chegar lá antes dele, para que o pai não tivesse tempo de se preparar para passar a noite. Seu pai trabalhava duro e, quando retornava para casa, ficava feliz por estar ali, feliz por simplesmente se instalar junto ao fogo e relaxar. Gaston se perguntou quão alegre ele ficaria ao saber que faria uma excursão ao castelo naquela noite.

— Ouvi dizer que vamos jantar na casa-grande esta noite. Isso é obra sua? Você conseguiu um convite da Senhora Potts? — indagou o pai quando Gaston entrou em casa. Como Gaston suspeitava, seu pai já estava sentado ao lado da grande lareira de pedra em sua poltrona de madeira favorita, com a mão pendurada para acariciar distraidamente sua gata de pelagem escaminha, que descansava na almofada ao lado do pai de Gaston.

– Não, papai, ela acabou de me contar – respondeu o menino, notando a gata piscando lentamente seus grandes olhos amarelos para ele. – Vejo que você voltou para casa – disse, ajoelhando-se para coçar o queixo da bichana. – O que você andou fazendo enquanto esteve fora por tanto tempo, eu me pergunto.

– Ah, você sabe como ela é. É como você, Gaston, sempre metida em aventuras. E assim como faço com você, nunca me preocupo que ela não volte para casa, não importa quanto tempo fique fora – declarou o pai de Gaston com um sorriso. – Agora, suponho que ambos tenhamos que tomar banho e nos vestir adequadamente para esse grande evento?

– Não é um evento, papai. É apenas um jantar com os funcionários internos – explicou Gaston, esperando que seu pai não resmungasse e acabasse recusando o convite da Senhora Potts.

– Prefiro jantar em minha própria casa, Gaston. Estou confortável aqui. Mas imagino que seja solitário ter apenas a companhia de seu velho pai todas as noites, não é?

– Eu não diria isso.

– Talvez não para mim, mas suponho que tenha dito à Senhora Potts.

– Não vai ser tão ruim, vai, papai? Ouvi dizer que você jantava na casa-grande o tempo todo quando mamãe estava viva. E sei que você gosta do Senhor e da Senhora Potts.

– Isso é verdade, filho. Tudo bem, então. A quem estou enganando, afinal? Não vou recusar de jeito nenhum o convite da Senhora Potts. Ela iria explodir. – Grosvenor deu sua risada profunda e calorosa. – E suponho que você e o príncipe tenham estado na cozinha hoje. A Senhora Potts já tem bastante trabalho, com todo o serviço e os próprios filhos agarrados à barra da saia, sem que você e o príncipe a importunem por guloseimas.

– Ela não se importa.

– Acredito que não. Ela sempre teve um grande coração, aquela Senhora Potts. Bem, é melhor nos prepararmos, então, não é? E não devemos nos atrasar para o jantar. Não queremos dar ao velho Senhor Cogsworth um motivo para torcer o bigode para nós, queremos? – Grosvenor disse, fazendo Gaston rir.

– Você tem razão, já tive bastante bigode torcido por um dia.

CAPÍTULO II

FIQUE À VONTADE

Tanto Gaston quanto Grosvenor pareciam arrasadores no que o pai de Gaston chamava de sua roupa de domingo. Os outros servos ainda estariam usando seus uniformes, é claro – que eram trajes bastante sofisticados, apesar de tudo, por serem uniformes de servos de uma casa real. E o pai de Gaston sabia que não seria apropriado usar roupas de atividades ao ar livre para jantar, por isso decidiu vestir seu melhor terno e disse ao filho para fazer o mesmo. Eles formavam uma bela dupla, os dois entrando juntos no salão dos empregados. Ambos com cabelos escuros, olhos azuis e feições marcantes. Gaston parecia uma versão em miniatura de seu pai, exceto pela longa cicatriz que corria diagonalmente pelo rosto de Grosvenor. Mas aquela cicatriz não diminuía em nada a boa aparência dele. Era quase como se aquilo o tornasse mais bonito. E, aos olhos de Gaston, isso certamente o fazia parecer forte e corajoso, e também um tanto misterioso, já que o pai nunca falara sobre como conseguiu a cicatriz.

Quando Gaston e seu pai entraram no salão dos empregados, todos estavam se dirigindo para seus lugares na longa mesa de jantar de madeira no centro da sala. A Senhora Potts avistou o pai de Gaston no mesmo instante e o abraçou apertado. Grosvenor riu e retribuiu o gesto cordialmente. A Senhora Potts parecia minúscula envolta nos braços do homenzarrão, e todos puderam ver que ela tinha o brilho de lágrimas brotando nos olhos, tão encantada que estava por ele ter aceitado o convite.

– Estou tão feliz que você veio, Grosvenor! Já faz muito tempo desde que se juntou a nós para jantar. Nunca consigo vê-lo hoje em dia, mas acompanho como você está por meio de Gaston, é claro – disse ela, sorrindo para o menino.

– Espero que ele não esteja lhe incomodando, Senhora Potts – comentou ele, bagunçando o cabelo escuro de Gaston.

– Está de brincadeira, Grosvenor? A Senhora Potts adora o menino! – Era o Senhor Potts, dando tapinhas nas costas de seu querido amigo e rindo. – Ter você aqui conosco é como nos velhos tempos – acrescentou, puxando uma cadeira para o amigo se sentar.

– Gaston, por que não vai para a cozinha? – sugeriu a Senhora Potts. – Preparei uma cesta para você levar para casa depois do jantar. Vá em frente e dê uma olhada nas delícias que o Chef Bouche e eu separamos para você e seu pai, enquanto nós, adultos, conversamos.

O pai de Gaston observou seu filho correr entusiasmado para a cozinha. Ele sorriu ao ver Gaston tão contente, por estar tão à vontade entre os outros criados. Houve um tempo em que ele sentia o mesmo, e era bom estar com eles novamente. Nem sabia direito por que havia esperado tanto tempo para fazer isso.

Por que havia se escondido em seu mundinho. Ele sabia muito bem como tudo começara. Não suportava estar no castelo ou ver seus rostos. Tudo isso o lembrava de Rose, do quanto sentia falta dela, e ele odiava ver a própria dor refletida em suas feições angustiadas. Mas já haviam se passado quase oito anos, certamente era tempo suficiente. Se não fosse por seu próprio bem, seria pelo de Gaston. Era hora de estar entre seus amigos mais uma vez.

– Você é muito gentil, Senhora Potts. Só espero que Gaston não esteja colocando coisas na cabeça.

– Gaston está sempre com coisas na cabeça, Grosvenor, e elas geralmente são brilhantes – ela retrucou, parecendo perplexa.

– Não, não é isso que quero dizer, Senhora Potts. Estava me referindo a coisas acima de sua posição. Ele passa todo o tempo com o príncipe e agora janta com os funcionários internos... Fico com certo receio.

– Que bobagem! Você é o caçador do rei, organiza as caçadas reais, é o chefe da equipe externa, isso significa alguma coisa. Não há motivo para não comer conosco – disse a Senhora Potts.

– Você é o Senhor Cogsworth da equipe externa, Grosvenor. Vocês são funcionários seniores – acrescentou o Senhor Potts, encolhendo-se depois ao parecer se arrepender por compará-lo ao Senhor Cogsworth. – Bem, você sabe o que quero dizer, de qualquer maneira.

– Ainda assim, o Senhor Cogsworth não vai gostar – insistiu Grosvenor.

– Não importa o que ele gosta. Você conhece o Senhor Cogsworth, ele nunca vai acompanhar os tempos – declarou a Senhora Potts.

— Falando nisso, não é hora de servir o jantar? – questionou o Senhor Cogsworth da porta do salão dos empregados, onde estava em pé, ouvindo silenciosamente a conversa, sem que eles percebessem. De repente, todos à mesa se levantaram em posição de sentido, como era de praxe quando ele entrava na sala.

— Boa noite, Senhor Cogsworth – cumprimentou Grosvenor, aguardando com todos os outros que o mordomo se acomodasse em seu lugar antes de se sentar novamente. Todos pareciam nervosos, esperando para ver se o Senhor Cogsworth tinha ouvido a Senhora Potts e como ele reagiria. Mas ele só ficou sentado em silenciosa desaprovação. A verdade é que Grosvenor tinha todo o direito de estar presente, mesmo que não fosse costume o pessoal externo juntar-se ao pessoal interno durante as refeições. Havia motivos para ele ingressar quando Rose estava viva, já que ela era um membro sênior da equipe. Mas não havia nada que o Senhor Cogsworth pudesse fazer a respeito naquela época, e pouquíssimo que pudesse fazer agora, depois que a Senhora Potts havia emitido um convite oficial. Para ela e para a maioria dos outros funcionários, Grosvenor era da família, e eles estavam felizes por tê-lo de volta.

— Sim, bem, agora que o Senhor Cogsworth se juntou a nós, podemos começar o jantar. Lumière, você faria as honras? – perguntou a Senhora Potts.

Lumière, seguindo o exemplo da Senhora Potts, foi para a cozinha. Pouco depois, uma legião de ajudantes, em elegantes uniformes no padrão preto e branco, adentrou o salão dos empregados, trazendo uma comida deliciosa e magnífica em enormes travessas. O Chef Bouche, por instrução da Senhora

Potts, providenciara um banquete esplêndido para os criados naquela noite, e Lumière, como se estivesse apresentando a refeição para a família real no andar de cima, anunciou todos os pratos enquanto eles saíam da cozinha. O aroma da comida tomou o salão assim que as criadas colocaram a refeição na mesa. Em geral, não havia tanta fanfarra durante o jantar dos criados, mas todos ficaram tão satisfeitos por Gaston e seu pai se juntarem a eles naquela noite que decidiram tornar aquela ocasião especial.

No centro da mesa havia uma terrina grande repleta de boeuf bourguignon e, ao lado, um adorável pâté en croûte de pato; um confit de frango de aparência milagrosa; uma tigela grande de batatas com carne de porco salgada, cebola, cogumelos e queijo; um enorme e colorido ratatouille; pão recém-saído do forno; salgados folhados de queijo; e, claro, de sobremesa, mousse de chocolate com um rico chantilly.

Gaston e seu pai estavam sentados perto do Senhor e da Senhora Potts, do outro lado da mesa, em frente ao Senhor Cogsworth. Afora o mordomo carrancudo, eles formavam um grupo alegre, composto dos membros mais graduados da equipe: Lumière, o maître do castelo; Plumette, a criada-chefe; e o Chef Bouche.

– É tão maravilhoso ter você aqui, Monsieur Grosvenor! Já faz muito tempo que não temos sua agradável companhia. É claro que ouvimos falar de suas aventuras pelo jovem Gaston, mas é muito bom vê-lo tão bem, e entre nós aqui, esta noite, não é verdade, Senhor Cogsworth? – disse Lumière, deliciando-se, como sempre, em fazer o Senhor Cogsworth resmungar.

— Bem, acho magnífico – comentou Plumette, colocando a mão sobre a de Lumière. – Já faz muito tempo que você não come conosco. Claro, entendemos por que você ficou longe...

— Não há necessidade de entrar nesse assunto – disse o Senhor Cogsworth, limpando a garganta e puxando as lapelas do casaco com um movimento violento.

Lumière olhou de soslaio para o Senhor Cogsworth enquanto se levantava e batia palmas teatralmente três vezes para chamar os lacaios que estavam por perto.

— E agora, para dar o toque final ao delicioso banquete que o Chef Bouche preparou com tanta habilidade para nós, escolhi algo especial: ah, é esplêndido, uma libação simplesmente divina para celebrar o retorno de Monsieur Grosvenor! Posso dizer sem qualquer hesitação que todos iremos gostar imensamente! – declarou Lumière quando os lacaios entraram no salão dos empregados com lindos copos brilhantes em bandejas de prata.

— Como não vamos incomodar vocês ou as criadas novamente, por favor, sentem-se para jantar – disse a Senhora Potts, dispensando os lacaios para que pudessem se juntar às criadas e outros funcionários para o jantar. – Isso parece delicioso! – disse a Senhora Potts, pegando seu copo e examinando-o. – Está adorável, Lumière, obrigada.

— Sim, Lumière, obrigado – falou o Chef Bouche.

— Vamos fazer um brinde? Você se importaria se eu fizesse as honras, Senhor Cogsworth? – perguntou o Senhor Potts, passando o braço em volta de Grosvenor.

— Como quiser. – A expressão do Senhor Cogsworth fez com que parecesse que havia um cheiro desagradável no ar.

– O que há de errado, Senhor Cogsworth? O aroma do jantar ofende de alguma forma seus sentidos? – questionou o Chef Bouche, parecendo agitado. Todos à mesa pareceram surpresos com sua franqueza. – De alguma forma, deixei a desejar na execução da refeição desta noite? Ela não conta com sua perfeita aprovação?

O Chef Bouche, conhecido por seu mau humor, estava agora fora de sua cadeira, com o rosto vermelho e carrancudo por baixo de seu grande bigode louro. Não havia muitas pessoas que o Senhor Cogsworth considerasse intimidantes, mas era sabido que ele sempre fazia o possível para manter o Chef Bouche de bom humor, se pudesse evitar, caso contrário o chef explodiria em uma fúria ardente.

– De jeito nenhum, Chef Bouche. Na verdade, estou ansioso para participar de sua divina obra-prima antes que se torne um banquete da meia-noite – afirmou o Senhor Cogsworth. Isso pareceu acalmar o chef, para alívio de todos, especialmente do Senhor Cogsworth.

– Senhor Potts... faça as honras... – disse o Senhor Cogsworth, dando ao Senhor Potts a deixa para fazer seu brinde.

– Tchin-tchin, *mon ami* – declarou o Senhor Potts, erguendo a taça para Grosvenor. – A nosso querido amigo, que finalmente voltou para nós. Que esta seja a primeira de muitas outras noites que virão.

– Tchin-tchin, Monsieur Grosvenor! – exclamou Lumière, erguendo a taça com os demais que estavam à mesa, todos olhando para o pai de Gaston.

— E à Rose! — acrescentou a Senhora Potts. — Muito amada e nunca esquecida.

— E ao Gaston, meu querido irmão! — disse uma voz que eles não esperavam. Quando todos se viraram, viram o príncipe parado na porta, ainda com o traje que usara naquela noite mais cedo para jantar com seus pais. Imediatamente, todos à mesa se levantaram, seguindo o exemplo do Senhor Cogsworth, que se ergueu de seu assento para se postar em posição de sentido.

— Há algo que possamos fazer por você, Vossa Alteza? Por que não tocou a sineta? — O Senhor Cogsworth parecia ainda mais desconfortável do que antes. Uma coisa era convidar Gaston e o pai para jantar, mas agora o príncipe? Isso era inédito. Ou, pelo menos, deveria ter sido. Todo mundo sabia que esse era o tipo de coisa com a qual o Senhor Cogsworth se recusaria a se envolver. Em sua mente, isso era uma ladeira escorregadia que levava todos ao caos e à desintegração da ordem, tradição e propriedade. Mas havia pouco que o homem pudesse fazer se o príncipe insistisse, o que parecia muito provável.

— Eu esperava que me deixassem jantar com vocês — anunciou o príncipe, sorrindo maliciosamente para Gaston.

— Aqui! — prontificou-se Gaston, puxando uma das cadeiras para que o príncipe pudesse sentar-se ao seu lado. Todos no salão pareciam perfeitamente felizes com o fato de o príncipe se juntar a eles, exceto o Senhor Cogsworth. Ele era um homem que gostava de ordem e regras, e deixar o príncipe jantar com eles era como o desmoronamento de tudo em que ele acreditava, de tal forma um abalo no chão sob seus pés que o fez se perguntar quanto tempo levaria até que tudo simplesmente ruísse em caos.

– Claro que você pode jantar conosco, querido! Sente-se, sente-se. O Chef Bouche preparou comida mais do que suficiente – assegurou a Senhora Potts, que estava visivelmente ignorando o desconforto do Senhor Cogsworth.

– Isso é altamente irregular, Vossa Alteza. Tem certeza de que o rei e a rainha aprovarão? Eles não vão se perguntar onde você está? – O Senhor Cogsworth se contorcia e mexia no colete, um hábito que denunciava quando estava nervoso.

– Eles foram para a cama logo depois do jantar – respondeu o príncipe.

– E você não deveria ter feito o mesmo, jovem senhor? Eu sei que o Senhor Willowstick estará esperando você na sala de aula amanhã bem cedo – argumentou o Senhor Cogsworth.

– Você está enganado, Senhor Cogsworth, ele ainda estará visitando o irmão por mais uma semana. – O príncipe sorriu, sabendo que estava ganhando essa partida. A expressão do Senhor Cogsworth pareceu ficar ainda mais tensa, e tudo levava a crer que o príncipe estava gostando.

– Sinto muito, Vossa Alteza, mas parece que ele decidiu encurtar a viagem. Chegou esta noite – explicou o Senhor Cogsworth, puxando novamente o colete.

– Então, onde ele está? – O príncipe fez um teatrinho olhando ao redor da sala. – Por que não se junta à equipe para jantar?

– Ele dormiu cedo, já que enfrentou uma longa viagem de volta, Alteza. – Cogsworth parecia ainda mais nervoso do que o normal. Todos prenderam a respiração, imaginando como aquilo iria acabar. Sabiam que o príncipe não era o tipo de aristocrata que se escondia atrás de um espesso véu de convenções.

Quando estava com raiva, não disfarçava, e todos eles haviam sofrido com tal ira.

— Não vou ter aula amanhã! Está me ouvindo? Isso não é justo. Por que ninguém me disse antes que ele estava de volta?! — O príncipe não fez nada para esconder sua raiva. Foi um alívio que o Senhor Willowstick não tivesse se juntado a eles para jantar, ou a ira do príncipe teria sido dirigida a ele. E se as vozes elevadas que eram sempre ouvidas na sala de aula servissem de indicação, o pobre Senhor Willowstick tinha sido alvo da raiva do príncipe com bastante frequência.

— Vamos, Reizinho, está tudo bem. De qualquer maneira, tenho aulas com meu pai amanhã. Irei procurá-lo quando terminarem — disse Gaston, puxando a cadeira para o amigo se sentar, e acrescentou: — Pense em todas as histórias que você terá para mim amanhã, depois das aulas. Quer apostar agora quantas vezes você vai adormecer enquanto o Senhor Willowstick tagarela? — Isso fez o príncipe rir e pareceu tirá-lo de seu mau humor, para alívio de todos, inclusive de Gaston. Mas, normalmente, agir assim era tudo o que seria necessário para fazê-lo rir, e Gaston era muito bom nisso.

— "Reizinho"? E essa agora. Por que você o está chamando assim? — perguntou o Senhor Cogsworth, olhando para Gaston e depois para o príncipe com uma expressão confusa no rosto.

— Não é nada, Cogsworth. Deixe para lá. Agora, o que vamos jantar? — O príncipe sentou-se ao lado de Gaston, dando-lhe um sorriso atrevido que fez Gaston rir.

Além do Senhor Cogsworth, ninguém parecia se importar com o fato de o príncipe se juntar a eles para jantar. Na verdade, pareciam satisfeitos por Gaston ter um amigo de sua idade para se ocupar enquanto os adultos conversavam. Os filhos mais novos do Senhor e da Senhora Potts já tinham ido dormir e, embora Lumière, Plumette, o Senhor e a Senhora Potts e até mesmo o Chef Bouche de vez em quando apreciassem a companhia de Gaston, era uma boa oportunidade para poderem se atualizar sobre Grosvenor enquanto os meninos se entretinham mutuamente. Foi uma noite divertida para todos e, quando terminou, houve promessas de repeti-la e muitos abraços foram trocados antes de Grosvenor e Gaston voltarem para casa, já bem tarde.

Desta vez, conversaram enquanto caminhavam, maravilhados com o céu estrelado brilhando acima deles. Fora uma noite perfeita. Pelo menos, Gaston pensava assim.

– Do que mesmo você chamou o príncipe? "Reizinho", não é? – perguntou o pai, quando passaram por um dos carvalhos favoritos de Gaston a caminho de casa.

– É só um apelido – respondeu Gaston, arrependido de ter usado o nome secreto na frente de todos. Ele não pretendia cometer aquele pequeno deslize, mas sabia que seu amigo não pareceu se importar. No entanto, Gaston não tinha vontade de explicar isso ao pai ou a qualquer outra pessoa. Eles não entenderiam.

– Ouvi vocês dois conversando durante o jantar. Ouvi o príncipe dizer que você o venceu no tiro com arco outro dia, foi mesmo? – Gaston achou que isso fosse deixar seu pai orgulhoso, mas parecia apenas lhe causar preocupação.

– Eu o venci! Por quê? O que isso importa? Você deveria ter visto, papai. Acertei na mosca todas as vezes! O príncipe nem chegou a acertar o alvo na metade delas – gabou-se Gaston, rindo.

— Nem sempre você precisa ser o melhor, Gaston – aconselhou o pai, surpreendendo-o.

— Mas você é o melhor, papai! Você é o melhor em tudo!

— Não quando estou na companhia do rei, aí não sou. Aí, *ele* é o melhor – disse o pai, um pouco mais sério do que Gaston jamais o vira.

— Você quer dizer que deixa o rei *pensar* que ele é o melhor – Gaston zombou. – Reizinho nunca cairia nessa.

— Realmente eu faço isso, e você deveria fazer o mesmo com o príncipe.

— Mas o rei tem que saber, papai. Ele deve saber. Isso não faz com que ele pareça tolo, fingir enquanto todos sabem que você é o melhor? Reizinho ficaria zangado se eu fizesse isso – disse Gaston, parando para poder olhar o pai nos olhos.

— Ele pode ficar zangado com você agora se sempre o deixar vencer, mas duvido que isso aconteça quando ele for mais velho. Os reis sempre querem ser os melhores e cabe a nós garantir que eles pensem que são. – O pai colocou a mão no ombro de Gaston e lançou-lhe outro olhar sério.

— Você está parecendo o enfadonho e velho Senhor Cogsworth falando! – Gaston disse com uma risada.

— Deus me livre! – exclamou o pai de Gaston, seu tom se suavizando e se tornando uma risada também. Grosvenor parecia contente em abandonar o assunto à medida que continuavam andando.

O céu estava preto como nanquim, e não havia nenhuma nuvem à vista. A lua e as estrelas brilhavam intensamente, piscando para eles enquanto atravessavam a floresta a caminho de casa.

– O príncipe costuma perder a paciência assim? – perguntou seu pai casualmente, parando em frente ao pequeno cemitério onde a mãe de Gaston fora sepultada. Gaston percebeu que o homem estava preocupado, embora fingisse não estar. Esse era o jeito do pai, sempre calmo, nunca querendo dar grande importância a nada, mesmo que Gaston percebesse que estava visivelmente irritado.

– Assim como? – Gaston sabia o que seu pai insinuava, mas não queria deixar transparecer que seu amigo perdia a paciência facilmente. Não queria que Grosvenor se preocupasse ainda mais, além do que já estava preocupado com a amizade de Gaston com o príncipe: não queria lhe dar motivos extras para se preocupar. Ou pior, que o pai lhe dissesse que ele e o príncipe não deveriam passar tanto tempo juntos.

– Ele pareceu muito zangado quando o Senhor Cogsworth contou que o Senhor Willowstick voltara mais cedo da viagem. – Seu pai se abaixou para colher algumas flores silvestres que cresciam ao longo do muro de pedra em torno do pequeno cemitério. Gaston sempre se perguntou onde ele colhia as flores que levava para casa de suas caminhadas e colocava na mesinha de cabeceira, mas deveria ter adivinhado.

– Oh, não se preocupe com isso, papai. Ele só ficou aborrecido porque tínhamos planos para amanhã, o que o deixou todo, você sabe, *reizinho* – disse Gaston, rindo.

– Ah, é essa a razão do apelido – constatou o pai, reunindo as flores num ramalhete e levantando-se. – E ele não se importa que você o avise quando está agindo dessa maneira?

– Não! Ele me fez prometer que não o deixaria se tornar um daqueles reis horríveis de que se ouve falar, decapitando cabeças e coisas assim.

– Acredito que você esteja pensando na Rainha de Copas, mas entendo o que quer dizer – declarou o pai, rindo.

– Quem é ela? Ela não mora nos Muitos Reinos, mora?

– Não, ela governa em outro mundo chamado País das Maravilhas, se quisermos acreditar nas lendas. Você pode encontrar uma ou outra história sobre ela em um de seus livros – disse seu pai, parecendo estar perdido em pensamentos enquanto olhava para as flores silvestres que havia colhido.

– O que foi, papai? Você parece preocupado.

– Temo que sim, filho. Estou começando a me perguntar se é uma boa ideia você e o príncipe serem tão bons amigos.

– Você está parecendo o Senhor Cogsworth de novo.

– É melhor você parar de dizer isso ou terei que deixar crescer um bigode longo e pontudo, e começar a tremê-lo para você! – disse seu pai, rindo outra vez.

– Papai, você já pensou em me contar como mamãe morreu? – perguntou Gaston, olhando para o túmulo de sua mãe. Era o maior do cemitério e o mais bonito. A rainha fez com que um dos escultores mais famosos e talentosos do país esculpisse uma estátua de sua mãe, Rose, em mármore rosa-claro. Era graciosa e serena, como se estivesse acenando para Gaston entrar. Gaston sempre achou aquilo assustador, como se sua falecida mãe estivesse tentando levá-lo para o outro lado a fim de ficar com ela. Agora que estava mais velho, ele se perguntava se esse não fora o propósito do escultor. Não assustar Gaston, é claro, mas fazer parecer que ela esperava que sua família e amigos se juntassem a ela quando estivessem prontos para passar para o próximo reino. O garoto não tinha certeza se sua teoria estava certa nem teve coragem de perguntar à rainha ou ao pai, por isso aquilo permaneceu um mistério.

– Ah, filho. – Seu pai pareceu cansado de repente. – Não é uma história para ouvidos jovens. – Grosvenor retomou a caminhada, sinalizando para que Gaston fizesse o mesmo.

– Talvez quando eu for mais velho, então? – perguntou Gaston, correndo para alcançar o pai.

– Talvez, meu garoto. Veremos.

Depois que Gaston e o pai retornaram para casa e se aconchegaram na cama, o garoto repassou o dia e os acontecimentos da noite em sua mente. É provável que tenha sido uma das melhores noites que já tivera. E esperava que houvesse muitas outras noites como essa por vir.

CAPÍTULO III

OS FANTASMAS DA BIBLIOTECA

Depois que Gaston e seu pai foram convidados para jantar com os funcionários internos naquela primeira noite maravilhosa, cinco anos antes, para a alegria de Gaston, o jantar no salão dos empregados logo se tornou parte de sua rotina. A vida era perfeita, no que dizia respeito a Gaston. Ele passava a maior parte do tempo com seu melhor amigo, o príncipe, e as noites com o pai e os outros servos, que considerava sua família.

Embora ele e o príncipe fossem um pouco mais velhos, ainda preenchiam seu tempo com aventuras ousadas e explorações. Às vezes, sentiam-se bastante confinados no castelo, especialmente nas ocasiões em que ficavam presos dentro de casa por um longo tempo. E desta vez em particular chovera quase sem parar durante a maior parte da quinzena. Tendo já explorado cada centímetro do castelo e suas fundações, os dois encontraram uma forma de se divertir, e era um plano travesso. Como sabiam que o bibliotecário, Monsieur Biblio, odiava que qualquer um dos livros saísse da biblioteca, Gaston e o príncipe acharam que seria muito engraçado não apenas roubar os livros que queriam ler, mas também rearrumar o sistema meticulosamente organizado de Monsieur Biblio para distrair sua atenção e impedi-lo de perceber que alguns de seus preciosos livros estavam faltando. E a crescente frustração do pobre Monsieur Biblio apenas inspirou os meninos a fazerem mais travessuras.

Claro, Monsieur Biblio suspeitava de Gaston. Mas ele era um homem inteligente e não iria acusar Gaston na frente de todos, pelo menos não no início. Ele fazia pequenos comentários e conduzia a conversa de um jeito que esperava poder enganar Gaston, revelando que era ele quem entrava furtivamente na biblioteca e reorganizava seus preciosos livros. Esse tinha se tornado um evento quase noturno, Monsieur Biblio trazendo à baila os livros perdidos na hora do jantar ou, na verdade, sempre que alguém quisesse ouvir. O mistério dos livros tornou-se uma obsessão que o consumia, e o restante da equipe não tinha tempo nem paciência para suas doutrinações prolixas.

— Acredito ter visto alguns de seus livros no sótão da Ala Oeste, Monsieur Biblio – disse Plumette uma noite, quando Monsieur Biblio estava em um de seus discursos inflamados. – Foi quando eu estava lá em cima tirando o pó. Eu me perguntei por que eles estavam ali, mas imaginei que você tivesse seus motivos. – Era óbvio para todos os presentes, exceto para Monsieur Biblio, que Plumette estava provocando o bibliotecário.

— Não haveria razão! Nenhuma razão, mademoiselle! Todo bibliófilo que se preze sabe que um sótão úmido e empoeirado é o pior lugar possível para qualquer livro, quanto mais para os tomos preciosos que estão guardados na biblioteca real! – O rosto de Monsieur Biblio estava contorcido de raiva, deixando seus olhos ainda menores do que o normal, e seus punhos cerrados com força.

– Se não foi você, eu me pergunto: como eles acabaram no sótão, monsieur? – Plumette perguntou com uma piscadela para os outros à mesa. Esse se tornou o entretenimento noturno da equipe.

– Tenho um culpado em mente – afirmou Monsieur Biblio, olhando para Gaston. Mas Grosvenor juntara-se a eles naquela noite, e o bibliotecário não ousou dizer nada na frente do pai do menino.

Quase todos os funcionários da casa pareciam felizes por Grosvenor e Gaston terem feito as refeições com eles com mais frequência desde aquela noite feliz, cinco anos antes. E Gaston ficou satisfeito por seu pai não achar que passar tempo com seus velhos amigos fosse tão doloroso quanto ele imaginava. Gaston entendeu que estar no castelo podia lembrar o caçador real dos dias em que Rose estava viva, e isso lhe causava dor, mas agora parecia que Grosvenor se sentia confortável em passar as noites entre amigos, entre outros que amavam e valorizavam a mãe de Gaston quase tanto quanto ele.

A Senhora Potts ficou especialmente encantada com Grosvenor e Gaston sempre se juntando a eles. Ela adorava ouvir as histórias de Gaston sobre as aventuras dele e do príncipe, que se tornavam mais ousadas agora que eram adolescentes. Até o Senhor Cogsworth se acostumara a vê-los na hora do jantar na maioria das noites. A única pessoa que ainda resmungava sobre isso e lançava olhares de soslaio para Gaston era Monsieur Biblio, que estava singularmente concentrado em resolver o mistério de seus livros errantes.

Os meninos, é claro, achavam tudo isso bastante divertido, observando Monsieur Biblio caçar seus livros pelo castelo, enviado em buscas inúteis pelos outros criados. Gaston e o príncipe começaram a deixar pistas que levavam o pobre homem a procurar em lugares estranhos, como o cemitério do castelo, só para não encontrar nada lá. Foi um golpe de sorte para os meninos que Monsieur Biblio tivesse provocado sua própria infelicidade, irritando tanto a todos que, involuntariamente, se tornaram parte do que estava se transformando numa brincadeira elaborada. Gaston não entendia por que Monsieur Biblio ficava tão incomodado com a saída de livros da biblioteca, por que ele e o príncipe tinham que levá-los às escondidas na escuridão. Se Monsieur Biblio fosse um pouco menos sistemático em sua abordagem, talvez as coisas não tivessem dado tão errado para o pobre homem.

– Ah, acho que concordo com sua teoria, Monsieur Biblio. Só pode haver um culpado. Tenho certeza de que isso é óbvio para todos nós que estamos sentados a esta mesa – disse Lumière, sorrindo divertidamente para Gaston.

– Eu sabia! Finalmente alguém com algum bom senso. Obrigado, Lumière! É hora de pararmos de fingir que não sabemos quem é o culpado e punir esse ladrão!

– Mas como vamos punir um fantasma, monsieur? – perguntou Lumière, cutucando Plumette para que ela parasse de rir.

– Como disse, senhor? Eu o ouvi corretamente? Falou *fantasma*? – Monsieur Biblio ficou horrorizado, mas os outros à mesa assentiram como se estivessem convencidos de que o castelo era assombrado. Gaston sentiu uma onda calorosa, sabendo que fizeram aquilo para protegê-lo. Todavia, foi a cumplicidade de Lumière no pequeno estratagema que o deixou mais feliz. Gaston sempre pôde contar com seu talento criativo em situações como essa.

– De fato, você ouviu corretamente, Monsieur Biblio. É a única explicação – disse Lumière.

– Você acha mesmo? Alguém notou que mais alguma coisa desapareceu no castelo ou foi colocada em locais estranhos?

– Acho que esse espírito em particular gosta de livros, monsieur. E quem pode culpá-lo? Talvez seja o fantasma do bibliotecário anterior – respondeu Gaston com uma cara séria.

– Duvido que seja um bibliófilo anterior, meu jovem. O sótão é o último lugar onde um espírito assim esconderia livros, zombeteiro ou não! Bem, se for um fantasma, sei exatamente como lidar com espectros incômodos. Eu estava lendo um livro fascinante...

– Ótimo. Parece que você tem tudo sob controle, Monsieur Biblio. Tenho certeza de que logo encontrará seus livros. Agora está ficando tarde. Acho que é hora de todos dizermos boa-noite – disse a Senhora Potts, que parecia sentir pena do homem. Mas, além disso, a Senhora Potts era uma mulher muito gentil e paciente.

No entanto, Monsieur Biblio conseguiu testar até a bondade e a paciência da Senhora Potts com o passar dos dias e ainda assim não abandonou a questão dos livros desaparecidos. Só quando entrou em sua sala de estar, alguns dias depois, foi que ela perdeu a paciência. A Senhora Potts estava ocupada em sua mesa, com uma pilha de papéis à sua frente, escrevendo suas listas para uma próxima festa no castelo, quando Monsieur Biblio entrou furioso, sem se preocupar em bater.

– Livros! Livros! Mais livros desaparecidos! Estou perdendo o juízo, Senhora Potts! – Monsieur Biblio estava parado na porta, agitando as mãos e gritando tão alto que os outros criados que passavam por ele no corredor olharam para ver o que estava acontecendo. Quando viram quem era, apenas reviraram os olhos e continuaram andando.

A essa altura, a Senhora Potts já estava acostumada com Monsieur Biblio entrando, perturbando sua paz e reclamando de livros perdidos. Nessa ocasião, porém, ela havia sido menos paciente do que de costume, porque tentava freneticamente terminar de redigir os cardápios da festa no castelo, para que o Senhor Cogsworth pudesse planejar a carta de vinhos. Todos tiveram mais trabalho do que o normal para planejar essa festa, e a Senhora Potts não tinha tempo para aquelas bobagens.

– Exijo que alguém faça algo sobre isso imediatamente! – Monsieur Biblio continuou. – Livros fora do lugar, livros desaparecidos! Isso é um caos completo! E não insulte minha inteligência sugerindo que temos um fantasma! – Parecia que depois de alguns dias caçando fantasmas, Monsieur Biblio havia desistido da ideia de o culpado ser um trapaceiro sobrenatural e voltou a suspeitar de Gaston.

Se a Senhora Potts tivesse se dado o trabalho de erguer os olhos, teria visto Monsieur Biblio cerrando os punhos e sacudindo-os de raiva. Não importava; ela não precisou olhar para cima para saber qual era a expressão dele. Tal cena já havia acontecido várias vezes nos últimos meses. E cada vez Monsieur Biblio ficava mais agitado e exigente. E mais determinado a provar a culpa de Gaston.

– Eu sei que Gaston é o sequestrador de livros! – ele exclamou, quase fazendo com que a Senhora Potts levantasse os olhos do trabalho.

– *Sequestrador de livros?* Ora, isso está virando uma tolice, você não acha? Tem certeza de que não os perdeu, Monsieur Biblio? Dê talvez uma boa olhada na biblioteca e descobrirá que estavam lá o tempo todo – ralhou ela, ainda concentrada em seu trabalho, tentando desesperadamente terminar de escrever os cardápios antes que o Senhor Cogsworth chegasse perguntando sobre o motivo do atraso.

– Você está sugerindo que não sei fazer meu trabalho, Senhora Potts? Devo insistir que a casa de Grosvenor seja revistada. Eu sei que Gaston pegou os livros! E sei que todos vocês o estão encobrindo!

Monsieur Biblio estava testando a Senhora Potts além de seus limites. Ela ergueu os olhos dos papéis e fitou Monsieur Biblio, visivelmente agitada. Bem, a Senhora Potts era, no conceito de todos, uma mulher muito gentil, a mulher mais gentil que alguém teria a sorte de conhecer, mas que não ousassem ameaçar sua família. Isso ela não admitiria. E era assim que a Senhora Potts via Grosvenor e Gaston, como parte de sua família, e ela não estava disposta a ficar ali sentada, pensando na casa de Grosvenor sendo revistada por qualquer que fosse o motivo.

– Tenho certeza de que você está ciente de que temos uma grande festa no castelo chegando. E deve ter adivinhado que estaríamos todos ocupados fazendo os preparativos, que é exatamente o que eu deveria estar fazendo neste momento, em vez de discutir seus livros perdidos. Vinte cavalheiros e damas estarão aqui em questão de dias, Monsieur Biblio; não temos tempo para isso. – A Senhora Potts estava com o rosto impassível e muito mais séria do que o normal, mas o bibliotecário furioso não recuou.

– Eu sei, é por isso que não incomodei o Senhor Cogsworth com isso.

– Entendo. Bem, garanto-lhe que todos temos muito trabalho pela frente. Se está procurando algo para fazer, Monsieur Biblio, já que parece ter muito tempo livre se preocupando com a perda de livros, talvez queira elaborar a tabela de assentos, planejar os cardápios, fazer os pedidos, atribuir quartos a todos os nossos convidados e organizar o entretenimento. Presumo que tenha visto a legião de criadas esfregando, tirando o pó e arrumando as flores. Ou talvez você tenha notado lacaios enrolando os tapetes para dar espaço à dança, enquanto outros lustram a prataria. Sem falar no novo pavilhão que está sendo construído. Ou que tal a tenda que está sendo montada para as atividades ao ar livre? Cada membro dos funcionários, tanto externos quanto internos, está se preparando para a festa na residência do rei e da rainha. Todos, exceto você. Mas, como se trata de uma emergência de grande proporção, pedirei a todos que parem o que estão fazendo e procurem seus livros perdidos imediatamente!

– Se você não me ajudar, serei forçado a discutir isso com o Senhor Cogsworth!

— Por que não vamos falar com ele juntos? – sugeriu ela, levantando-se. – Ele está na despensa, resmungando e andando de um lado para o outro. Tenho certeza de que não vai incomodá-lo saber que os cardápios estão atrasados porque você está irritado com o desaparecimento de alguns livros!

— Não vou incomodá-lo agora. Mas talvez você possa me dizer: onde posso encontrar Grosvenor? Acho que vou abordar essa questão diretamente com ele.

— Fique à vontade. Ele está no pátio. – A Senhora Potts sorriu maliciosamente enquanto o observava sair esbaforido pelo corredor a caminho de conversar com Grosvenor. E, quando virava a esquina, ela o chamou, parando-o no meio do caminho.

— Ah, e, Monsieur Biblio, você poderia, por favor, dizer a Sua Majestade, o rei, que o Senhor Cogsworth chegará atrasado para revisar as listas de vinhos porque fomos inevitavelmente atrasados por uma emergência de livros?

— O quê? Eu, o bibliotecário, levando uma mensagem ao rei? Isso é inédito! Eu nem sei onde ele está.

— Está no pátio com Grosvenor planejando a caçada, é claro. Tenho certeza de que, quando o rei souber de seus problemas, insistirá para que todos abandonemos os afazeres a fim de descobrir o mistério de seus livros desaparecidos!

A Senhora Potts esperava que isso colocasse um ponto-final nas perturbações provocadas pelo bibliotecário, pelo menos até o fim da festa.

— Esse assunto ainda não está encerrado, Senhora Potts, eu lhe garanto.

– Tenho certeza de que não – disse ela, suspirando e balançando a cabeça.

– Qual é a razão disso tudo? – perguntou o Senhor Cogsworth, de repente colocando a cabeça para fora da despensa depois que Monsieur Biblio se afastou furioso.

– Oh, nada, Senhor Cogsworth. Parece que o fantasma na biblioteca está fazendo suas travessuras de novo – disse ela, rindo.

– Você já tem os cardápios redigidos? – ele perguntou, mal prestando atenção. A Senhora Potts podia ver que o Senhor Cogsworth estava sentindo a tensão dos acontecimentos iminentes, embora apenas ela tivesse notado. A Senhora Potts conhecia o Senhor Cogsworth havia muito tempo e podia identificar os pequenos sinais que o denunciavam. Ela enxergava a pressão daquela festa no castelo borbulhando sob a superfície de sua fachada tranquila e estoica. Fazia muito tempo que a família real não organizava diversão nesse nível. O rei e a rainha estiveram ausentes com tanta frequência nos últimos anos que não tiveram oportunidade. Por isso, foi uma surpresa quando a rainha anunciou que iriam hospedar no castelo um grande número de convidados por um longo período, o que incluiria jantares luxuosos, entretenimento noturno, caçadas para os homens, piqueniques e passeios panorâmicos para as mulheres e, para o grande final, um baile requintado de proporções inéditas desde o próprio casamento do rei e da rainha. Não foi nenhuma surpresa que a equipe tenha ficado confusa; a preparação para tão grandioso evento era uma tarefa hercúlea. E não era de admirar que os funcionários estivessem irritados com Monsieur Biblio por distraí-los quando eles tinham tantas coisas para fazer e, assim, desabafar ao provocá-lo.

– Eu tenho os cardápios prontos – a Senhora Potts respondeu, entregando-os ao Senhor Cogsworth. – Estava fazendo meus ajustes finais no momento em que Monsieur Biblio interrompeu meu trabalho.

– O que você quer dizer com "fantasma na biblioteca"? Monsieur Biblio não acredita realmente que o castelo seja assombrado, não é? – perguntou o Senhor Cogsworth, como se as palavras da Senhora Potts tivessem acabado de ser registradas.

– Não. Ele culpa Gaston e exigiu que a casa de Grosvenor fosse revistada.

– Isso é ridículo. – A Senhora Potts ficou surpresa ao ouvi-lo defender Gaston. – Afinal, o que Gaston iria querer com os livros? A menos que tivessem imagens. A teoria do fantasma faz mais sentido. Pense nisso, Gaston lendo. – Ele riu e a Senhora Potts franziu a testa.

– Já chega, Senhor Cogsworth! Se sabe o que é bom para você *e* gostaria de permanecer em minhas boas graças, sugiro que guarde esses comentários para si. E se você não percebeu, Gaston não é mais um menino, nenhum dos dois é. Ambos têm treze anos agora. Quase homens.

Cogsworth era frequentemente rígido e um notório esnobe, e não era segredo que não aprovava que Gaston tivesse livre acesso à residência, mas normalmente não era um homem cruel. E, nesse caso, a Senhora Potts achou que ele estava sendo cruel e não poderia ter ficado mais decepcionada com ele. E pela expressão em seu rosto, parecia que o homem estava desapontado consigo mesmo.

– Isso foi um golpe baixo, Senhor Cogsworth, até para você – comentou ela, deixando claro que ele tinha ido longe demais.

– Sinto muito, Senhora Potts. Isso foi além dos limites. Essa festa no castelo me deixou abalado, nem vou tentar negar. Já faz muito tempo que não temos uma lista de convidados dessa magnitude. Por favor, me diga que você tem tudo sob controle.

– Claro que sim, Senhor Cogsworth. Não se preocupe. Estamos todos sob pressão, mas tenho certeza de que será um tremendo sucesso – afirmou a Senhora Potts.

Naquele momento, ela avistou Gaston virar a esquina da cozinha e parar quando viu o Senhor Cogsworth ali. Escondeu-se atrás da parede e esperou.

– Não gosto quando estamos em desacordo, Senhora Potts – disse o Senhor Cogsworth, parecendo um pouco envergonhado. E ela sabia que o mordomo dizia a verdade. Além disso, não havia tempo para uma de suas discussões, não com tantas providências a serem tomadas ainda em relação à festa. E certamente não com Gaston ao alcance da voz.

– Agora, trate de dar o fora daqui. Você ainda tem os vinhos para planejar – falou ela, fazendo menção de conduzi-lo de volta à despensa com uma piscadela para Gaston, que espiava na esquina, aguardando a conversa terminar. Mas o Senhor Cogsworth não arredou pé.

– Ah, e, Senhora Potts, tratarei Gaston como um jovem no momento em que ele começar a agir como tal.

— Isso também se aplica ao príncipe? – ela perguntou com um sorriso atrevido. O Senhor Cogsworth não respondeu; apenas abanou a cabeça e foi para a despensa. Ela não se importou. Sabia que ele estava ansioso para redigir a carta de vinhos para o rei, e Gaston estava esperando para visitá-la. Embora hoje ela não tivesse um momento de sobra, seria uma maravilha se fizesse uma pausa naquele dia antes da hora de se sentar para jantar.

— O Senhor Cogsworth parecia estar muito nervoso. O que aconteceu? – perguntou Gaston, rindo, parado na porta da Senhora Potts.

— Entre aqui, meu jovem – ela o convidou, puxando-o rapidamente para sua sala de estar e fechando a porta. – Você não soube? Parece que o fantasma da biblioteca está aprontando de novo – acrescentou ela, lançando-lhe um olhar astuto, mas indulgente. – Felizmente para você, o Senhor Cogsworth está ocupado demais para levar a sério a confusão com os livros. Mas posso sugerir que você e o príncipe restituam os tesouros do Monsieur Biblio antes que ele prossiga com isso? Ele está ameaçando mandar revistar sua casa, e você sabe o que isso significaria: descobririam sua casa secreta na árvore e, sem dúvida, encontrariam os livros que você esconde nela. – A Senhora Potts foi até sua mesa de chá e serviu uma xícara para ambos.

— Ei, como sabia sobre nossa casa na árvore? O que a faz pensar que estamos com os livros? – perguntou Gaston, pegando um pequeno biscoito redondo coberto com açúcar de confeiteiro do prato na mesa de chá da Senhora Potts.

— Há bem pouca coisa que acontece por aqui que eu não saiba.

— Entendo — disse Gaston, mastigando um dos deliciosos biscoitos da Senhora Potts com uma expressão culpada.

— Não se preocupe, meu garoto, seus segredos estão seguros comigo. Só seu pai e eu sabemos sobre a casa na árvore. Mas não é nenhum segredo que você e o príncipe estão com os livros, embora não entendamos por que isso é um problema tão grande. É por isso que todos provocamos o pobre homem. Mas temo que essa brincadeira possa ter ido longe demais e não tenho tempo para lidar com isso e mais tudo que está acontecendo.

— Ele está com raiva porque quebramos sua regra. Esse é o problema — disse Gaston, pegando outro biscoito.

— Mas por que existe tal regra? Os livros não são para leitura? — A Senhora Potts levantou as mãos, exasperada.

— É justamente assim que Gaston e eu pensamos — declarou o príncipe, entrando na sala com uma expressão travessa no rosto. — Então, o que perdi desta vez?

A Senhora Potts não tinha certeza se gostava do que via no menino de vez em quando, mas não tinha tempo para um de seus sermões.

— Monsieur Biblio está fazendo estardalhaço novamente. Talvez você e Gaston possam ajudá-lo a descobrir o mistério por trás dos livros desaparecidos enquanto eu volto a planejar a festa na residência dos seus pais — disse ela, apontando para o prato de biscoitos para que ele pegasse alguns.

— Talvez façamos exatamente isso, Senhora Potts — comentou o príncipe com um sorriso furtivo. — Acho que sei precisamente de que maneira.

Mais tarde naquela noite, muito depois de Monsieur Biblio ter ido dormir, exausto depois de muitas horas de busca no castelo pelos livros perdidos, ele foi acordado por um barulho estranho no corredor da ala masculina. Dava para ouvir as tábuas do piso rangendo, e ele podia jurar que havia alguém espreitando do lado de fora de seu quarto. Ele olhou na escuridão para a nesga de luz que brilhava sob a porta de seu quarto escuro como breu e viu uma sombra se mover através dela, o que o fez se sobressaltar. *Tinha* alguém ali.

– Quem está aí? – ele perguntou com voz fraca enquanto puxava as cobertas até o queixo como uma criança assustada. Mas quem quer que fosse não respondeu; apenas permaneceu parado ali em um terrível silêncio.

– Declare o que quer ou vá embora! – ele gritou bem mais alto, tentando parecer destemido enquanto reunia coragem para acender a vela na mesinha de cabeceira. A sala explodiu em luz quando ele riscou o fósforo e acendeu o pavio. Rapidamente vestiu o roupão, ajeitou a touca de dormir e pegou, com as mãos trêmulas, o prato que segurava o castiçal. Caminhou lentamente até a porta, com muito medo do que poderia encontrar do outro lado. Mas, ao abri-la, viu algo completamente inesperado. Livros.

– Aquele maldito garoto! – ele exclamou, olhando para a pilha de livros no chão. Quando se inclinou para pegá-los, ouviu alguém dobrando a esquina e descendo o corredor.

– Gaston! Eu sei que é você! – Monsieur Biblio correu pelo corredor, na esperança de pegar Gaston em flagrante, mas o que encontrou foi um rastro de livros espalhados pelos corredores. Enquanto Monsieur Biblio seguia a trilha, sentiu um frio no ar que o fez estremecer e se perguntar se fora mesmo Gaston quem teria levado os livros, afinal. Talvez houvesse mesmo um fantasma. Ele havia lido em um de seus livros sobre a condição das entidades sobrenaturais que quase todos os relatos de um encontro espectral eram acompanhados por um frio distinto no ar. E havia de fato um frio distinto que o enregelou por dentro. Não havia como negar. Mas *poderia* realmente haver um fantasma? Não parecia possível.

– Não seja um velho tolo! – ele disse em voz alta para si mesmo. – Não há fantasmas neste castelo. – Mas não tinha certeza. Olhou em volta procurando uma janela aberta; em busca de alguma razão lógica para de repente estar tão frio, todavia não conseguiu uma explicação. Sabia que os castelos antigos eram, por natureza, lugares frios, e sabia disso não apenas porque morava em um, mas porque tinha lido muitos livros sobre outros. No entanto, também sabia que os castelos tinham fama de ser lugares assombrados e não tinha certeza se estava tremendo de medo ou porque a galeria estava bem fria naquela noite. O enigma o deixou bastante tonto enquanto seguia a trilha dos livros. Ficou em dúvida se estava se sentindo fraco por ver seus preciosos tomos espalhados pela galeria de forma tão vergonhosa ou se estava realmente com medo de que o castelo fosse assombrado. Fosse qual fosse o motivo, ele lamentou não ter acordado pelo menos um dos lacaios para acompanhá-lo em sua assustadora missão.

Ele finalmente se viu diante das portas da biblioteca, onde podia ouvir ruídos estranhos vindos lá de dentro. Sons de lamentos e batidas que causaram terror em seu coração enquanto ele ficava parado ali de pijama e touca de dormir, segurando sua vela e parecendo uma ilustração de um de seus livros. Ele não conseguia acreditar que aquilo estava acontecendo. Se não tivesse certeza de que estava acordado, acharia que estava sonhando e sofrendo de algum tipo de sonambulismo. Como sua biblioteca poderia de fato ser assombrada? A ideia era absurda.

Quando abriu as portas da biblioteca, ficou surpreso ao ver fantasmas, *fantasmas reais*, dançando na grande galeria superior. Estavam tirando livros das prateleiras e jogando-os em todas as direções. Os fantasmas eram exatamente como Monsieur Biblio imaginara que seriam: brancos, ondulantes e assustadores, com olhos negros grandes, redondos e inexpressivos. E não prestaram absolutamente nenhuma atenção nele; estavam se deliciando com sua confusão, rindo e jogando fora os tomos preciosos de Monsieur Biblio totalmente absortos.

Todo o tremor e o medo abandonaram Monsieur Biblio naquele momento, ao ver seus livros tão maltratados, e foram substituídos pela indignação, que lhe deu coragem para enfrentar os espíritos travessos.

— Parem com isso imediatamente, estou mandando! Mostrem algum respeito! — E para sua surpresa os fantasmas se detiveram, parecendo congelados no tempo, parados ali, segurando grandes pilhas de livros enquanto o fitavam da galeria.

— Espíritos, por favor! Eu ordeno que vocês guardem esses livros com cuidado e deixem este lugar imediatamente, para nunca mais voltarem! — bradou, conseguindo imprimir um tom autoritário. Ele tinha lido que os espíritos eram mais propensos a obedecer ordens quando se falava com eles dessa maneira, e até agora parecia estar funcionando. Ele estava se sentindo bastante orgulhoso de si mesmo. Afinal, era bibliotecário, e não espiritualista ou mestre das artes da magia. Mas uma das coisas que Monsieur Biblio mais amava no seu trabalho, o que ele mais amava nos livros, era que não havia quase nada que ele não pudesse fazer, desde que primeiro dedicasse tempo para pesquisar.

– Agora, vão embora, espíritos zombeteiros. Voltem para os lugares sombrios aos quais vocês pertencem! – ele disse, sentindo-se mais um bruxo poderoso do que um bibliotecário. Mas, então, aconteceu algo que ele não esperava: os fantasmas começaram a rir! Na verdade, estavam rindo dele – ele não conseguia acreditar. E começaram a atirar livros nele, lá do alto da galeria.

Monsieur Biblio gritou enquanto tentava se esquivar da chuva de livros ao seu redor, caindo no chão com um barulho de trovão. Protegeu a cabeça enquanto os fantasmas riam e jogavam livro após livro nele, fazendo-o sair correndo da biblioteca. Monsieur Biblio ficou com tanto medo que não parou de correr até chegar ao quarto do Senhor Cogsworth, na ala masculina, onde se viu batendo na porta furiosamente e com grande exaltação.

– Senhor Cogsworth, Senhor Cogsworth! Por favor, acorde! – Monsieur Biblio tremia de medo, mas foi tirado de seu transe quando o Senhor Cogsworth abriu abruptamente a porta do quarto com o bigode torto, o cabelo despenteado e uma expressão colérica no rosto.

– O que significa isso, Biblio? Qual é o problema agora? – perguntou o Senhor Cogsworth. Monsieur Biblio nunca o tinha visto tão zangado. Nunca o vira parecendo outra coisa senão perfeitamente calmo.

– É verdade, Senhor Cogsworth! *Existem* fantasmas na biblioteca! Venha rápido! – disse Monsieur Biblio, ajeitando a touca de dormir, que escorregou enquanto ele corria e agora quase cobria seus olhos.

– Tolice! Você está tendo pesadelos de novo, homem. Volte para a cama. – Cogsworth estava prestes a bater a porta na cara de Monsieur Biblio, mas Monsieur Biblio esticou o pé para impedi-lo.

– Não, Senhor Cogsworth, eu juro! Eles estão lá agora. Devo insistir que você venha comigo. – O pobre homem estava sem fôlego por causa da corrida e da terrível provação. Certamente, o Senhor Cogsworth percebeu que ele estava dizendo a verdade. Sem dúvida, não podia descartar aquilo como um absurdo trivial. Havia fantasmas na biblioteca e algo precisava ser feito.

– Muito bem. Acorde os lacaios e diga-lhes que nos encontrem na biblioteca. Se de fato temos fantasmas, então devemos enfrentá-los preparados. – O Senhor Cogsworth tirou o paletó do gancho na parede ao lado da porta e vestiu-o. Amarrou o cinto com um floreio furioso e tirou Monsieur Biblio do caminho.

Monsieur Biblio acordou os lacaios, como o Senhor Cogsworth havia pedido, e conduziu os jovens atordoados e confusos à biblioteca, onde o Senhor Cogsworth os aguardava. Mas antes de entrarem na sala, Monsieur Biblio os deteve para preparar os lacaios para o espetáculo assustador que estavam prestes a testemunhar.

— Agora, senhores, vocês devem fortalecer sua determinação. Devemos manter nossa posição, não importa o que acontecer. Aparições como essas se alimentam de nosso medo. Portanto, façam o que fizerem, não pareçam assustados – instruiu o bibliotecário enquanto entravam na biblioteca. Mas assim que o fizeram, seu queixo caiu. Não havia fantasmas, nem mesmo livros no chão. Tudo estava limpo e arrumado e guardado em seu devido lugar. Não havia nenhum sinal de que algo tivesse acontecido. Era algo confuso. Ele não entendeu.

— Sim, está uma bagunça aqui. Está cheio de fantasmas – comentou Francis, um dos lacaios, fazendo os outros rirem.

— Estou lhes dizendo, havia fantasmas aqui! Eu os vi com meus próprios olhos. – Monsieur Biblio girava em círculos, olhando perplexo ao redor do aposento. – Eles estavam aqui, juro!

— Você, Monsieur Biblio, acordou todo mundo por nada mais do que um pesadelo insignificante, e com todo o trabalho que temos pela frente antes da festa – ralhou o Senhor Cogsworth, que parecia ter endireitado o bigode e ajeitado o cabelo ao longo do caminho, enquanto desciam a escada.

— Não foi um pesadelo! Estou lhes dizendo, *havia* fantasmas aqui e eles estavam atirando livros em mim! – O bibliotecário olhou em volta em busca de qualquer sinal de que tudo não tinha sido um sonho. Era evidente que os espíritos haviam arrumado tudo. Mas isso era provável? Ele não tinha lido que os espíritos eram particularmente meticulosos nesse aspecto. Mas mesmo assim, acontecera. Não importava a aparência da biblioteca agora, poucos momentos antes tudo estava um caos.

– O que é mais provável, Monsieur Biblio, uma biblioteca mal-assombrada ou um bibliotecário exausto sofrendo de pesadelos? Agora, se não se importa, acho que voltaremos para a cama. Eu sugiro que você faça o mesmo. – O Senhor Cogsworth fez sinal aos lacaios para saírem da sala.

– Mas, e os fantasmas? Algo deve ser feito! Espere... O que foi isso? Você ouviu aquela risada? – perguntou Monsieur Biblio. Seus olhos estavam arregalados quando ele correu para uma estante atrás da qual poderia jurar ter ouvido risadas.

– Primeiro fantasmas e agora alguém rindo entre os livros? Monsieur Biblio, acredito que você precisa descansar. Será que deveríamos pedir ao Monsieur D'Arque para dar uma olhada em você?

– Agora olhe aqui! É verdade, estou dizendo. Eu vou lhe mostrar. – Monsieur Biblio apertou um botão discreto na estante, que se abriu para revelar uma pilha de livros guardados em um compartimento secreto. Os mesmos livros que haviam sido jogados nele momentos antes. De repente, tudo ficou claro, ele sabia o que havia acontecido e seu sangue começou a ferver.

– Saia, Gaston, eu sei que você está aí, seu garoto horrível, diabólico e miserável... Oh! – Monsieur Biblio ficou chocado ao ver o príncipe sair do seu esconderijo, de trás da pilha de livros. – Eu... sinto muito, meu príncipe. Não percebi que era você.

– Obviamente – disse o príncipe. – O que é isso tudo, Monsieur Biblio? Senhor Cogsworth? Por que vocês estão todos aqui de pijama? – O príncipe se levantou e cruzou os braços de maneira imperiosa, como se fosse perfeitamente normal esconder-se atrás de uma estante no meio da noite.

— Sinto muito, Vossa Alteza. Monsieur Biblio deve ter tido um pesadelo. Peço desculpas – disse o Senhor Cogsworth, com o rosto ficando vermelho.

— É claro que não culpo você, Cogsworth – falou o príncipe, olhando feio para Monsieur Biblio.

— Que brincadeira é essa a de vocês? Eu sei que Gaston está aí com você! Sei que ele está por trás de tudo isso – Monsieur Biblio balbuciou de raiva. Estava farto das tolices de Gaston e do príncipe e só conseguia descontar sua raiva em um dos meninos. Ambos o atormentavam havia anos, pegando seus livros e não os devolvendo. Não tinha condições de atacar o príncipe, denunciá-lo por sua cumplicidade, mas poderia garantir que Gaston fosse punido por seus perversos hábitos de roubo de livros. Se havia uma coisa que Monsieur Biblio não suportava era desrespeito com os livros, e Gaston e o príncipe haviam demonstrado desrespeito do mais baixo nível. Eles os espalharam por todo o castelo e os jogaram no chão. E não havia como isso ficar impune, se ele pudesse evitar.

— Digamos que Gaston esteja por trás de tudo isso. E daí se ele estiver? O que você vai fazer a respeito? – perguntou o príncipe, mais autoritário do que nunca. Não cabia a Monsieur Biblio dizer, nem mesmo ter uma opinião sobre essas coisas, mas, no que lhe dizia respeito, o príncipe não era tudo o que esperava ser e ficava mais impertinente a cada dia. E Gaston era ainda pior. Monsieur Biblio não entendia por que quase toda a criadagem os adorava. Parecia que apenas o Senhor Cogsworth e ele próprio viam Gaston como ele era. Fazia sentido o motivo pelo qual o velho Senhor Cogsworth inventava desculpas para o príncipe e era indulgente com ele. Mas Monsieur Biblio tinha certeza de que em pouco tempo o príncipe se transformaria em um monstrinho se alguém não o controlasse.

— Vamos, Monsieur Biblio, você não quer dizer nada de que possa se arrepender. Você está descontrolado — comentou o Senhor Cogsworth.

— Eu sei que tudo isso foi obra de Gaston e do príncipe! Roubar livros, pregar peças! Estou pensando em contar pessoalmente ao rei! — confessou Monsieur Biblio.

— E em quem você acha que o rei vai acreditar? Num bibliotecário velho e tolo que acredita em fantasmas ou no próprio filho? Agora, volte para a cama antes que perca seu cargo, Monsieur Biblio — disse o príncipe com uma expressão malvada.

— Sim, sugiro que todos voltemos para a cama — falou o Senhor Cogsworth, que parecia bastante desconfortável com toda a situação, mexendo no cinto de seu roupão.

Monsieur Biblio fora derrotado. Não havia nada a ser feito. Agora não, de qualquer modo. Ao sair da biblioteca com o Senhor Cogsworth e os lacaios resmungões e grogues de sono atrás deles, ele ouviu claramente a voz de Gaston junto com a do príncipe vindo da biblioteca. Rapidamente lançou um olhar para Cogsworth para ver qual seria sua reação. Mas não houve nenhuma. O mordomo estava impassível como sempre, sem pestanejar, sem sequer mudar a expressão no olhar, como se ambos não tivessem ouvido a mesma coisa.

— Você realmente não vai dispensar Monsieur Biblio, não é, Reizinho? — Gaston perguntou.

E o príncipe respondeu:

– Ainda não decidi.

Não, esse não foi o fim para Monsieur Biblio. Ele e o Senhor Cogsworth sabiam que o príncipe e Gaston estavam por trás dos livros desaparecidos desde o início. Talvez, juntos, eles encontrassem uma forma de punir os meninos por quebrarem as regras de Monsieur Biblio.

CAPÍTULO IV

A FERA DE GÉVAUDAN

Quando Gaston não estava pregando peças no pobre e velho Monsieur Biblio com o príncipe, ou fazendo suas tolices habituais, estava ao lado de seu pai, ajudando no planejamento para a Grande Caçada. O pai de Gaston vinha se preparando para isso desde que o rei o procurara com a notícia de que iria organizar uma caçada de vastas proporções durante a próxima festa no castelo, que deixara todos os funcionários em pânico e trabalhando nas últimas semanas. Gaston acompanhava o pai nas rondas, cuidando dos batedores que tiravam os animais dos esconderijos para os atiradores, a fim de se certificar de que estavam equipados com tudo o que precisavam; supervisionando a recepção dos cavalos dos nobres visitantes, que haviam sido enviados antes da chegada dos cavalheiros e das damas; e explorando as melhores áreas para sediar as diversas atividades ao ar livre, tudo isso consultando o rei e a rainha. Gaston não conseguia acreditar na responsabilidade que seu pai tinha e achou inspirador vê-lo trabalhar.

Nesse dia em particular, Gaston e o pai dirigiram-se a uma clareira onde os operários davam os últimos retoques na construção de um enorme pavilhão externo. O projeto já estava em andamento havia alguns meses, muito antes da notícia da festa no castelo, mas quando o pai de Gaston soube que iria organizar uma caçada real, ele e o rei decidiram agilizar o processo para que estivesse pronto para o almoço dos atiradores, que seria oferecido pela rainha.

Felizmente, muito progresso já havia sido feito no pavilhão, então os operários sentiram que teriam condições de terminá-lo a tempo. O pai de Gaston poderia, é claro, ter deixado isso para o construtor-chefe, assim como poderia ter deixado o cuidado dos cavalos para o cavalariço-chefe, e assim por diante, mas Grosvenor sabia quão importante esse evento era para o rei, e queria ter certeza de que tudo estava perfeito.

Gaston ficou admirado com a atenção do pai aos detalhes, surpreso com todos os arranjos que teve que fazer e com as coisas que precisava lembrar. Gaston sentiu o peso das responsabilidades de seu pai pressionando-o como se fossem suas, embora não houvesse nenhum sinal de que isso parecesse perturbar Grosvenor. Ele nunca tinha visto um homem tão forte e capaz, sempre tão calmo, até mesmo gentil, e nunca se irritando com ninguém, não importa se lhe fosse dado um motivo.

Ao se aproximarem do pavilhão, puderam ver à distância que a estrutura estava de fato quase concluída, e havia vários funcionários trazendo mesas, cadeiras e outras coisas necessárias para o almoço da rainha. Havia até um lustre especial – feito com pequenos espelhos que refletiam a luz – importado de um reino vizinho. O príncipe contou-lhe que a rainha não queria saber praticamente de mais nada porque estava muito entusiasmada, e continuava falando sobre como o lustre era feito de fragmentos da coleção de um renomado fabricante de espelhos que havia falecido alguns anos antes. E o pai de Gaston acabara de dizer naquela manhã que sabia que a rainha tinha grandes planos para o pavilhão além de organizar o almoço; o lustre era a peça central de seus planos, então ele estava feliz por estar lá para supervisionar sua chegada e garantir que os operários o tratassem com cuidado. Ao chegarem mais perto do pavilhão, Gaston percebeu que a Senhora Potts também estava ali e devia ter tido a mesma ideia.

– Vejo que você também está aqui para supervisionar a instalação do novo tesouro da rainha, Grosvenor – disse a Senhora Potts, parecendo muito satisfeita por ter encontrado Gaston com o pai. Ela era uma mulher muito alegre, sempre com um sorriso no rosto, a menos, é claro, que estivesse zangada com alguém. Mas parecia que a tensão dos acontecimentos futuros, e mesmo as explosões de Monsieur Biblio sobre o "incidente da biblioteca", como ele o chamava, não poderiam diminuir o ânimo da Senhora Potts.

– Estou aqui por esse motivo mesmo, Senhora Potts. Sei que você tem muita coisa para cuidar em casa, então pode deixar isso comigo, se preferir – ofereceu Grosvenor.

– É bom sair um pouco, Grosvenor. Invejo todo o tempo que você passa ao ar livre. E como você está, Gaston? Está pronto para a Grande Caçada? Você se juntará ao seu pai nos deveres de atendimento ao rei? – perguntou a Senhora Potts, que de alguma forma conseguia manter uma conversa totalmente agradável e ao mesmo tempo observar os trabalhadores com olhar de falcão enquanto eles retiravam o lustre do caixote de madeira.

— Gaston atenderá o príncipe, servindo como seu carregador – disse Grosvenor, sorrindo para o filho e dando-lhe tapinhas nas costas.

— Seu *carregador*? Sou muito melhor atirador do que Reizinho. Não poderei atirar também? – perguntou Gaston, virando a cabeça em estado de choque.

— Somos criados, Gaston. Não é nossa função atirar com a companhia real. E você não é melhor que o príncipe, lembre-se disso. – Grosvenor olhou para a Senhora Potts para ver se ela poderia intervir.

— Mas Reizinho *sabe* que sou melhor atirador do que ele.

— Ah, acho que ninguém se importaria se Gaston se juntasse à caçada, Grosvenor – disse a Senhora Potts. – Realmente acho. E ele tem razão, você sabe, atira melhor do que o príncipe. É o melhor em tudo. Ele se parece com você.

— Se ele se parecesse comigo, perceberia a sabedoria em deixar o príncipe acreditar que é o melhor – observou Grosvenor.

— Você parece o Senhor Cogsworth falando – disse a Senhora Potts. – E não tenho certeza de quão sábio isso é, especialmente se não for verdade.

A conversa foi interrompida pelo som de um grupo de homens gritando na floresta. Aparentavam estar a alguns metros do pavilhão, mas Gaston percebeu que pareciam em pânico enquanto chamavam aqueles que trabalhavam na obra. Um dos homens veio correndo da floresta, com pavor estampado no rosto.

— Alguém, por favor, chame Monsieur Grosvenor! – ele exclamou, sem fôlego, mal conseguindo falar. – Alguém sabe onde ele está?

— Estou aqui. Qual é o problema? — Grosvenor gritou enquanto corria para o outro lado do pavilhão a fim de ver o que estava acontecendo, deixando Gaston e a Senhora Potts para trás.

— Ah, senhor! Venha comigo. É terrível – disse o jovem. – Por aqui. – Ele conduziu Grosvenor para a floresta, onde um grupo de homens estava reunido, olhando para alguma coisa. A princípio, Grosvenor pensou que um animal tivesse sido atacado por um lobo ou alguma criatura semelhante. Era uma cena sangrenta, horrenda e terrível, mas ele não entendia por que os homens estavam em pânico. Ao se aproximar, percebeu que não era um animal, mas um dos jovens da equipe externa chamado Andre, de quem Grosvenor gostava muito. Ele não suportou olhar para o pobre sujeito caído no chão da floresta, coberto de sangue e terra, como se sua vida não significasse nada.

— O que aconteceu? – ele quis saber, percebendo que sabia a resposta no momento em que fez a pergunta. Já vira um ataque como aquele antes, e isso fez seu estômago embrulhar e o coração disparar tão rápido que ele pensou que seus joelhos pudessem ceder. Grosvenor recuperou o controle e examinou o que restava do corpo do pobre jovem com as mãos trêmulas.

— Ele está caído aqui desde ontem à noite! – Não conseguiu evitar que lágrimas rolassem quando olhou para o rosto angustiado dos outros homens. Todos eles amigos daquele pobre jovem que perdera a vida. – Por que ninguém me disse que Andre estava desaparecido? – questionou Grosvenor, tirando o casaco e colocando-o sobre o rosto do pobre rapaz. – Alguém traga Jean! – prosseguiu. – Quero saber por que ele não me avisou que Andre não voltou com os outros operários ontem à noite. – Sua voz estava embargada, sua dor se transformando em raiva e reprovação.

– Pensávamos que ele estivesse na taverna da aldeia, Grosvenor. Não poderíamos ter imaginado... – O caçador real não o deixou terminar. Ele não era o tipo de homem que cortava os outros ou gritava ordens, mas Jean, o construtor-chefe, chegara e não havia tempo a perder.

– Esqueça isso. Jean, quero uma contagem completa do pessoal externo imediatamente! E diga a todos que o reino inteiro está sob toque de recolher até novo aviso. Você entendeu? Ninguém deve sair depois de escurecer. Quero todos em casa o mais tardar ao anoitecer – orientou Grosvenor, enquanto os outros começavam a sair do pavilhão para ver o que havia acontecido.

– E o que devemos dizer ao rei e à rainha quando eles perguntarem por que não seguimos suas ordens de trabalhar até tarde? Você sabe que não podemos parar de trabalhar ao anoitecer se quisermos estar prontos para as festividades! – Jean protestou.

– Toda a festa no castelo terá que ser cancelada, Jean. Vou falar com o rei – disse Grosvenor. O pequeno grupo agora estava cercado pela equipe externa, bem como pelas criadas que estavam lá para ajudar nos preparativos do pavilhão, agora conversando entre si e fazendo perguntas a Grosvenor.

– Com certeza não podemos cancelar a festa agora. O que o rei e a rainha dirão? Seus convidados estão viajando há semanas para chegar aqui – lembrou uma das criadas, que estava lá para polir o lustre antes que o instalassem.

– Dirão que a Fera de Gévaudan regressou e que estamos sitiados – disse Grosvenor, fazendo com que todos suspirassem e depois caíssem num silêncio assustador no momento em que a Senhora Potts e Gaston entraram em cena.

– O que foi? Tem certeza, Grosvenor? – perguntou a Senhora Potts.

– Para trás, Senhora Potts. Não quero que você veja isso. Gaston, leve-a de volta ao castelo agora e informe ao Senhor Cogsworth que estarei lá em breve para falar com ele e com o rei – disse Grosvenor.

– Pode realmente ser a fera, Grosvenor? De verdade? Tem certeza? – A Senhora Potts parecia instável, trêmula, como se fosse desmaiar, fazendo com que Gaston estendesse o braço para ela se apoiar nele.

– Gaston, cuide da Senhora Potts e leve-a de volta ao castelo. Falaremos sobre isso mais tarde – instruiu Grosvenor.

– Claro, papai. – Gaston passou o braço em volta da Senhora Potts e tentou conduzi-la de volta ao castelo. – Vamos, Senhora Potts, meu papai cuidará disso – disse Gaston. Ele queria ficar lá com o pai. Não conseguira ver o que havia acontecido para deixar todos tão assustados, mas sabia que era sério.

– Mas você tem certeza, Grosvenor? – A Senhora Potts se recusava a arredar pé; parecia estar num transe de medo.

– Tenho certeza, Senhora Potts. Agora, deixe Gaston levá-la para dentro.

– Vamos, Senhora Potts – falou novamente Gaston, dando-lhe um leve beijo na bochecha como um filho amoroso. – Acho que uma xícara de chá lhe faria bem.

Gaston nunca tinha visto a Senhora Potts tão transtornada. Ele a levou para a sala de estar, sentou-a e colocou seu xale em volta dos ombros.

– Pronto, sente-se aqui, Senhora Potts, já volto com um bule de chá – disse ele quando Plumette entrou na sala.

– O que é isso que estão dizendo? É verdade, Senhora Potts? É realmente...

Gaston interrompeu Plumette antes que ela pudesse terminar. Ele não queria que todos a atormentassem com perguntas.

– A Senhora Potts teve um choque, Senhorita Plumette. Meu pai estará de volta assim que terminar de falar com o rei e explicará. Você poderia, por favor, ver se uma das criadas da cozinha poderia preparar um bule de chá para a Senhora Potts? – ele perguntou.

– É pra já! – ela disse, correndo para a cozinha.

– Você está bem, Senhora Potts? – Gaston ajeitou seu xale e segurou sua mão. Odiava vê-la com tanto medo. Ela tinha uma expressão distante nos olhos que o lembrava da aparência de seu pai às vezes quando ficava sentado sozinho olhando para os degraus.

– Sim, querido. Não se preocupe comigo. Vá ver os outros criados e eu me juntarei a vocês em um momento.

Mas Gaston não queria deixá-la sozinha. Ele nunca vira a Senhora Potts com medo, não daquele jeito. Pensando bem, ele também nunca tinha visto seu pai com medo.

Gaston sabia que aquilo devia ser sério para a Senhora Potts e seu pai estarem tão nervosos. Ele tinha visto seu pai taciturno e pensativo, e talvez até agitado às vezes, mas nunca assustado, nunca descontrolado, e isso fazia Gaston sentir medo. As mãos de seu pai tremiam enquanto ele conversava com a Senhora Potts, e seu rosto estava tomado de medo e pesar, terror e tristeza. E agora a pobre Senhora Potts estava tão abalada, tão diferente de si mesma, que ele se perguntou se deveria ter deixado o pai sozinho. Perguntou-se se seu pai estava seguro. Se a Senhora Potts não precisasse dele, teria voltado para se certificar de que o pai estava bem.

Gaston conhecia apenas fragmentos das histórias que cercavam a Fera de Gévaudan, embora as histórias fossem bem conhecidas em suas terras. Fazia muitos anos que não se ouvia falar da fera e todos pensavam que estivesse morta. Dizia-se que era um grande lobo cinzento de enormes proporções que aterrorizara o campo durante anos. Se as histórias fossem verdadeiras, a fera não era vista desde pouco depois do nascimento de Gaston, então para ele eram apenas histórias, inventadas para assustar as crianças e fazê-las obedecer aos pais, como os outros contos de fadas e lendas com que ele e o príncipe haviam crescido. A ideia de que essa fera era real encheu de terror o coração de Gaston. Não porque ele sentisse medo dela, mas porque seu pai sentia. E Grosvenor não tinha, até onde ele sabia, medo de nada, até hoje.

Gaston podia ouvir todos no salão falando alto, em pânico com a notícia que obviamente se espalhara pelo castelo durante o tempo que ele e a Senhora Potts levaram para voltar.

– Onde está Grosvenor? – O Senhor Cogsworth estava parado na porta da sala de estar da Senhora Potts. – Como sabemos que se trata mesmo da Fera de Gévaudan e não simplesmente de um ataque de lobo? – O Senhor Cogsworth havia perdido toda a compostura. Já não era ele mesmo.

— Acalme-se, Senhor Cogsworth, por favor. A Senhora Potts teve um choque e meu pai voltará em breve para conversar com todos. Tenho certeza de que ele não iria querer que entrássemos em pânico – disse Gaston, tentando assumir o controle da situação da maneira que achava que seu pai faria.

— Agora escute aqui, meu jovem. Não permitirei que o filho de um servo me diga para me acalmar. – Mas Gaston não se importou. Não iria deixar ninguém perturbar a Senhora Potts além do que ela já estava; contudo, antes que pudesse dizer mais alguma coisa, a Senhora Potts deixou a situação mais do que clara para o mordomo.

— De todos nós, Senhor Cogsworth, se alguém seria capaz de reconhecer um ataque da Fera de Gévaudan, esse alguém é Grosvenor. E não há razão para se dirigir a Gaston de forma tão rude – disse a Senhora Potts.

— Você viu... o pobre rapaz? – O Senhor Cogsworth mal conseguiu pronunciar as palavras. Como se falar sobre isso tornasse tudo real.

— Não. Mas confio em Grosvenor. Ele está falando com o rei agora, e os dois decidirão o que fazer – disse a Senhora Potts.

— Eu sou o mordomo desta casa! Cabe a mim ajudar o rei a decidir o que fazer. – O bigode do Senhor Cogsworth se contraiu tão rápido que mais parecia os ponteiros de um relógio em que se dá corda rapidamente. O fato era que o Senhor Cogsworth estava muito tenso, e quem poderia culpá-lo, levando-se em conta tudo que estava acontecendo?

— Você também sabe, Senhor Cogsworth, que essa é a área de competência de Grosvenor. Tenho certeza de que, assim que ele falar com o rei, você, Grosvenor e eu nos reuniremos para discutir como o rei deseja proceder – disse a Senhora Potts.

Ela ainda parecia um pouco pálida, e Gaston desejou que o Senhor Cogsworth a deixasse em paz, mas ele não estava disposto a pressioná-lo. Estava em tal estado que Gaston ficou surpreso que Cogsworth não o tivesse expulsado da sala de estar. Não que a Senhora Potts fosse permitir isso.

Gaston não tinha apreciado verdadeiramente o lugar de seu pai na equipe real até aquele momento, mas estava orgulhoso em saber que Grosvenor era tão importante quanto o Senhor Cogsworth e a Senhora Potts. Gaston não pôde deixar de sorrir ao ver a resignação de Cogsworth com as palavras da Senhora Potts.

Quando o pai de Gaston se dirigiu ao salão dos empregados, onde Gaston, a Senhora Potts, o Senhor Cogsworth e a maior parte da equipe sênior estavam reunidos, todos no castelo já tinham ouvido a notícia. Estavam em pânico e cheios de perguntas.

– Acabei de ter com o rei. Ele deseja que eu informe a todos vocês sobre o toque de recolher que está em vigor imediatamente. Ninguém deve sair de casa depois de escurecer, por qualquer motivo. O rei espera que todos obedeçam, para sua própria segurança. E isso inclui você e o príncipe – disse Grosvenor, olhando diretamente para Gaston. – Ele continuou: – O rei sugeriu que Gaston devesse tomar um quarto no castelo para que nenhum deles fique tentado a sair escondido para se verem depois de escurecer, e conhecendo o histórico dos dois, tenho que concordar. Senhora Potts, será um problema encontrar um quarto para Gaston?

— Claro que não, Grosvenor. Vou providenciar um quarto para vocês dois – disse a Senhora Potts.

— Isso não será necessário, Senhora Potts, mas obrigado – agradeceu Grosvenor.

— Como não? É claro que você ficará hospedado no castelo conosco, Grosvenor! – interveio Lumière.

— Não temos espaço para abrigar toda a equipe externa do castelo e me recuso a ficar em segurança dentro de seus limites enquanto meus homens estiverem em risco. – Grosvenor parecia severo e decidido. Esse era o tipo de homem que o pai de Gaston era. Bom e honesto e sempre tentava fazer o melhor para seus homens. Gaston ficou maravilhado com a bravura de seu pai.

— Certamente eles estarão seguros em seus alojamentos, desde que não saiam depois do toque de recolher – disse Lumière.

— E estarei seguro no meu – observou Grosvenor.

Gaston estava orgulhoso de seu pai. Mesmo que a ideia de ele ficar sozinho no chalé assustasse Gaston, ele ficou impressionado com o fato de seu pai não se esconder atrás das muralhas do castelo a menos que todos os seus homens estivessem junto.

— Mas, Grosvenor, estamos todos muito assustados. É verdade, então, o que dizem? A Fera de Gévaudan voltou? Como pode ser? Achei que você tivesse matado a fera há muito tempo – disse Lumière.

— Eu esperava que tivesse, Lumière, mas parece que não. – Grosvenor olhou para o filho. Gaston não entendia. Seu pai nunca lhe contara que um dia havia enfrentado a Fera de Gévaudan. Ele nunca mencionara isso. Parecia o tipo de coisa de que alguém se gabaria, uma história para partilhar junto à lareira, mas o seu pai nunca sequer mencionou a Fera de Gévaudan, muito menos que ele pensava que a tinha matado.

– Sim, Grosvenor, por favor, fique aqui conosco. Os homens ficarão bem – disse a Senhora Potts. – Precisamos de você aqui para nos proteger. – Ela ainda parecia tão pálida e assustada. Gaston podia ver que seu pai estava em uma posição complicada, mas ele não iria se esconder dentro de um castelo enquanto seus homens se defendiam sozinhos em suas cabanas na floresta perigosa.

– Meu pai não abandonará seus homens e eu não abandonarei meu pai. Ficarei na cabana com ele – decidiu Gaston. Agora compreendia como o pai conseguira a cicatriz: devia ter sido ao lutar contra a Fera de Gévaudan. Gaston sabia que seu pai era corajoso, sabia que era o melhor em tudo, mas isso superava tudo o que ele havia imaginado. Seu pai era realmente o homem mais incrível e Gaston esperava que um dia pudesse ser tão corajoso quanto ele.

– O rei decretou que você ficará no castelo, Gaston. A Senhora Potts providenciará um quarto para você. E, por favor, todos vocês, parem de atormentar Grosvenor com pedidos para que fique no castelo. Se ele sente que é seu dever estar com os seus homens, então devemos respeitar a sua escolha – o Senhor Cogsworth falou com convicção, as mãos firmemente colocadas nos quadris, o que pôs fim à conversa nervosa e às perguntas intermináveis. E por todo o salão, as sobrancelhas se ergueram em seu apoio a Grosvenor.

– Obrigado, Senhor Cogsworth. O rei e a rainha gostariam de falar conosco e com a Senhora Potts, mas primeiro preciso conversar rapidamente com meu filho. Levará apenas um instante. Com licença. – Com isso, Grosvenor pegou Gaston pelo braço e conduziu-o para fora do salão dos empregados.

— Você pode usar minha sala de estar, Grosvenor – a Senhora Potts gritou para eles, com uma expressão preocupada no rosto. Gaston e Grosvenor aceitaram a oferta da Senhora Potts e usaram a sala de estar para que pudessem conversar em particular. A sala estava fria e mal iluminada, com o fogo reduzido a brasas e nenhuma das velas acesas. Era estranho estar ali sem a Senhora Potts.

— Escute-me, filho. Sei que está preocupado, mas preciso de você aqui para ajudar a Senhora Potts a manter a calma. Conto com você para manter o príncipe longe de problemas. Não quero que nenhum dos dois pense em deixar o castelo depois de escurecer. O rei também conta com você. Foi ideia dele que você ficasse no castelo. Ele sabe que você é a única pessoa que o príncipe realmente ouve. Essa é uma grande responsabilidade, Gaston, mas sei que você consegue lidar com isso. Estou confiando em você para manter seu irmão mais novo seguro.

— Você nunca o chamou assim antes, pai. Por que agora? – perguntou Gaston.

— Porque sei que você o ama como um irmão e quero que entenda quão importante e sério isso é. Você nunca se perdoaria se algo acontecesse com seu amigo, e eu nunca me perdoaria se algo acontecesse com você. Meu coração já foi partido uma vez; por favor, não o parta novamente. Prometa-me, Gaston, que você deve manter a si mesmo e ao príncipe seguros. – Grosvenor abraçou o filho quase desesperadamente, como se fosse a última vez.

— Eu prometo, pai – disse Gaston retribuindo o abraço do pai, sentindo o peso do que estava acontecendo, embora tivesse a sensação de que seu pai não estava compartilhando tudo.

– Muito bem. Devo ir com o Senhor Cogsworth e a Senhora Potts falar com o rei e a rainha. Seja um bom menino e faça o que a Senhora Potts mandar – disse Grosvenor, dando-lhe um beijo. – Vejo você de manhã no café da manhã.

Gaston permaneceu na sala da Senhora Potts por um momento depois que seu pai saiu, pensando em tudo que acabara de ouvir. Ele não conseguia se lembrar de ter visto seu pai tão assustado antes, tão sério. E não podia deixar de sentir que havia mais naquela história do que aquilo que Grosvenor ou a Senhora Potts estavam falando, mas também não conseguia dizer por que se sentia assim. Era alguma coisa na maneira como agiam, algo que não diziam e na expressão de seus olhos.

– Gaston! Aí está você. Você ouviu, vai ficar no castelo! Insisti que você pudesse ficar no quarto conectado ao meu – disse o príncipe, entrando no aposento como se não estivessem no meio de uma crise.

– Presumi que a Senhora Potts fosse arranjar um quarto na ala dos criados – declarou Gaston surpreso.

– Não seja ridículo. Acabei de dizer à Senhora Potts para preparar o quarto azul. Não se preocupe, minha mãe e meu pai não se importam. De qualquer forma, foi ideia do papai. Você acredita na nossa sorte? Uma chance de caçar a fera! – O príncipe parecia bem mais jovial do que deveria. Agindo como se alguém não tivesse acabado de morrer.

– Não tenho certeza se o pobre Andre concordaria com você – comentou Gaston, lembrando-se do corpo com o casaco por cima, da expressão de terror no rosto do pai. – Além disso, não vamos atrás da fera, Reizinho. Prometi a meu pai que ficaríamos dentro de casa e em segurança.

— Desde quando seguimos regras? Vamos! Esse é exatamente o tipo de aventura que estávamos esperando. Uma *verdadeira* aventura. Estamos prontos, Gaston. — O príncipe estava tão indiferente com tudo aquilo que Gaston quase sentiu vergonha dele. Como o príncipe poderia estar pensando naquilo como uma aventura? Ele não viu como todos estavam assustados? Seu amigo não estava levando aquilo a sério. Mas, também, havia muito pouca coisa que ele levava a sério.

— Não estamos prontos, Reizinho! Deixe a fera para meu pai e seus homens! — disse Gaston, sentindo-se frustrado com o amigo, mas antes que pudesse dizer mais alguma coisa, Lumière abriu a porta e espiou dentro do aposento.

— E o que vocês dois estão tramando? — perguntou Lumière, estreitando os olhos para ambos. Gaston se sentiu feliz pelo fato de Lumière ter entrado na sala; ele não queria brigar com seu melhor amigo. Sabia o que se passava na mente do príncipe, e a última coisa que faria seria trair sua palavra ao pai.

— Ah, nada, Lumière. Só estou querendo saber o que há para o jantar — respondeu o príncipe.

— Suponho que isso dependa se você está jantando no andar superior ou no inferior, Vossa Alteza. Mas, de alguma forma, duvido que seja disso que estavam falando — afirmou Lumière, ainda olhando para os meninos como se os tivesse flagrado fazendo algo que não deveriam.

— Talvez você esteja certo, Lumière, mas acho que jantaremos lá embaixo esta noite.

CAPÍTULO V

A FERA NA FLORESTA

O jantar no andar inferior foi bastante moderado. O salão dos empregados não estava ressoando com as vozes alegres de amigos ou com risadas naquela noite. Todos ficaram chocados e tristes com a descoberta do corpo de Andre na floresta e assustados com a ameaça da Fera de Gévaudan. Fazia tanto tempo desde que a fera fora vista pela última vez em sua região que eles pensaram que fosse uma lembrança distante. E agora não apenas estavam diante da morte violenta de um amigo e de uma ameaça iminente, mas também dos trágicos acontecimentos do passado que tanto tentaram deixar para trás.

– Suponho que o rei e a rainha tenham querido dormir cedo – disse Plumette, com os olhos ainda vermelhos de tanto chorar. Todos à mesa estavam tristes e assustados. Mas parecia haver algo mais por trás de seus olhos e dos olhares compartilhados entre aqueles que trabalhavam no castelo há mais tempo. Aqueles que estavam lá quando a fera atacou anos antes. E Gaston percebeu que havia algo que eles estavam pensando, mas não diziam um ao outro em voz alta.

– Sim, eles jantaram em seus aposentos privados e retiraram-se cedo para seus quartos. Ouso dizer que todos nós vamos querer dormir cedo – disse o Senhor Cogsworth, que mal havia tocado no próprio jantar. Ninguém à mesa tinha muito apetite, exceto o príncipe, que já havia repetido e agora olhava para o aparador para ver o que havia para a sobremesa.

Enquanto os outros conversavam, Gaston estava distraído, pensando em seu pai sozinho no chalé enquanto a fera estava espreitando na floresta em busca de sua próxima vítima. Conjecturou se Grosvenor teria pensado em colocar a gata para dentro antes de escurecer. Imagens horríveis encheram sua mente, rápidas como um relâmpago, seu corpo tomado pelo medo a cada pensamento invasivo. Não importava o quanto ele tentasse, não conseguia banir as imagens do lobo cinzento gigante rasgando a garganta de seu pai e arrancando os membros de seu corpo. Imaginou o corpo do pobre pai espalhado no chão da floresta, e a gata morta e mutilada, com o pelo coberto de sangue. Ele fechou os olhos contra esses pensamentos horríveis, mas não conseguiu afastá-los, não importava o quanto tentasse.

– Gaston, você está bem? Você parece indisposto – comentou a Senhora Potts. Ela mesma não parecia bem. Estava exausta com os acontecimentos do dia. Demorara mais do que o normal a tarefa de fazer todos os filhos dormirem naquela noite. Estavam com medo da fera cruel que espreitava fora das muralhas do castelo. E sem dúvida a Senhora Potts também estava preocupada com o pai de Gaston.

— Gaston está bem, Senhora Potts. Ele só está preocupado com o fato de seu pai estar sozinho em casa – explicou o príncipe. – Mas vamos garantir que ele esteja bem, não é, Gaston? – Ele deu tapinhas no ombro do amigo.

Gaston estava feliz por ter o príncipe jantando com eles, mesmo que todos à mesa parecessem desconfortáveis em sua companhia, por algum motivo. Geralmente, não era assim quando o príncipe jantava lá embaixo – e não era assim havia muitos anos. Até mesmo o Senhor Cogsworth normalmente parecia menos incomodado com isso, embora todos soubessem, estritamente falando, que ele não aprovava. Não, não se tratava do príncipe se juntar a eles, era outra coisa. Claro, todos estavam tristes por Andre e deviam estar preocupados com a fera. E agora muitos dos planos do rei e da rainha para a festa no castelo precisaram ser alterados no último minuto, mas parecia ser outra coisa. Algo sobre o que todos queriam falar, mas não o fariam.

— Monsieur Biblio, a biblioteca tem algum livro sobre a Fera de Gévaudan? – perguntou Gaston, pegando Monsieur Biblio de surpresa. Ele notou o bibliotecário tentando evitar olhar em sua direção durante todo o jantar e não entendeu o porquê, até se lembrar da peça que ele e o príncipe haviam pregado no homem. Ele se sentiu um tolo logo depois de perguntar. A verdade é que ele quase se esquecera de sua façanha boba com todo o restante acontecendo. Mas estava claro que Monsieur Biblio não havia esquecido e ainda estava furioso.

— Estou surpreso que você tenha a audácia de me perguntar sobre um livro, meu jovem, e ainda mais de falar comigo. Você teve sorte de eu não ter mandado revistar a casa de seu pai – disse Monsieur Biblio, claramente sem se importar com o fato de o príncipe estar sentado ali. Ele estava longe de ser o homem assustado e trêmulo em sua touca de dormir que fora na outra noite. Parecia um homem com um renovado sentimento de raiva que não se importava com o que poderia acontecer.

– Você é bem-vindo para revistar agora – disse o príncipe, sob suspiros audíveis de Monsieur Biblio e de alguns outros à mesa. Chocados por ele sugerir tal coisa, dadas as circunstâncias.

– Agora? Com a Fera de Gévaudan em ação? Ouso dizer que não, jovem senhor, ouso dizer que não! – Monsieur Biblio deixou cair o garfo e a faca, fazendo com que todos à mesa pulassem com o barulho.

– Acho que ouço a fera rosnando na porta dos fundos. Por que você não abre e dá uma olhada? – indagou o príncipe com um sorriso malicioso.

– Não importa, Reizinho. Já chega. Não vale a pena. – Gaston colocou a mão no ombro do amigo. Ele odiava quando o príncipe ficava assim. E começava a se ressentir de ser a única pessoa que conseguia dissuadi-lo desse estado de espírito. Ele já tinha o suficiente com que se preocupar naquela noite sem o príncipe provocar Monsieur Biblio. Não importava o fato de que eles eram a razão pela qual ele estava tão irritado. Eles se vestiram como fantasmas e o golpearam com livros. Qualquer um ficaria com raiva. Mas o príncipe não via as coisas dessa forma. Ele sentia que o homem havia causado tudo isso, e talvez isso fosse mesmo verdade, mas o príncipe não precisava ir tão longe. E Gaston sabia, por experiência própria, que o príncipe continuaria pressionando o bibliotecário até que ele explodisse de raiva. Gaston amava seu amigo, mas odiava quão implacável ele podia ser quando guardava rancor.

– Você realmente ouviu alguma coisa, Vossa Alteza? A fera está mesmo aqui? – perguntou Plumette, agarrando assustada a mão de Lumière.

– Não, minha querida, o príncipe está apenas brincando com Monsieur Biblio. A fera nunca chegaria tão perto do castelo. Pelo menos, espero que não. – Ele lançou um olhar temeroso pela janela, que dava para o pátio dos criados.

– Mas e se acontecesse? Como saberíamos? Ela pode estar aí fora agora mesmo! – disse Plumette, tomando um gole trêmulo de seu copo.

– Há guardas armados nas muralhas, Plumette. Eles vão atirar assim que avistarem e tocarão os sinos. Você não tem motivos para temer – assegurou o Senhor Cogsworth.

– Sinto muito, Senhorita Plumette. Eu não queria assustar você. Estava apenas brincando com Monsieur Biblio – disse o príncipe. – Por favor, me perdoe, Monsieur Biblio, sei que você está em um estado de espírito frágil e não deve ser provocado.

– Que disparate! Tenho a mente perfeitamente sã, garanto-lhe – indignou-se Monsieur Biblio. Gaston percebeu que o homem estava à beira de explodir de raiva e decidiu fazer o possível para acalmá-lo. Desejou nunca ter tocado no assunto dos livros. A culpa era sua, e ele sentiu que seria melhor tentar consertar.

– Claro que tem, Monsieur Biblio. Você está apenas agitado com os acontecimentos de hoje. Todos estamos, incluindo o príncipe. Não é verdade, Reizinho? – declarou Gaston, chutando o amigo por baixo da mesa, mas Reizinho não disse nada, só ficou ali, sentado, olhando para o homem, com uma expressão arrogante e desdenhosa no rosto.

– E quem não ficaria agitado, como você diz, depois de ser intimidado por vocês, seus rufiões? E tenho certeza de que não preciso ser defendido por gente como você! – Monsieur Biblio apontou um dedo ossudo para Gaston, assustando-o.

– Eu ouvi você dizer *rufiões*, senhor? Não pode estar falando do príncipe. – O Senhor Cogsworth deslizou a cadeira para trás violentamente enquanto se levantava. Parecia prestes a sair no soco.

Tudo havia caído no caos, com o Senhor Cogsworth e Monsieur Biblio gritando um com o outro, e o príncipe parecia aproveitar cada momento. Ele recostou-se na cadeira com as mãos atrás da cabeça, apenas sorrindo enquanto os dois homens continuavam.

– Acalmem-se, vocês dois! – falou a Senhora Potts levantando-se também. – Tenho certeza de que Monsieur Biblio não quis dizer o que disse.

– Na verdade, eu quis! Aquele maldito garoto me importunou durante todo o jantar! Ninguém se importa se eles me atacaram! Ninguém nesta casa tem respeito pelos livros! Livros desaparecidos, livros colocados de volta no lugar errado, livros misteriosamente espalhados por todo o castelo, livros sendo atirados em mim por pirralhos insolentes e mimados. Ainda tenho os hematomas do ataque deles! Esses meninos estão fora de controle, atropelando todo mundo sem quaisquer consequências.

– O príncipe apenas sorriu diante da indignação de Monsieur

Biblio, e a visão disso fez Gaston se sentir um pouco enjoado. Ele sabia que seu amigo fizera aquilo de propósito. E ele não conseguia acreditar que Monsieur Biblio tivesse mordido a isca.

– Já chega, Monsieur Biblio. Você sairá desta casa imediatamente, sem referências – disse o Senhor Cogsworth, batendo os punhos na mesa com tanta força que fez a porcelana chacoalhar. – Você levou as coisas longe demais. Você ultrapassou os limites!

– Tenho certeza de que Monsieur Biblio não quis dizer o que disse – a Senhora Potts apressou-se em repetir. – Ele está apenas aborrecido, como todos nós estamos. Talvez todos se sintam diferentes pela manhã. – O fato é que Gaston sabia que nada disso teria acontecido se ele e o príncipe não tivessem pregado uma peça em Monsieur Biblio. As coisas tinham ido longe demais, e Gaston sentia como se tudo estivesse fora de controle. Sim, Monsieur Biblio era chato, enfadonho e estranhamente obcecado pelos livros guardados na biblioteca, mas não merecia ser demitido sem referências.

– Concordo com a Senhora Potts – disse Gaston.

– Não preciso de um canalha analfabeto para me defender! – exclamou Monsieur Biblio, fixando os olhos em Gaston.

E naquele momento qualquer resquício de pena ou culpa de Gaston foi embora. Monsieur Biblio estava navegando perigosamente perto do limite desde que falara pela primeira vez, e agora não havia nada que Gaston ou qualquer outra pessoa pudesse fazer para salvá-lo.

– Já chega! Sei que estamos todos cansados deste dia horrível, mas não vamos dizer mais nada de que possamos nos arrepender. E não mandaremos Monsieur Biblio embora no meio da noite, por mais que tenha tratado o príncipe ou Gaston de modo impertinente. Não com a fera vagando pela floresta. Tenho certeza de que nem mesmo eles desejariam a morte do pobre Monsieur Biblio – disse a Senhora Potts, esperando a resposta do príncipe e Gaston.

– Nenhum de nós deseja isso – falou Gaston, cutucando o príncipe. – Não é, Reizinho? – Mas o príncipe não respondeu. Em vez disso, dirigiu seu olhar para seu tutor, o Senhor Willowstick, que pareceu bastante surpreso com as atenções do príncipe. Ele estava sentado em silêncio, tentando ficar fora da linha de fogo. Sabia muito bem o que era estar do lado errado do príncipe.

– Se bem me lembro, o senhor Willowstick é bem versado sobre a fera, não é, senhor Willowstick? – perguntou o príncipe, agindo como se a situação desagradável com Monsieur Biblio não tivesse acabado de acontecer.

– De fato, sou, Vossa Alteza, mas não deveríamos entediar os outros com as lições de História relativas à Fera de Gévaudan. – O Senhor Willowstick parecia bastante desconfortável enquanto trocava olhares com a Senhora Potts e alguns dos outros à mesa. Gaston percebeu que todos estavam perturbados, mas não sabia bem o que fazer a respeito.

– Por favor, senhor Willowstick, acho que todos aqui ficariam fascinados com seu conhecimento da fera. Eu sei que eu ficaria – disse o príncipe. Todos à mesa, incluindo o Senhor Willowstick, sabiam que o príncipe não achava fascinante nada que o Senhor Willowstick dizia. Era óbvio que o príncipe procurava informações que os adultos à mesa não tinham intenção de compartilhar, mas isso não iria impedi-lo, e Gaston não tinha certeza se se importava. Ele queria saber o que acontecera com a fera anos antes e queria saber como seu pai estava envolvido. Mas, ao contrário do príncipe, sabia que aquela noite não era o melhor momento para perguntar.

– Eu não acharia isso entediante. Gostaria de saber... – disse Plumette, mas a Senhora Potts a interrompeu.

– Acho que o senhor Willowstick tem razão. Talvez devêssemos mudar de assunto – declarou ela, olhando significativamente para Gaston e o príncipe. Dava para Gaston ver que ela sabia o que o príncipe estava fazendo, mas não iria permitir.

– Por que ninguém fala sobre a fera e o que aconteceu com Grosvenor? Mesmo meus pais não falam sobre isso. Exijo que alguém aqui nos conte imediatamente! – O príncipe olhou para todos à mesa em busca de respostas. Respostas que eles claramente não estavam dispostos a dar, mas o príncipe estava de mau humor e não cederia. Gaston o chutou por baixo da mesa para fazê-lo parar, porém a expressão do príncipe dizia a todos que ele não iria deixar a oportunidade passar.

– Porque, Vossa Alteza, a história não é nossa para compartilharmos. Cabe a Grosvenor e a seus pais dizer a vocês dois quando acharem que vocês estão prontos – disse Lumière.

– O que você quer dizer, Lumière? – perguntou Gaston.

– Não somos crianças. Se você sabe de alguma coisa, diga-nos.

– Já chega – disse a Senhora Potts. – Presumo que ninguém vá comer mais nada. Sugiro que todos nos dirijamos às nossas camas. – Ela olhou para o príncipe. – Ouso dizer que já conversamos o suficiente sobre feras por uma noite.

— A Senhora Potts está certa. Foi um longo dia e ainda temos muito que fazer antes da festa no castelo – disse o Senhor Cogsworth, parecendo prestes a desmaiar sob o peso de tudo o que aconteceu naquele dia.

— Ainda vamos ter a festa, então? Achei que Grosvenor disse que fosse ser cancelada – interveio o Chef Bouche, que até então observava o drama em silêncio, mas agora parecia estar em pânico.

— Alguns de nossos hóspedes estão viajando há dias, não podemos mandá-los embora nos portões. Teremos apenas que fazer o melhor que pudermos – disse a Senhora Potts. – E todos teremos um trabalho difícil. Então, por favor, vamos nos recolher agora.

— Mas o que devemos fazer com as refeições que planejamos ao ar livre? Devo transformar os bufês em banquetes internos num piscar de olhos? – exigiu saber o Chef Bouche.

— Repassaremos tudo isso amanhã, depois de finalizarmos o novo cronograma com a rainha. – A Senhora Potts esfregou a cabeça com frustração, visivelmente não desejando nada mais do que ir para a cama.

— A rainha deve estar terrivelmente desapontada por não poder jantar à luz de velas sob as estrelas. Ela estava ansiosa para iluminar seu novo pavilhão – disse Plumette.

Lumière pegou a mão dela.

— Minha querida, tenho certeza de que a rainha é a última pessoa que gostaria de colocar seus convidados ou funcionários em risco simplesmente porque está animada para fazer um espetáculo, e não depois do que aconteceu com... – Mas a Senhora Potts interrompeu Lumière.

– Basta, Lumière. Você já falou além da conta. Agora, por favor, vamos para a cama. Discutiremos isso mais tarde.

– *Mais tarde!* Depois de irmos para a cama, você quer dizer? Não somos bobos, sabe? Dá para ver que você está escondendo algo de nós. E sabemos que está com medo porque Grosvenor se recusou a ficar no castelo – disse o príncipe. Gaston também queria saber. Toda essa conversa o estava deixando com mais medo pelo pai. – Exijo que vocês nos contem o que aconteceu!

– Alguém pode me dizer se isso tem algo a ver com meu pai? – Gaston acrescentou. – Vocês acham que ele está por aí caçando a fera? Se sim, não deveríamos ajudá-lo? – Ele pulou para pegar seu casaco e foi em direção à porta.

– É claro que ele está caçando a fera, não seja mais idiota do que o necessário – disse o príncipe, fazendo Gaston se virar e lançar-lhe um olhar furioso.

– Já basta de sua parte, jovem senhor! – ralhou a Senhora Potts, que provavelmente era a única pessoa além de Gaston sob seu teto que poderia se safar falando com o príncipe daquela maneira.

– Seu pai não é tolo o suficiente para ir atrás da fera sozinho à noite, Gaston. Você não está pensando com clareza. A Senhora Potts está certa, é hora de vocês dois irem para a cama – disse o Senhor Cogsworth.

– Sim, venham, queridos. Vou lhes mostrar seus quartos. – A Senhora Potts pôs-se de pé, cansada.

– Nós conhecemos o caminho, Senhora Potts – redarguiu o príncipe, lançando-lhe um olhar que Gaston não gostou, mas a Senhora Potts tirou de letra.

– Eu sei, querido. Mas prometi ao rei que me certificaria de que vocês fossem diretamente para seus aposentos, e é isso que pretendo fazer – declarou a Senhora Potts com um olhar astuto.

⚜ ⚜ ⚜ ⚜

Gaston não conseguia dormir. Foi estranho ficar em um dos aposentos do andar de cima. Não que ele nunca tivesse passado algum tempo naquele quarto, ou em muitos dos outros quartos destinados à família e seus convidados, mas ele nunca havia pernoitado. Isso simplesmente não acontecia. Os criados não ficavam nos quartos de hóspedes. Mas aquelas eram circunstâncias incomuns, que não facilitaram em nada o sono. Ele se virou e se revirou, pensando em seu pai, ponderando se ele de fato estava caçando a fera, como Reizinho dissera. E se perguntou o que a equipe mais antiga estava escondendo dele e quando iria descobrir o que era. E se sentiu culpado por Monsieur Biblio. Mesmo que o homem fosse horrível, Gaston não gostava da ideia de alguém perder o emprego sem ter outro em vista. O que o pobre homem faria? Aquele tinha sido um dia terrível, e tudo o que ele queria era adormecer para poder acordar e ver o pai pela manhã. Queria saber que Grosvenor estava seguro e queria saber a verdade.

– Gaston, você ainda está acordado? – Era a voz do príncipe. Ele estava parado na porta que ligava os dois quartos. Gaston quase não respondeu. Mas não havia como Reizinho acreditar que ele estava dormindo. Seu amigo o conhecia muito bem.

– Sim. Não consigo dormir – respondeu ele, sentando-se e acendendo a lamparina na mesinha de cabeceira.

— Gaston, temo que seu pai esteja caçando a fera sozinho. Você sabe como ele é, não querendo colocar nenhum de seus homens em perigo. Não deveríamos ajudá-lo? – O príncipe estava agora sentado na ponta da cama. Seu rosto parecia tão sério à luz da lamparina, mas nenhum dos dois tinha como saber disso com certeza.

— Prometi que não sairíamos do castelo – respondeu Gaston, embora tudo dentro dele quisesse sair e garantir que seu pai estava seguro. Desejou não ter feito tal promessa.

— Você prometeu antes de sabermos que ele estava se colocando em perigo. Temos que ajudá-lo, Gaston. Não seja um covarde.

— Primeiro sou um tolo e agora, covarde. – Gaston ficou olhando para o amigo. Ele sabia o que Reizinho estava fazendo e odiava que estivesse realmente funcionando.

— Sabe que não estou falando sério – disse o príncipe. – Você sabe como eu sou.

— Sei exatamente como você é – declarou Gaston, mas isso não mudava a verdade. Preferiria estar na floresta protegendo seu pai em vez de no castelo.

Gaston sabia que havia mais coisas em tudo aquilo do que qualquer um deles dizia. Não era apenas seu pai e os outros tentando mantê-los longe de problemas. Havia algo maior, algo sinistro e secreto que ele e o príncipe não conheciam. E não importava o quanto Gaston quisesse sair correndo noite afora e proteger seu pai, precisava confiar que Grosvenor sabia o que era melhor. Tinha que manter sua palavra, por mais medo que tivesse, por mais que o assustasse a possibilidade de o pai estar caçando a fera sozinho. Uma fera que Grosvenor enfrentou antes e quase o matou.

— Não sou covarde, Reizinho, e também não sou tolo. Eu sei o que você está fazendo, mas sou um homem de palavra. Meu pai me fez prometer que manteria você seguro, e é exatamente isso que vou fazer. Vou manter meu irmãozinho seguro, assim como ele pediu.

— Então, cumpra sua promessa e fique a meu lado enquanto eu caço a fera! Porque vou matá-la e colocar a cabeça dela em minha parede, com ou sem sua ajuda!

— É muito perigoso. Não vamos fazer isso, Reizinho, seremos mortos.

— Mas pense nisso! Seríamos famosos se matássemos a fera!

— Você já é famoso. Você é o herdeiro do trono. – Gaston estava ficando com raiva. Não se tratava de garantir que seu pai estivesse seguro. Aquilo era sobre o ego do príncipe.

— Seríamos heróis, Gaston. Imagine só! Escreveriam canções sobre nossa bravura.

— Odeio quando você fica assim, Reizinho.

— Assim como?

— Capaz de dizer ou fazer qualquer coisa para conseguir o que quer. Você é implacável, Reizinho, e não importa quem se machuque. Levou o pobre Monsieur Biblio ao limite e agora ele perdeu o emprego.

— Quem se importa com o velho e bobo Monsieur Biblio? Ora, Gaston. Ele insultou você, ameaçou revistar a casa de seu pai e me desacatou, e tudo mais. Mereceu perder o emprego.

— Mas você o pressionou, Reizinho. Vi você fazendo isso. Vi o que estava fazendo no jantar. E agora está tentando me fazer quebrar a promessa que fiz a meu pai para que você possa ser o herói. Nem se importa se meu pai está em perigo. Tudo gira em torno de você!

– Isso não é verdade. Estou preocupado com ele. Por que não podem ser as duas coisas, Gaston? Não posso estar preocupado com seu pai e querer ser um herói? Claro que estou preocupado. Agora, você vem comigo ou não?

– Eu não vou deixá-lo ir, Reizinho. Fiz uma promessa.

– E eu aqui pensando que era eu quem dava as ordens. Vista-se, Gaston. Partiremos assim que eu estiver pronto. Isso é uma ordem.

Depois que se trocaram, e o príncipe se equipou com seu bacamarte e Gaston com seu arco e uma aljava cheia de flechas, os dois seguiram pelas catacumbas sob o castelo que levavam diretamente à floresta.

Ao emergirem das catacumbas, o príncipe avançou pelo caminho principal, com gravetos e folhas estalando ruidosamente sob seus pés.

– O que você está fazendo? – Gaston questionou, enquanto tirava o amigo do caminho. – Quer levar um tiro? – Ele apontou para os homens nas muralhas. – E você está fazendo muito barulho!

Gaston sussurrou o mais suavemente que pôde:

– Isso é um erro. – Mas Reizinho não o ouviu e, se o ouviu, ignorou-o. Gaston temia que eles já tivessem feito muito barulho. Reizinho não estava pensando. Nunca fazia isso. E já havia deixado claro que não estava com disposição para aceitar sugestões de Gaston.

— Você só está com medo — disse o príncipe, andando na frente, abrindo caminho para a parte mais densa da floresta, onde não seriam vistos pelos guardas. O comentário irritou Gaston. Mas o fato é que estava com medo. Estavam agindo como personagens de um dos livros que Reizinho lera para Gaston quando eram mais jovens. Personagens teimosos e tolos entrando de cabeça no perigo, sem dar atenção aos avisos de todos ao redor. Penetrando na floresta para caçar uma fera perigosa. Era imprudente. Era irresponsável. A vida de ambos estava em perigo, e ele odiava quebrar a promessa feita ao pai. Queria voltar, mas era tarde demais. Precisava continuar seguindo Reizinho para mantê-lo seguro.

Enfim alcançou o príncipe. Batendo em seu ombro, sussurrou:

— Tenho um mau pressentimento, Reizinho. Acho que deveríamos chegar à minha casa o mais rápido possível.

Gaston estava grato por seu pai tê-lo feito aprender a percorrer cada centímetro da floresta, caso contrário teriam se perdido naquela escuridão total. A ansiedade e o medo enchiam seu coração, sabendo que eles haviam cometido um erro terrível ao irem sozinhos para lá. Precisavam chegar à casa dele o mais rápido possível. Eram muito jovens para estar na floresta caçando aquela fera. E nem se preocuparam em bolar um plano, ou mesmo em pensar no que fazer com os caçadores que poderiam confundir Gaston e o príncipe com a fera. Isso fora imprudente. Tinham que se abrigar naquele momento antes que algo terrível acontecesse.

O príncipe assentiu como se dissesse que concordava com o plano de Gaston, mas este ainda estava cheio de apreensão.

A lua nova não ajudava em nada a travessia da floresta escura. As árvores pareciam sinistras e retorcidas na escuridão, e todas as dependências e chalés estavam escuros. Parecia que todos os que residiam fora das muralhas do castelo viviam na escuridão, com medo de atrair a fera para suas moradias. E ali estavam eles, na floresta, sozinhos com uma fera, enquanto os homens adultos e mais experientes estavam em segurança em suas casas.

Depois de caminhar um pouco mais, eles viram a luz bruxuleante do fogo vindo do que pensaram ser o cemitério. Quando se aproximaram, entenderam. Todo o cemitério estava iluminado por tochas.

– *Tenha cuidado* – sussurrou Gaston, semicerrando os olhos, tentando ver se havia mais alguém escondido nas sombras, esperando que a fera aparecesse na luz. Aquilo tinha que ser algum tipo de armadilha. Era realmente brilhante a ideia de envolver a floresta na escuridão, exceto por um ponto. Aquilo tinha que ser obra de seu pai.

A luz das tochas refletia nas criptas e lápides, dançando sobre a estátua de sua mãe, Rose, erguida em frente a seu mausoléu. Como sempre, ela parecia estar acenando para que ele se juntasse a ela do outro lado. Acenando para que Gaston passasse pela porta do mausoléu. Como era estranho ver seu rosto iluminado pelo fogo das tochas; parecia quase vivo.

Isso fez Gaston se perguntar se seu pai havia escolhido aquele lugar.

Eles rastejaram o mais silenciosamente que puderam e não ousaram conversar por medo de que a fera ou seu caçador os ouvissem. Se ao menos seu pai confiasse nele o suficiente para lhe contar seus planos, ele nunca teria deixado o príncipe intimidá-lo a sair.

Mas Grosvenor confiava nele. Acreditara na promessa do filho. Ele não tinha motivos para pensar que Gaston e Reizinho estivessem à espreita na floresta. Isso era ainda mais perigoso do que Gaston pensava.

Era um erro terrível.

Ao se aproximarem do cemitério, viram uma grande sombra aparecer na lateral do mausoléu de Rose. Tinha que ser a Fera de Gévaudan, não poderia ser outra coisa. Sua grande e monstruosa sombra era maior do que qualquer lobo que Gaston já tinha visto. Maior do que qualquer animal ou homem, e era assustadora. Ele precisou lembrar a si mesmo que as sombras às vezes podiam fazer as coisas parecerem maiores. Não havia como essa fera ser tão enorme.

Apesar do medo, Gaston fez um gesto para que Reizinho continuasse avançando. Rastejaram o mais devagar e silenciosamente que puderam, certificando-se de permanecer fora de vista até chegarem ao muro baixo de pedra que cercava o pequeno cemitério. Tentaram distinguir a casa de Gaston à distância, para ver se talvez pudesse haver algum sinal de que seu pai estava lá, mas não viram nada além de escuridão para além da luz das tochas. Avançaram lentamente para dentro do cemitério, rastejando por cima do muro baixo, e, uma vez lá dentro, fitaram o maior lobo cinzento que já haviam visto. Era diferente de qualquer outro lobo que tivessem encontrado. Era enorme e com uma compleição física sólida. Suas pernas eram robustas e musculosas, e sua cauda era tão longa que chegava ao chão. Sua cabeça era enorme, com um conjunto poderoso de mandíbulas cheias de dentes afiados e terríveis que ele usava para dilacerar um alce amarrado a uma árvore. O sangue jorrava da garganta do alce enquanto a fera rasgava a carne da pobre criatura com uma força tão grande que fez Gaston estremecer.

Quando Gaston viu o alce amarrado, soube que estava certo. Seu pai devia estar lá em algum lugar, aguardando o momento de mirar na fera. Gaston esperou, imaginando quando isso aconteceria. E se perguntou se Grosvenor estava sozinho ou se trouxera alguns de seus homens de maior confiança para ajudá-lo. Gaston forçou os olhos, vasculhando a mata ao redor para ver se havia alguém escondido nas árvores ou talvez com eles no cemitério, atrás das criptas. No entanto, não viu nada além da fera devorando sua refeição. Conhecendo seu pai, sabia que Grosvenor não gostaria de colocar nenhum de seus homens em perigo. Pelo menos nisso Reizinho estava certo. Então, Gaston imaginou que o pai devia estar ali sozinho, fora de vista, aguardando a chance de matar a sinistra criatura.

A fera era grotesca, com a cara coberta de sangue, devorando sua refeição. Gaston queria esperar que seu pai desse o primeiro tiro, certificando-se de estar pronto com seu próprio arco, caso não fosse um golpe mortal. De repente, sentiu-se grato por estar ali para poder ajudá-lo, e menos zangado com Reizinho por forçá-lo a sair naquela noite perigosa. Gaston iria auxiliar seu pai. Tudo ficaria bem.

Gaston olhou para Reizinho e colocou o dedo nos lábios silenciosamente, articulando com eles a palavra *espere*. Furtivamente, pegou uma flecha da aljava, colocou-a no arco e puxou-a para trás, mirando na fera enquanto esperava que seu pai desse o primeiro tiro. Fazia apenas alguns momentos desde que descobriram a cena, mas parecia uma eternidade, e agora Gaston começava a se perguntar se seu pai estava lá. Certamente ele já teria atirado, enquanto a fera estava distraída pelo alce. E, quando Gaston estava prestes a lançar a flecha, uma forte explosão irrompeu em seu ouvido, fazendo-o cair no chão e se contorcer de dor. A próxima coisa que percebeu foi que o príncipe estava parado na frente dele, recarregando seu bacamarte e mirando direto na fera, que agora estava a poucos metros de distância deles. O príncipe gritava alguma coisa com ele, porém Gaston não conseguia ouvir e ele não foi capaz de se levantar, de tão tonto que estava.

A fera estava brincando com eles, aproximando-se cada vez mais, rosnando, enquanto o príncipe se atrapalhava para recarregar seu bacamarte e gritava algo para Gaston. Mas este ainda só conseguia ouvir sons distorcidos e abafados através das ondas de trovoadas em seus ouvidos. Ele procurou seu arco, contudo não conseguiu encontrá-lo, e naquele momento percebeu que ele e seu amigo morreriam. Detestava a ideia de o pai encontrar seus cadáveres espalhados perto do túmulo de sua mãe. E se odiou por quebrar sua promessa e por não enfrentar Reizinho.

Gaston ficou ali sentado, ainda incapaz de se levantar, horrorizado quando a fera avançou sobre seu amigo, rosnando e arreganhando os dentes terríveis. Ele fecharia os olhos enquanto a fera rasgasse a carne do príncipe? Seria esse o momento em que ambos morreriam?

Assim que a criatura avançou com ímpeto, parou de chofre e virou a cabeça como se tivesse ouvido algo, um barulho – talvez outra explosão, Gaston não tinha certeza –, mas, o que quer que fosse, também assustou o príncipe. E então Gaston viu: um tiro sangrento havia penetrado no ombro da fera. A criatura uivou de dor tão alto que até mesmo Gaston pôde ouvi-la acima do latejar em seus ouvidos, e o monstro saltou na direção de onde viera o tiro. Gaston forçou-se a levantar, achou seu arco e correu atrás da fera. Ele a encontrou rasgando algo ao pé da estátua de sua mãe. Mirou e atirou na criatura, perfurando a lateral de seu corpo. A fera ficou em pé sobre as patas traseiras e uivou de dor antes de fugir para a floresta, deixando um rastro de sangue atrás de si.

Mas Gaston não seguiu a trilha; não rastreou a fera para descobrir se ela viveria ou morreria. Outra coisa prendeu sua atenção. Algo tão horrível que fez nada mais existir. Seu pai estava caído diante da estátua de sua mãe, com a garganta arrancada, o sangue acumulando-se a seus pés esculpidos em mármore rosa. Gaston caiu de joelhos e chorou. Seus gritos eram como os da própria fera, uivando de dor e angústia. Entre soluços, ele pediu desculpas. Repetidas vezes, até que sua voz ficou embargada e o príncipe o pegou nos braços e o conduziu para longe do corpo de Grosvenor.

O mundo de Gaston acabou naquele dia. A partir dali vivia em um mundo sem o pai. Um mundo cruel e injusto. Um mundo onde suas promessas não significavam nada. Ele havia decepcionado a si mesmo e a seu pai, e não havia nada que pudesse fazer para mudar isso. Estava com o coração partido e sozinho.

E seu amigo era o culpado.

CAPÍTULO VI

O LUGAR EM SEU CORAÇÃO

Era um dia nublado e o céu estava cheio de nuvens cinzentas de tempestade que ameaçavam rebentar a qualquer momento. Mesmo assim, o príncipe insistiu que Gaston fosse com ele naquela data. Já haviam se passado três anos desde a morte do pai de Gaston e, embora ele não culpasse mais o príncipe pelo que acontecera, seu amor pelo amigo havia diminuído e, quando ele se permitiu admitir isso, o ressentimento ainda permanecia em seu coração.

Nos dias que se seguiram à morte de seu pai, houve brigas terríveis entre eles. Gaston exigiu que o príncipe explicasse por que havia disparado aquele primeiro tiro. Disse repetidas vezes que, se não fosse por ele, seu pai ainda estaria vivo. O príncipe apenas ouvia em silêncio e depois insistia para que continuassem como antes, dizendo que eram irmãos, na verdade mais do que irmãos, e nada, nem mesmo isso, os separaria. Por mais zangado que Gaston estivesse, por mais duras que fossem suas palavras, o príncipe continuava sendo seu amigo, nunca falando contra ele, insistindo que continuassem como sempre foram, insistindo que ainda eram melhores amigos, até que o ressentimento no coração de Gaston começou a arrefecer.

Antes do passeio naquele dia, Cogsworth estava atendendo o príncipe em seu quarto de vestir, ajudando-o a colocar o traje de montaria, enquanto Gaston estava sentado no quarto adjacente. Ele não entendia por que o príncipe queria sair em um dia tão sombrio, mas não havia como dizer "não" ao príncipe; quanto mais se pedia que não fizesse algo, mais ele queria fazer isso. Seu humor estava péssimo como o tempo, e, quando o humor de Reizinho estava sombrio assim, Gaston sempre se perguntava por que ainda estava ali. Seus pais haviam morrido e, embora ele não tivesse exatamente assumido a posição do pai, todos o tratavam como se ele pertencesse àquele lugar. Ele supôs que estivesse lá porque não tinha para onde ir e aquele era o único lar que conhecia. Passava seus dias com o príncipe caçando, cavalgando e praticando luta com armas. Assim fazia a pedido do príncipe. E supunha que ele o pedisse porque sabia o quanto Gaston gostava disso. De certa forma, fazer as coisas que seu pai lhe ensinara deixava Gaston triste, mas também orgulhoso por ter se tornado ainda melhor nelas. O melhor, na verdade, assim como o pai. Mas Grosvenor estava errado sobre uma coisa: o príncipe nunca ficava aborrecido quando Gaston o superava. Pelo menos, se ficava, não dizia nada.

Enquanto Gaston esperava pelo príncipe, pôde ouvi-lo conversando com o Senhor Cogsworth. Ele havia se tornado insuportável com quase todo mundo, menos com Gaston. Era como se fosse necessária toda a paciência do príncipe para resistir às condenações silenciosas de Gaston, e não restasse nada além de impaciência para os demais.

– Não entendo por que preciso ser vestido por você como se fosse uma boneca, Cogsworth. Sou perfeitamente capaz de me vestir sozinho. – Gaston sentia que o príncipe parecia mais irritado a cada dia. Não tinha certeza se era porque ainda estava zangado com ele, ou se de fato o príncipe estava se tornando exatamente o que ele disse que nunca seria: um daqueles príncipes horríveis, egoístas e mimados que acabariam por se tornar um rei tirano e terrível.

– Claro que é, Vossa Alteza. Gaston servirá você como caçador e batedor nessa excursão? – perguntou o Senhor Cogsworth, enquanto dava os retoques finais na roupa do príncipe.

– Não, Cogsworth, Gaston se juntará a mim como meu amigo. – Gaston revirou os olhos. Não havia dúvida de que o príncipe considerava Gaston seu amigo. Seu melhor amigo e irmão. E, embora fosse verdade que ele defenderia Gaston até a morte se necessário, não se intimidava em dar ordens que Gaston não tinha outra escolha a não ser obedecer. Como segui-lo na noite em que seu pai foi morto. Ele sabia que o príncipe ainda se sentia culpado mesmo depois de todo esse tempo. Sabia que o príncipe devia ter sentido que cometeu um erro no primeiro tiro. E sabia que o príncipe tentara compensar isso desde então, e mesmo agora tentava fazer isso ao defender Gaston diante do Senhor Cogsworth. Mas, para Gaston, não havia nada que o príncipe pudesse fazer para compensar aquela noite, e ele ainda não tinha certeza se algum dia conseguiria perdoá-lo – não que o príncipe tivesse sequer pedido que o fizesse. Talvez, se tivesse feito isso, as coisas fossem diferentes.

— Talvez seja uma oportunidade para Gaston servi-lo, condizente com a posição que todos sabemos que ele deveria assumir. É hora de ele aprender como se comportar adequadamente com seus superiores — declarou o Senhor Cogsworth.

— Quem disse que sou superior a Gaston? Só porque sou um príncipe? Não quero ter esse tipo de conversa, Cogsworth, você entendeu? — Isso fez Gaston rir baixinho. É claro que o príncipe achava que fosse superior a Gaston. É assim que pensam os que são criados para governar. Podem achar que tratam as pessoas de maneira justa, ou até mesmo como da família, mas, em última análise, esperam ser obedecidos.

— A lei do país diz que você é superior a ele, assim como você é meu superior. — A voz de Cogsworth soava tímida, embora estivesse claro que ele estava fazendo o possível para parecer decidido.

— Bem, então, se for esse o caso, devo insistir para que você abandone esse assunto imediatamente. Não vou permitir isso, Cogsworth. Você entendeu? Gaston perdeu a mãe e o pai. E não cabe a mim decidir se ele assume a posição do pai, ouviu? Somos velhos amigos, você e eu, mas temo que você esteja ultrapassando os limites — disse o príncipe em tom muito sério. Surpreendeu Gaston o fato de ouvir o príncipe mencionar seu pai. Ele não havia citado aquela noite diretamente desde o acontecido.

— Como desejar, Vossa Alteza. — Cogsworth fez os ajustes finais no traje do príncipe. — Se não houver mais nada — disse ele solenemente, despedindo-se, e Gaston entrou no quarto.

— Acho que você feriu os sentimentos do Senhor Cogsworth — disse Gaston.

— E daí se eu fiz isso?!

— Ele está apenas fazendo seu trabalho, Reizinho. Está apenas cuidando de você. — Gaston se sentia mal pelo Senhor Cogsworth. Ele cuidava de Reizinho como um pai faria. Gaston ficava triste e com raiva porque seu amigo não parecia apreciar quantas pessoas realmente se importavam com ele, apesar de às vezes ser tão difícil estar por perto.

— Estava defendendo você! – disse o príncipe, seu mau gênio começando a explodir.

— Eu sei, mas aposto que o destruiu com aquele comentário sobre ultrapassar os limites. Você sabe que ele leva esse tipo de coisa muito a sério. E desde quando você fala assim? *Ultrapassando os limites!* Vamos lá, Reizinho, é melhor você se desculpar mais tarde, ou ele pode pular da ponte – declarou Gaston, tentando fazê-lo rir.

— Príncipes não pedem desculpas aos criados, Gaston. Cogsworth seria o primeiro a lhe dizer isso. — Gaston meneou a cabeça. De onde vinha todo esse absurdo? Não da mãe e do pai do príncipe. Eles nunca foram assim. Talvez isso tenha sido influência de Cogsworth, ou talvez a realeza estivesse simplesmente programada para se transformar em idiotas mimados? Gaston não sabia.

— Você se desculpou comigo – disse ele. — Pelo menos, já fez isso antes. — Foi um lembrete para si mesmo, e talvez para o príncipe, de que ainda não havia pedido desculpas pelo que acontecera com seu pai, mesmo depois de todo esse tempo.

— Você não é um servo, você é meu irmão. Agora vamos, será uma longa viagem.

Quando chegaram ao pátio, encontraram os cavalos esperando por eles, prontos para cavalgar.

– A Senhora Potts preparou um almoço para nós. Está nos alforjes. Agora, vamos embora – disse o príncipe, enquanto montavam nos cavalos. O príncipe dera a Gaston um corcel magnífico em seu último aniversário. Um majestoso Percheron preto de constituição robusta. Gaston o adorava e foi realmente a única razão pela qual concordara em cavalgar naquele dia. Uma chance de montar Noir.

Montados em seus cavalos, adentraram a floresta profundamente, sem se importar com a ameaça de chuva ou com as nuvens escuras de tempestade no céu acima deles. Cavalgaram por quilômetros, passando por um pequeno reino vizinho, até chegarem ao pico mais alto das Montanhas Ciclópicas. De lá, tinham uma vista deslumbrante dos Muitos Reinos. O marco mais inspirador era o Farol dos Deuses, no distante reino Morningstar, que era banhado pela luz do sol. Antes, Gaston só tinha visto desenhos do farol. Era a estrutura mais alta dos Muitos Reinos, construída pelos grandes Ciclopes na época anterior aos homens, muito antes de os Morningstar construírem seu castelo no mesmo estilo de alvenaria para parecer que ele também sempre estivera lá. Gaston nunca sonhou que algum dia iriam longe o suficiente para vê-lo de perto. Ele e o príncipe disseram muitas vezes que o fariam, mas nunca ousaram, e o seu pai nunca concordou em levá-lo para tão longe de casa. Agora Grosvenor não estava mais lá para impedi-lo de fazer qualquer coisa que seu coração desejasse... mesmo que o que ele mais desejasse fosse ter o pai de volta.

Enquanto contemplavam as belas terras, Gaston lembrou-se mais uma vez dos dias e semanas que se seguiram à morte de seu pai. Ele estava em choque. Sentia como se estivesse andando através da água, deixando o príncipe e a Senhora Potts conduzirem-no de um lado para outro. Comia quando a Senhora Potts mandava, fazia companhia ao príncipe quando ele pedia. Ninguém lhe falou coisa alguma sobre o que aconteceu naquela noite, exceto para dizer o quanto lamentavam. Ninguém repreendeu nenhum dos dois, nem ele nem o príncipe, por saírem quando não deveriam. Gaston tinha certeza de que todos ficariam bravos com ele, mas não havia olhares de reprovação, apenas tristeza e pena.

Gaston não sentia que merecia a pena deles. Não sentia que merecia viver. Se tivesse enfrentado o príncipe, talvez seu pai ainda estivesse vivo. E talvez essa tenha sido uma das razões pelas quais Gaston permaneceu lá, cumprindo as ordens do príncipe e continuou seu amigo: porque ele sabia no fundo do coração que a culpa era de ambos. E o que Gaston faria sem o príncipe, sem seu melhor amigo, mesmo que houvesse um lugar em seu interior que ainda culpasse tanto o príncipe quanto a si próprio pelo que acontecera? Ele só podia esperar que um dia fosse capaz de perdoar a si e ao amigo.

Ao voltar ao presente e contemplar a bela paisagem, Gaston sentiu-se quase agradecido por estar na companhia do príncipe e presenciar aquela bela vista. Eles apearam dos cavalos e ficaram juntos no penhasco, apreciando o esplendor do reino Morningstar. Permanecendo em silêncio por um longo tempo enquanto a névoa os cercava, agarrados a suas capas, eles olharam para o reino ensolarado à distância.

– Meu pai quer que eu faça meu grande tour. Começará nos Muitos Reinos, mas também irei para o exterior, para o mundo fora de nossos reinos. Perguntei se você poderia vir comigo, mas a única maneira de conseguirmos isso seria se você concordasse em servir como meu valete.

– Não tenho ideia de como ser valete, Reizinho – disse Gaston, frustrado com o príncipe por arruinar aquele lindo momento com conversas sobre grandes tours e valetes.

– Você realmente não terá que ser meu valete. Apenas finja – respondeu o príncipe, usando seu charme. Gaston sabia o que aconteceria a seguir. O que sempre acontecia quando Reizinho queria porque queria alguma coisa.

– E quem vai fazer você vestir e tirar todas as fantasias ridículas que precisará usar em todos aqueles bailes e jantares aos quais deverá comparecer enquanto viaja pelo mundo e expande sua educação? – Gaston pressionou.

– Nós vamos descobrir. Não quero ir sem você. Além disso, você terá que me ajudar a escolher minha futura noiva. Não posso fazer isso sem você. Precisamos ter certeza de que ela é a pessoa certa para nós – disse ele, surpreendendo Gaston. Que coisa estranha de dizer.

– Você quer dizer certa para *você* – falou Gaston, rindo do amigo.

– Para nós, Gaston! Não permitirei que uma princesa atrevida tente nos impedir de nos divertir só porque sou casado. Se vou me casar com alguém, ela terá que entender que você vem primeiro. – Gaston olhou para ele e viu que o príncipe estava falando sério.

– Não acho que seja assim que funciona um casamento, Reizinho.

— É assim que *meu* casamento vai funcionar. Eu nem quero me casar. Só estou fazendo isso porque é meu dever. Ficaria feliz em passar o restante de minha vida com você, caçando, pescando e em aventuras. E, claro, roubando livros da biblioteca – acrescentou, agora rindo.

— Nenhum de nós precisa roubar livros da biblioteca agora que Monsieur Biblio se foi. E você pode se sentir diferente em relação ao casamento quando for mais velho. Nós dois poderíamos.

— Talvez. Mas não tenho certeza se há espaço suficiente para mais de um amor em meu coração.

Gaston não disse nada. Sabia o que seu amigo queria dizer. Apesar de tudo, ele amava Reizinho de todo o coração. Era por *isso* que ainda estava lá. Às vezes se perguntava como seria quando ambos fossem mais velhos, se perguntava como a amizade funcionaria, se perguntava como seria quando Reizinho se casasse, mas sempre parecia tão distante, e logo tirava isso da cabeça. Agora, parecia que o momento chegara sem qualquer aviso. Sem nem perceber, o que deixou Gaston apreensivo.

— Eu amo você, Gaston. E sinto muito pelo que aconteceu com seu pai. Realmente sinto. Faria qualquer coisa para recuperar o que tínhamos.

Gaston percebeu que seu amigo dizia a verdade, embora tenha ficado chocado ao ouvi-lo pronunciar as palavras. Ele esperava que Reizinho se sentisse assim, mas foi diferente ouvi-lo dizer isso. E significava tudo para Gaston o fato de o príncipe estar dizendo aquilo naquele momento.

— Eu sei, meu amigo. Acho que levará mais tempo para se tornar menos doloroso.

– Por que não vem comigo então? Conheça o mundo, ajude-me a encontrar alguém que nos ame e não se importe que sejamos melhores amigos. Ainda mais do que amigos – disse Reizinho, passando o braço em volta do ombro de Gaston. – Pense em como nos divertiremos. Será como nos velhos tempos. – Era a primeira vez que Reizinho parecia realmente feliz e animado com alguma coisa desde que eram meninos, e isso fez Gaston querer concordar com seu plano. Mas precisou dizer não. Pela primeira vez, queria fazer algo por si mesmo.

– Talvez algum tempo separados torne as coisas menos dolorosas – declarou ele calmamente.

– Então, o que você irá fazer? Assumir a posição de seu pai? Você não quer isso. – A risada do príncipe soou aguda. E ele estava certo. Gaston não queria a vida do pai. Seria como viver em um mundo de lembranças e dor. Um lembrete constante de como falhara com ele. Mas Gaston não tinha escolha.

– É a única coisa que posso fazer. Aproveitei a generosidade de seus pais por muito tempo. – Gaston ficou surpreso por não ter sido forçado a assumir o cargo de seu pai antes disso, por eles terem permitido que ele morasse lá sem trabalhar por tanto tempo.

– Não seja bobo. Conversei com meu pai. Você receberá uma propriedade, terras e dinheiro próprio. – Reizinho parecia positivamente satisfeito consigo mesmo. – A propriedade fica neste reino, é claro, próxima o bastante para que você não fique muito longe, mas com distância suficiente para que você se sinta independente.

– Do que você está falando? Não tenho ideia de como administrar uma propriedade.

– Havcrá um administrador e um agente de terras para ajudá-lo até que você aprenda. E para cuidarem das coisas quando você estiver fora. Está tudo combinado, Gaston. Estará lá disponível quando você decidir que está pronto. Enquanto isso, será bem cuidada. Assim você poderá ir comigo se mudar de ideia. – O príncipe parecia tão animado. Tão feliz.

E a verdade é que Gaston ficou feliz com a oferta. Ele sabia que essa era a maneira de Reizinho tentar compensar as coisas e, apesar de tudo, Gaston o amava por isso. E queria ir com ele, mas não como seu servo. Queria seguir sua própria jornada, de seu jeito.

– Acha que seu pai pode acrescentar ao pacote um título de nobreza? Se ele fizesse isso, eu poderia simplesmente viajar com você como seu amigo – disse Gaston, rindo.

– Não pense que não pedi. E com título ou sem título, Gaston, você sempre será meu amigo.

CAPÍTULO VII

UMA MUDANÇA DE ATITUDE

A vida tinha sido boa para Gaston enquanto o príncipe estava fora. Passava a maior parte do tempo em sua missão singular: caçar e matar a Fera de Gévaudan. E, se pudesse terminar as noites com os bons homens da aldeia, melhor ainda. À noite, depois de um longo dia de caça, Gaston geralmente ia à taverna do Velho Higgins, na aldeia. Sempre era recebido pelos mesmos rostos amigáveis, todos ansiosos para ouvir sobre suas façanhas e felizes em lhe pagar uma cerveja. Naquela noite em particular, Gaston abriu as portas da taverna com um chute e entrou, com as botas cobertas de lama e as roupas de caça salpicadas de sangue. Tinha um enorme alce pendurado no ombro e o largou no chão com um baque forte. Todos ergueram os olhos de suas cervejas e pausaram suas conversas, e comemoraram ao vê-lo.

– Gaston!

– Outro animal selvagem para empalhar e pendurar em sua parede, Higgins! – Gaston anunciou, mostrando seus dentes brancos e perfeitos. – Não há necessidade de aplausos, homens. Estou apenas fazendo meu trabalho. Afinal, sou o caçador real. – Ele soltou uma risada estrondosa. E não era mentira. Ele passava a maior parte do tempo caçando na floresta e ocasionalmente organizava uma caçada real quando o rei estava na residência. Mas no que dizia respeito às outras funções que seu pai desempenhava quando era vivo, Gaston deixou-as para os demais membros da equipe externa. Ninguém reclamou. Nem mesmo Cogsworth. E Gaston estava feliz. Pela primeira vez, sentiu que tinha um propósito. Seu próprio propósito, não ditado por outra pessoa.

– Gaston! Você conseguiu de novo! – disse o Senhor Higgins. – Outro troféu. Estamos ficando sem espaço, Gaston. Talvez eu tenha que construir uma taverna maior. – Todo mundo riu. A taverna estava cheia dos frequentadores costumeiros. A maioria dos homens que viviam e trabalhavam na aldeia parava no estabelecimento do Senhor Higgins para tomar uma bebida e conversar antes de voltarem para casa à noite. Gaston estava feliz por ter feito disso seu ritual noturno. Os homens o tratavam com respeito e admiração. Realmente era o lugar perfeito.

– Pegue aí, Gaston. Por conta da casa! – ofereceu Higgins, deslizando uma cerveja pela bancada do bar. Higgins tinha talento para isso, fazendo a caneca deslizar da maneira certa para que parasse bem na frente do alvo pretendido. Gaston pegou a caneca e ergueu-a na direção do grupo de homens.

– Aos bons homens desta aldeia. E àqueles que têm que suportá-los! – ele disse, rindo.

— Então, Gaston, teve sorte em rastrear a Fera de Gévaudan? Algum sinal daquela criatura desgraçada? – perguntou o padeiro, sentado a uma mesa próxima.

— Nenhum sinal ainda, meu bom homem. Mas tenho pena da fera se ela voltar para nosso reino – declarou Gaston, terminando sua bebida e batendo a caneca na bancada.

— Ah, vai voltar, não há dúvida disso. Ouvi dizer que destruiu uma aldeia inteira numa noite, num reino não muito longe do nosso. As pessoas por aqui estão outra vez com medo de sair depois de escurecer – disse o chapeleiro, que estava sentado com o padeiro.

— Uma aldeia inteira, você disse? – Gaston se perguntou se isso poderia ser verdade. Lembrou-se das histórias que o príncipe lia para ele sobre um grupo de bruxas com um exército de esqueletos que atacava aldeias inteiras, matando todos, inclusive crianças. Essa parecia uma causa mais provável do que uma fera solitária, por maior que fosse.

— Alguém viu a fera? Tem certeza de que foi a Fera de Gévaudan? – ele perguntou.

— Alguns dizem que a fera viaja com uma matilha de lobos, lobos terríveis de tamanho incomum que, como a Fera de Gévaudan, anseiam por sangue humano agora que o experimentaram – respondeu o cavalheiro que era dono da livraria.

— Isso parece uma história de um dos livros que você vende, meu velho! – apontou Gaston, tentando disfarçar com uma brincadeira, mas as palavras do homem realmente o assombraram, trazendo de volta as imagens da morte de seu pai, fazendo-as passar diante dele como se estivesse acontecendo tudo de novo.

— Bem, não tenham medo, senhores. Seja um ou vinte, caçarei até o último animal que encontrar, até o fim de meus dias, se necessário for, para nos manter seguros – garantiu Gaston.

Nesse momento, um homem mais velho e atarracado, com um grande bigode espesso e cabelos grisalhos desgrenhados, entrou na taverna segurando um tronco nos braços. Ele era relativamente novo na aldeia, então Gaston não o conhecia tão bem quanto os outros homens que frequentavam o local.

— Algum de vocês viu corujas esta noite? – indagou o homem da porta, segurando seu tronco nos braços como se fosse um bebê.

— Não posso dizer que sim, Maurice. Não entram muitas corujas aqui – respondeu o Senhor Higgins, fazendo todos rirem. – Por que você pergunta? – Gaston não gostou da maneira como Higgins provocava aquele homem. Sorrindo para ele atrevidamente e tratando-o como um idiota. Até onde Gaston sabia, ele era um indivíduo interessante. Talvez um pouco excêntrico, mas algumas de suas pessoas favoritas também eram.

— As corujas têm agido de forma estranha. Vocês não perceberam? – o homem indagou, piscando de perplexidade para os rostos confusos que olhavam para ele.

— E o que você tem aí, Maurice, que segura com tanto cuidado? – perguntou Gaston, caminhando até o homem e apontando para seu tronco.

— É minha tora! Minha primeira tora! Dá para acreditar nisso? – Maurice exclamou, estendendo-a para ele.

— Parece uma tora muito bonita – disse Gaston, dando tapinhas no tronco como alguém fazendo carinho na cabeça de um cachorrinho e sorrindo para o homem.

— Não! Desculpe. Deixe-me explicar. Venho trabalhando em um novo aparelho que corta madeira! E hoje ele realmente funcionou – contou o homem com orgulho. – Pelo menos funcionou, até...

— Até que explodiu – concluiu Higgins, interrompendo-o e fazendo todos na sala rirem.

— Só precisa de um pouco mais de ajustes – argumentou Maurice. – E é melhor eu voltar ao serviço. Bela ficará furiosa comigo se eu me atrasar outra vez para o jantar. Adeus, senhores.

Ele saiu correndo, segurando o tronco.

— Diga "olá" às corujas se você as vir – disse Higgins, rindo enquanto as portas se fechavam atrás de Maurice.

— Oh, deixe-o em paz, Higgins. Ele é um velho inofensivo. E daí se ele ama sua tora e acha que as corujas estão tramando alguma coisa – falou Gaston. Todos riram, o que não era sua intenção, mas ele riu também, mesmo não querendo.

— Aquele velho com certeza é um sujeito estranho. E acho que nunca vi a filha dele, Bela, sem um livro nas mãos – declarou o padeiro.

— Ela está na minha loja quase todos os dias – comentou o livreiro.

— Ela é uma jovem muito... peculiar – observou o chapeleiro. – Nem um pouco interessada em chapéus.

— Isso é muito peculiar, mas também bastante intrigante – disse Gaston, olhando para o relógio. – Cavalheiros, é hora de eu ir também. A Senhora Potts vai explodir se eu chegar atrasado para o jantar. – Ele se levantou do banquinho e foi até a porta, onde deixara o bacamarte e o arco encostados na parede.

O fato é que ele havia esquecido por completo, até aquele minuto, que prometera à Senhora Potts que se juntaria a ela e aos outros criados para jantar naquela noite. Então, ele se despediu, pendurou o bacamarte, a mochila e o arco no ombro e atravessou a aldeia pelo caminho principal até a ponte de pedra que o levaria diretamente ao castelo.

Gaston não usava mais as catacumbas ou caminhos escondidos. Não parecia a mesma coisa sem o príncipe. E as recordações desses lugares causavam uma dolorosa saudade em seu coração, dos dias anteriores à morte de seu pai. O tempo permitiu que ele perdoasse o amigo pelo que acontecera naquela noite, pelo menos foi o que dissera a si mesmo, mas a lembrança ainda doía, e ele não desejava outra coisa senão voltar a uma época em que aquele terrível acontecimento não estivesse entre eles. Gaston ainda acreditava em tudo o que haviam dito um ao outro naquele dia antes de Reizinho partir para seu tour, porém se perguntava como seriam as coisas entre eles depois de tanto tempo. Dois anos pareceram uma vida inteira; muita coisa mudara.

Quando finalmente chegou ao castelo, deu a volta até o pátio dos fundos da cozinha, onde encontraria a entrada dos empregados. Ele tinha boas lembranças daquele pátio, visitando os criados durante os intervalos e às vezes brincando com o cachorro do príncipe, Sultão. Lembrou-se da primeira noite em que ele e seu pai jantaram com os outros criados, depois de tantos anos fazendo as refeições sozinhos no pequeno chalé. Recordou-se de ter sentido como se sua vida tivesse mudado naquela noite. Ver seu pai feliz novamente, rindo e se divertindo com os amigos. Eles viviam tão isolados antes daquela ocasião, e depois parecia que não havia nada além de alegria a esperar nos próximos dias. E Gaston se perguntou se não estaria fazendo a mesma coisa que seu pai havia feito tantos anos atrás se isolando, ao passar seu tempo caçando na floresta, visitando sua propriedade do outro lado do reino e desfrutando de momentos de lazer na aldeia. Não que ele não visitasse seus velhos amigos no castelo, apenas não o fazia de modo tão frequente desde que começara a caçar a fera.

Podia ouvir risadas pelas janelas abertas do salão dos empregados, e isso o fez sorrir. Como desejava que seu pai estivesse com ele agora. Quão orgulhoso ele ficaria em saber que Gaston havia se tornado um caçador tão habilidoso. Havia tantas coisas que ele gostaria que pudessem ter feito juntos, tantas coisas que queria dizer, e agora nada disso aconteceria. Gaston sabia que visitar o castelo iria trazer à tona essas lembranças e fazê-lo se sentir sozinho no mundo, sem o pai ali. Elas sempre fizeram isso. Mas ele não estava sozinho, não de verdade, tinha o Senhor e a Senhora Potts, e até mesmo Lumière e alguns dos outros que eram como uma família para ele agora, e Gaston esperava que sentissem orgulho do homem que ele estava se tornando, assim como esperava que seu pai teria sentido. Amava todos eles de verdade, e não lhe custava nada admitir isso.

Ele olhou para suas botas, lembrando que estavam cobertas de lama da caçada daquele dia, e as removeu na varanda antes de entrar. Rapidamente guardou seu bacamarte, arco e aljava no canto da entrada. Não queria se arriscar à ira da Senhora Potts por deixar um rastro de lama lá dentro como se ele fosse um garotinho de novo, mas, quando entrou, parecia que ela ainda tinha motivo para estar aborrecida com ele. Estava parada ali, aguardando-o. Gaston supôs que o motivo fosse seu atraso. E lá estava ela, com uma expressão zangada no rosto.

– E como você chama isso? Chegar tarde, coberto de lama e sangue! Saindo para caçar de novo? Bem, espero que você tenha trazido uma muda de roupa – disse ela, balançando a cabeça.

– Eu trouxe. Aqui na mochila. – Ele desejou poder simplesmente ter entrado despercebido e se trocado antes do jantar. Mas a Senhora Potts tinha que estar esperando por ele ali!

– Não vou demorar – prometeu ele, entrando no banheiro. Gaston estava horrível. Sem dúvida, deveria ter passado no chalé antes de ir para o castelo, mas já estava atrasado. Ele não gostava de passar tempo no chalé, mas não achava que pudesse pedir outro alojamento para se hospedar enquanto visitava o castelo, pois não havia assumido todas as antigas funções de seu pai, afora organizar os eventos esporádicos de caçada real para o rei. Ele preferia passar a maior parte do tempo em sua propriedade, que ficava bem distante do castelo.

Pelo menos, pensara em trazer algo decente para vestir. Quando voltou, todo arrumado, a Senhora Potts deu-lhe um de seus sorrisos indulgentes e um beijo na bochecha, então Gaston presumiu que ela aprovasse seu novo visual.

– Agora, sim, está muito melhor. Bonito como sempre – disse ela, segurando seu caçula, Chip, enganchado no quadril. Ele estava quase grande demais para o colo. Era um garotinho gordo, com bochechas grandes e redondas, e um sorriso feliz. Gaston perdera a conta de quantos filhos ela e o Senhor Potts tinham agora.

– Dê boa-noite a seu tio Gaston, Chip. Todos os seus irmãos e irmãs já estão na cama, e você também deveria estar – declarou ela, colocando-o no chão.

Gaston inclinou-se e deixou o menino beijá-lo na bochecha, depois observou-o ir embora cambaleando, o que o fez rir. Para ele, as crianças sempre pareciam andar como homens que passavam muito tempo na taverna.

– Sinto muito pelo atraso, Senhora Potts – desculpou-se Gaston, beijando-a na bochecha. – Perdi a noção do tempo.

– Na taverna, sem dúvida, depois de um dia de caça. Parece que isso é tudo que você faz hoje em dia. E olhe só para você, ficando tão grande. Não creio que o príncipe vá reconhecê-lo quando chegar em casa – disse ela, pegando-o pela mão e levando-o para a cozinha.

– Ele voltará logo então? – Gaston perguntou, envergonhado de admitir que todas as notícias que recebeu sobre o príncipe vieram das cartas que a Senhora Potts leu para ele.

– Sim, voltará. Muito em breve, acho. Ele me disse para avisar você. Faremos uma grande festa para recebê-lo em casa e anunciar seu noivado. – Ela disse isso com um débil sorriso. Sabia que Gaston ouvia essa notícia pela primeira vez e provavelmente estava preocupada com a forma como ele reagiria.

Esse foi um daqueles momentos em que Gaston desejou ter se esforçado mais para aprender a ler, para que ele e o príncipe pudessem trocar cartas. Nada o impediu depois que seu pai faleceu, mas, àquela altura, Gaston sentiu que era tarde demais. Apenas não teve ânimo. Depois que Grosvenor morreu, ele ficou deprimido demais para se concentrar em qualquer coisa, e sentiu vergonha de pedir a alguém que o ensinasse. E não importava o quanto se esforçasse ao tentar aprender sozinho, não conseguia entender. Havia pensado em pedir ajuda à Senhora Potts. Ele sabia que ela seria gentil, mas a ideia de pedir ajuda até mesmo a ela o enchia de ansiedade. Em vez disso, concentrou-se naquilo que fazia melhor: caçar.

– Entre, Gaston. Vou lhe repassar todas as novidades. O príncipe está muito ansioso para que eu lhe conte tudo – disse ela, conduzindo-o para o salão dos empregados, onde todos já estavam sentados e o jantar estava sendo colocado na mesa.

– Felizmente para você, o jantar saiu tarde esta noite – acrescentou a Senhora Potts, enquanto Gaston puxava a cadeira para ela.

– Sinto muito se deixei todos vocês esperando – declarou Gaston, sentando-se.

– Não, de jeito nenhum – falou Lumière. – Todos nós acabamos de nos sentar e estamos muito satisfeitos por você estar aqui conosco.

Os habituais funcionários seniores do castelo; o Senhor Cogsworth; Plumette; o Chef Bouche; Francis, o primeiro lacaio; alguns outros; e a Senhora Potts e Lumière, é claro, estavam lá. Parecia uma festa alegre e Gaston ficou feliz em se juntar a eles. A equipe estava entusiasmada com a chegada iminente do príncipe e com a notícia de seu noivado. Pareciam não falar de outra coisa. Até as criadas da cozinha conversavam sobre isso enquanto terminavam de preparar o jantar. Todos à mesa estavam animados, trocando ideias sobre os próximos acontecimentos, bem como sobre tudo o que precisava ser feito para ajudar o rei e a rainha a prepararem uma viagem marítima para uma terra distante logo após o retorno do príncipe. Gaston achou interessante que o rei e a rainha tivessem passado muito mais tempo no castelo enquanto o príncipe estava fora, e ainda mais interessante que eles planejassem outra longa viagem agora que ele estava retornando para casa. Perguntou-se se havia algo mais além do acaso.

– Então, Senhora Potts, conte-nos sobre essa jovem sedutora, Circe, com quem o príncipe planeja se casar. Ela é uma princesa? Ao que tudo indica, parece encantadora – disse Lumière, enquanto servia uma taça de vinho para si e outra para Plumette.

– Sim, Senhora Potts, conte-nos tudo sobre Circe. Eu me pergunto se ela é tão bonita quanto todo mundo diz. Como ela e o príncipe se conheceram? – perguntou Plumette, dando um beijo na bochecha de Lumière como agradecimento por encher novamente seu copo. Gaston adorava observar aqueles dois. Sempre adorara. Quando ele era pequeno, simplesmente os achava divertidos, e ainda achava, mas agora ele apreciava a maneira como se amavam. Lumière tratava Plumette como uma rainha, sempre dizendo que ela era linda, dando-lhe beijos furtivos e certificando-se de que ela não precisava de nada. Isso o fez se perguntar como Reizinho e Circe seriam um com o outro. Gaston nem sequer tinha pensado em cortejar alguém enquanto o príncipe esteve fora. Estava muito ocupado caçando a fera. Isso nunca lhe ocorrera. Não conseguia imaginar como seria a vida com uma esposa e uma casa cheia de filhos, sem mais liberdade para fazer o que quisesse. Quando olhava para o futuro, pensando nas possibilidades, sempre imaginava sua vida com Reizinho.

A única outra pessoa que despertou o mínimo de seu interesse foi Bela, e isso por causa do comentário que o livreiro fez na taverna naquela noite sobre sua obsessão por livros. Gaston não conhecia ninguém mais obcecado por eles do que ele e Reizinho, isto é, além do antigo bibliotecário, o pobre sujeito demitido. Mas, na verdade, ele nunca prestara atenção nela até aquele momento. Bem, se Reizinho tinha seu futuro planejado com essa tal de Circe, então talvez ele devesse começar a pensar em encontrar alguém também, por mais improvável que parecesse.

No entanto, Gaston sabia que não importava como seus pensamentos vagassem, era improvável que ele cortejasse alguém da aldeia, mesmo que ela adorasse livros tanto quanto ele. Simplesmente, não era um futuro que ele pudesse de fato abraçar.

– Circe não é uma princesa, até onde eu sei, mas é descendente do Velho Rei – contou a Senhora Potts com entusiasmo. Gaston fingia não estar interessado em ouvir falar da mulher com quem seu amigo planejava se casar. Mas a Senhora Potts o conhecia bem e sabia que ele estaria muito interessado em saber que tipo de pessoa ela era.

– Então, ela é parente do Rei Neve, pai da Branca de Neve? – O Chef Bouche pareceu impressionado. – Isso é bastante imponente, não acham? Ela vem de uma das famílias mais antigas destas terras.

Gaston sabia um pouco sobre a ascendência de Branca de Neve. Ele e o príncipe aprenderam sobre a família dela em um livro que encontraram na biblioteca. Era a história dos Muitos Reinos, um volume intitulado Livro dos Contos de Fadas. O Chef Bouche estava certo, Circe era descendente de uma das famílias mais antigas dos Muitos Reinos, mas a história familiar estava envolta em bruxaria e maldições. Por sua vez, quase todas as famílias nos Muitos Reinos pareciam ter uma ou outra história sórdida envolvendo bruxas, madrastas malvadas ou algo parecido. Então, ele não poderia culpá-los por isso. Não que coisas estranhas e horríveis não acontecessem em seu próprio reino. Eles eram atormentados pela Fera de Gévaudan, por exemplo. Gaston se perguntou o que Circe pensaria disso. Ou a terra de onde ela veio era ainda mais perigosa? Essa mulher, Circe, não foi mencionada na história de Branca de Neve, então ele não sabia nada sobre ela. Mas se ele bem se lembrava, o livro mencionava primos do rei que eram de natureza desfavorecida, e ele se perguntou se Circe seria na verdade parente daquele lado da família.

– De fato. Eles são primos, creio eu – disse a Senhora Potts, servindo-se com algumas colheradas de batata com creme, queijo e cebolinha, e passando a tigela para Gaston, que começou a empilhar batatas em seu prato distraidamente enquanto relembrava a história de Branca de Neve e a Velha Rainha, Grimhilde.

– Ei! Deixe um pouco para nós! – exclamou Francis brincando. Ele era um lacaio recém-promovido que Gaston não conhecia bem. Mas Gaston acabara de empilhar uma montanha de batatas no prato e não culpava o lacaio por denunciá-lo enquanto sonhava acordado com os primos um tanto estranhos do Rei Neve.

– Perdão! – falou Gaston, passando-lhe a tigela com um sorriso de desculpas, percebendo que agora havia mais batatas em seu prato do que na travessa.

— Não é de admirar que tenha tanto apetite, você cresceu muito, Gaston. Olhe só seus braços enormes – observou Plumette com uma risadinha alegre e musical.

Era verdade; Gaston comia mais do que nunca. Passava a maior parte do tempo ao ar livre, caminhando e espreitando, cortando lenha e construindo acampamentos para quando fosse caçar na floresta, e, assim que finalmente parava no fim do dia, estava faminto. E parecia que ficava cada vez maior. Seu pai era assim. Um homem grande e de constituição poderosa. Gaston sempre pensou que fosse ser franzino como o príncipe, até que um dia se olhou no espelho e viu a imagem do pai olhando para ele.

— Ora, vamos, Plumette, não queremos que Lumière fique com ciúmes, não é? – o Chef Bouche disse brincando, fazendo Lumière rir. Todos estavam muito animados naquela noite, exceto Gaston, que meditava sobre o retorno do príncipe.

— Não que Lumière aqui tenha motivos para ficar com ciúmes. Ele é um dos homens mais bonitos que conheço – disse Gaston, pegando um pouco de carne assada da travessa e colocando-a ao lado da montanha de batatas.

— Essa Circe não tem irmãs um tanto estranhas? Ouvi dizer que são muito peculiares e têm uma aparência desagradável. Você acha que Circe é adequada o suficiente? Quero dizer, só porque ela é prima distante do Velho Rei, eu me pergunto se isso a torna uma escolha digna. E quem são os pais dela, exatamente? É isso que gostaria de saber – pontuou Plumette. Gaston também queria saber. Começava a parecer muito provável que Circe fosse irmã das irmãs um tanto esquisitas sobre as quais Gaston tinha ouvido falar na história de Branca de Neve, e, se isso fosse verdade, ele precisaria se perguntar se Reizinho havia inventado tudo.

— Ouvi dizer que Circe e as irmãs não revelam quem são seus pais. Eu diria que é um mistério e tanto. Pelo que sabemos, ela é uma camponesa pobre – disse Francis.

— Você não era um pobre fazendeiro antes de vir trabalhar no castelo? – questionou Lumière.

— Eu não vou me casar com o príncipe, ela vai! O que realmente sabemos sobre Circe? – perguntou Francis, olhando para Gaston e sua pilha de batatas.

— Creio que já chega de fofoca – interveio o Senhor Cogsworth, olhando de soslaio para Francis. Esse não era o tipo de conversa que o Senhor Cogsworth encorajava. Na verdade, geralmente deixava claro que achava aquilo desagradável e desrespeitoso. Para ele, não cabia a eles especular sobre tais coisas.

— Aparentemente, o rei e a rainha aprovam, ou não estariam realizando um baile para comemorar o noivado. E o Senhor Cogsworth está certo. Já chega desta conversa. Temos muito que fazer antes que o príncipe retorne. Temos um baile para organizar e não se esqueçam, o rei e a rainha partirão logo depois – declarou a Senhora Potts.

— Tenho certeza de que Gaston ficará feliz quando o príncipe finalmente voltar para casa. Não é, Gaston? – indagou Francis com um sorriso atrevido.

— Estou ansioso para vê-lo. – Mas Gaston se perguntou se isso era verdade. Sentia falta do amigo, contudo também apreciava a liberdade que tivera enquanto Reizinho estava fora. E se perguntou como seria agora que seu amigo, o príncipe, iria se casar. Imaginou que teria mais tempo com Reizinho antes de ele se casar. A ideia de se adaptar a tê-lo de volta ao mesmo tempo que conhecia Circe parecia assustadora. Mas ele supôs que, se ele e Circe não gostassem um do outro, ele poderia continuar como vinha fazendo nos últimos dois anos: caçando na floresta e passando um tempo em sua propriedade, do outro lado da aldeia. No entanto, ademais, o príncipe poderia insistir para que Gaston passasse mais tempo no castelo, e ele se sentiria obrigado a fazê-lo, então só poderia esperar gostar daquela mulher tanto quanto seu amigo parecia gostar.

– Ouvi dizer que você está fazendo seu nome na aldeia, Gaston. Ninguém fala de outra coisa. Você é uma celebridade, sendo o melhor amigo do príncipe – disse o Chef Bouche.

– Acho que é porque ele se tornou um caçador muito respeitado – argumentou a Senhora Potts, lançando um olhar penetrante ao Chef Bouche.

– Concordo plenamente. Ouvi dizer que não há nenhum troféu na parede do Velho Higgins que o próprio Gaston não tenha caçado – disse o Senhor Cogsworth, surpreendendo a todos à mesa com seus elogios a Gaston. Embora já houvessem se passado anos desde que o Senhor Cogsworth lhe lançou olhares de desaprovação, nunca elogiara Gaston abertamente. Parecia que o Senhor Cogsworth tinha parado de pensar nele como o garotinho que deixava um rastro de lama no castelo e era uma má influência para o príncipe.

– Entretanto, mal não faz ser o melhor amigo do príncipe, não é? – pontuou o Chef Bouche, rindo muito.

– Se você tem algo a dizer, Chef Bouche, se tem bronca de mim por alguma coisa, então sugiro que a revele! Talvez ache que esteja tirando vantagem de minha amizade com o príncipe e usando-a como uma forma de me tornar popular entre os aldeões? Se for esse o caso, agradeceria se você dissesse isso de modo claro! – Gaston olhava o homem diretamente nos olhos com o rosto cheio de fúria. Ele percebeu que havia surpreendido o Chef Bouche.

– Não tenho bronca nenhuma de você, Gaston, isso lhe garanto. Não quis dizer nada com isso. Tenho certeza de que todos na aldeia enxergam suas qualidades assim como nós – respondeu o Chef Bouche, parecendo um pouco surpreso com o rumo que seu gracejo tomara.

Gaston percebeu que o homem estava sendo sincero e se sentiu mal por tentar desafiá-lo. O fato era que Gaston *não* tinha certeza se as pessoas o amavam por si mesmo ou porque era sabido que ele era amigo do príncipe. Ele fazia o possível para minimizar sua amizade com o príncipe, mas todos sabiam que Gaston cresceu no castelo e recebeu terras e uma propriedade só sua. Todavia, ele esperava que a razão pela qual fosse tão amado e respeitado era porque estava empenhado em caçar e matar a Fera de Gévaudan e porque havia jurado que nunca mais deixaria a aldeia viver com medo novamente; ele ficaria mortificado se o amassem apenas porque o príncipe era seu melhor amigo.

Quando Gaston começou a passar mais tempo na aldeia depois que Reizinho saiu para seu tour e conheceu as pessoas que viviam e trabalhavam lá, ouvindo de fato suas histórias, percebeu que estavam aterrorizadas. Ficaram horrorizadas com as histórias da Fera de Gévaudan, o que ela havia feito na região e como estava agora devastando outros reinos próximos.

Estavam com medo de que ela voltasse para caçar em suas terras novamente, por isso Gaston prometeu-lhes que os protegeria e acabaria com a fera, mesmo que fosse a última coisa que faria.

E o mais importante, ele prometeu a *si mesmo* que faria tudo ao seu alcance para que se sentissem seguros. Rastrearia e caçaria a fera não importa quanto tempo demorasse, e isso vinha sendo um esforço exaustivo.

No dia seguinte ao assassinato do pai de Gaston, toda a equipe externa foi procurar o corpo da fera, esperando que ela tivesse sido mortalmente ferida e simplesmente tivesse ido para algum lugar na floresta para morrer. Mas eles não encontraram nada. E, mesmo que não tivesse havido avistamento da fera naquela região desde a morte de seu pai, Gaston sabia em seu coração que a fera retornaria e, quando isso acontecesse, ele estaria pronto. Prometeu a si próprio que vingaria a morte do pai e jurou que essa era uma promessa que não quebraria.

— Sinto muito, Chef Bouche. Por favor, me perdoe. Temo que haja algo mais em minha mente que atrapalhou meu julgamento. Eu sei que você teve boas intenções – disse Gaston.

— Todos nós já fomos culpados disso em uma ocasião ou outra, Gaston. Não se preocupe – falou o Chef Bouche, parecendo mais à vontade.

O jantar prosseguiu como começara, todos de bom humor, rindo e compartilhando histórias e imaginando como seria a noiva do príncipe. Gaston fez o possível para participar da conversa, mas estava distraído. Perguntava-se se queria estar presente no retorno de Reizinho. Agora que o príncipe tinha Circe, Gaston não via lugar para si no castelo. Não que ele passasse mesmo muito tempo lá. Mas ele imaginara, antes de saber do noivado de Reizinho, que estaria lá com mais frequência. Talvez ele voltasse para sua propriedade e ficasse lá por um tempo. Para ver como as coisas estavam indo. E dar tempo aos dois pombinhos para se acomodarem sem que Gaston estivesse lá para distraí-los.

Antes que percebesse, já era tarde e todos estavam se despedindo e subindo as escadas para seus quartos. Gaston decidiu que não fazia sentido tentar voltar para sua propriedade àquela hora já tão adiantada e resignou-se a dormir em seu antigo chalé naquela noite e voltar para casa na manhã seguinte.

— Gaston, você poderia se juntar a mim em minha sala antes de ir? Gostaria de conversar com você — disse a Senhora Potts gentilmente, conduzindo Gaston para fora do salão dos empregados.

Ele sabia que ela devia ter algo importante para discutir porque fechou a porta atrás deles e tinha uma expressão bastante séria no rosto. Era culpa dele, na verdade. Parecera taciturno e irritado durante todo o jantar. E havia sido agressivo com o pobre Chef Bouche, então sabia que estava prestes a receber um justo sermão. Gaston disse a si mesmo que o pobre sujeito merecia outro pedido de desculpas e planejava fazê-lo assim que tivesse um momento a sós com ele.

— Sente-se, querido. Quero saber: por que você não tem passado mais tempo em sua propriedade? O príncipe lhe deu terras e uma casa própria, mas você parece contente em deixar tudo a cargo de seu agente e seus criados lá.

— Eu não tenho criados. Você está brincando, Senhora Potts? Na verdade, aquilo lá é um pavilhão de caça melhorado.

— Ao que tudo indica, parece que você passa todo o seu tempo nesta floresta caçando e acampando, e acho que sei por quê. Todo mundo sabe. Mas isso tem que parar, Gaston, tem que parar mesmo – declarou ela, pegando-o de surpresa. Essa não era a conversa que ele esperava. Ele tinha certeza de que ela iria lhe dizer para não ficar de mau humor com o casamento do príncipe. Algum tipo de discurso sobre como todos os príncipes deveriam se casar um dia. Como é seu dever, e assim por diante. Gaston não esperava por isso.

— Não estou entendendo.

— Oh, acho que está entendendo sim, meu garoto. Você ainda está caçando a Fera de Gévaudan. A criatura não foi vista desde que seu pai morreu – falou ela, colocando a mão na dele.

— Isso não é verdade. As pessoas da aldeia dizem que já foi vista em outras partes desta região, em outros reinos. Estão morrendo de medo.

— Sinto muito, Gaston, e odeio dizer isso, mas às vezes as pessoas na aldeia podem ser um pouco...

— Ignorantes. Era isso que você ia dizer? – ele perguntou, sentindo-se um pouco irritado com ela.

— Não, eu ia dizer supersticiosas. E elas não são o que você chamaria de mente aberta, mas esse é outro assunto. Só estou dizendo que talvez as histórias da Fera de Gévaudan aterrorizando aldeões em outros reinos distantes daqui sejam uma forma de passar as noites contando "causos" perto do fogo e nada mais. Já se passaram anos desde que a criatura chegou às nossas terras. Talvez você e seu pai tenham conseguido matá-la – pontuou ela.

— Mas não foi exatamente isso que vocês pensaram da primeira vez? Vocês não achavam que meu pai a tivesse matado anos antes de ela voltar e tirar a vida dele? Quem pode dizer com certeza que ela não retornará? E eu não deveria estar pronto quando isso acontecer? As pessoas da aldeia contam comigo, procuram-me em busca de proteção. Não vou decepcioná-los. Não vou quebrar minha promessa, não com eles.

— Sinto que estou conversando com seu pai. Você se parece muito com ele, Gaston. Especialmente agora que está mais velho. Vi seu pai ficar obcecado com a Fera de Gévaudan da mesma forma, depois...

— Depois do quê?

— Gaston, seu pai nunca lhe contou como sua mãe morreu?

— Achei que você soubesse disso. Não era isso que você estava escondendo de mim? O que todos vocês têm escondido de mim?

— Eu nunca tive certeza do quanto você sabia, Gaston. Mas é hora de você saber tudo. Seu pai caçou a fera durante anos depois que sua mãe morreu. Depois de a criatura matá-la. A coisa virou sua obsessão e, no fim, também o destruiu. Foi horrível quando sua mãe foi morta, meu rapaz. Foi medonho, muito doloroso. É claro que seu pai não contou nada disso. E agora sinto que estou traindo a confiança dele.

— Ele se foi, Senhora Potts. Não acho que ele vai se importar. Mas por que esperar até agora para me contar? Por que depois de tantos anos?

— Não eram meus segredos para contar. Eram de seu pai e da rainha. — Ela enxugou as lágrimas que escorriam por seu rosto com um lenço delicadamente bordado e começou a torcê-lo nas mãos. – Falei com a rainha e ela concorda que é hora de você conhecer toda a história. Mas você tem que me prometer, Gaston: prometa que não vai deixar isso ficar entre você e o príncipe.

– O que Reizinho tem a ver com isso? Ele nem tinha nascido quando mamãe morreu.

– Bem, é isso mesmo – começou a dizer a Senhora Potts. – Ela morreu na noite em que o príncipe nasceu...

CAPÍTULO VIII

ROSE NA FLORESTA

— Não sei por onde começar, meu rapaz – disse a Senhora Potts, enquanto tomava um gole de seu chá preto aromatizado com baunilha, amêndoa e um leve toque de conhaque. Ela e Gaston ainda estavam na sala de estar, acomodados em poltronas confortáveis, de frente para a modesta lareira, cuja cornija estava coberta de pequenos retratos emoldurados de todos os seus filhos, entre sua coleção de lindas xícaras de chá. Entre as poltronas havia uma pequena mesa redonda com um bule de chá, duas xícaras e um prato com duas tortas de chocolate e frutas que uma criada da cozinha trouxera para eles. Embora ansioso para que a Senhora Potts lhe contasse sua história, Gaston estava fazendo o possível para não pressioná-la. Dava para ele perceber que ela estava angustiada e apreensiva, mas sentia que haviam escondido dele por tempo demais as circunstâncias da morte de sua mãe. Nos dias após o terrível fim de seu pai, ele quis perguntar a ela, mas não conseguiu. Sentia-se perdido e sozinho naquela época, embora estivesse cercado por pessoas que o amavam. Ele era um fantasma vagando de um lugar para outro, por capricho do príncipe. E, quando o príncipe partiu, já não parecia importar mais que o pai de Gaston tivesse morrido antes que pudesse partilhar seus segredos. Tudo o que importava era que Gaston quebrara a promessa feita ao pai. Mas todos aqueles antigos sentimentos estavam começando a surgir novamente e ele queria saber a verdade.

— Por favor, Senhora Potts, conte-me sobre a noite em que minha mãe morreu. — Gaston tentava não ser rude. Essa era a última coisa que iria querer. Ele amava aquela mulher, mas estava começando a ficar com raiva e com medo porque sabia que havia algo que todos escondiam dele, e, agora que finalmente estava prestes a descobrir a verdade, temia que isso mudasse sua vida. Ele não tinha certeza se estava pronto.

— Mas há muito mais por trás dessa história, meu garoto. Tantas coisas mais envolvidas. Não se trata apenas da noite em que sua mãe morreu. Não se trata apenas de como ela foi morta. É também sobre o amor que a rainha tinha por sua mãe e o quanto sua mãe a amava. Elas eram absolutamente devotadas uma à outra, Gaston. Eram como irmãs, como você e o príncipe. Quando descobriram que ambas estavam grávidas na mesma época, a rainha insistiu que você fosse cuidado no infantário do castelo. Ela queria que você e o príncipe crescessem juntos, pensando um no outro como irmãos.

— E assim nós fizemos. Ainda mais próximo do que a maioria dos irmãos. Ela realizou seu desejo — disse Gaston.

— E por que você acha que o rei e a rainha nunca estão em casa? Por que acha que a rainha construiu um memorial tão magnífico para sua mãe quando ela morreu? Ela fez isso porque se sentia responsável pela morte de sua mãe. – A Senhora Potts tomou outro gole de chá e prosseguiu.

– Não foi culpa da rainha, é claro. Pelo menos, pensava que não, mas mesmo assim a rainha se culpou, e acho que havia uma parte do coração de seu pai que a culpava também. Você nascera havia poucos meses, mas sua mãe voltara a trabalhar atendendo a rainha durante seu parto. Histórias da Fera de Gévaudan varriam o reino e todos tinham medo de sair à noite para não serem atacados ou devorados pela besta. Houve várias mortes naquele período, e seu pai, com um grupo de outros caçadores, incluindo o rei, estavam fazendo o possível para pôr fim ao reinado de terror da fera, que dominava os pesadelos de todos. – A Senhora Potts fez uma pausa, o olhar se desviando, como se ela estivesse relembrando aqueles dias, perdida em seus pensamentos com as emoções brotando dentro dela enquanto contava a história a Gaston.

– A rainha sentiu-se agoniada durante todo o seu confinamento, fazendo com que sua mãe temesse por ela e pelo bebê. A rainha estava exausta, preocupada com o que poderia acontecer ao rei enquanto caçava a Fera de Gévaudan, e sua mãe estava sempre por perto nos dias que antecederam o nascimento do príncipe para que pudesse confortar e acalmar a rainha.

"E a rainha não era a única pessoa apavorada. Todos nós também nos sentíamos assim. Sua mãe estava angustiada, preocupada com a rainha e também com um medo constante de que algo horrível acontecesse com seu pai. Mas ela não confidenciava isso à rainha. Pelo contrário, era como uma rocha, como o mármore, inquebrável e forte, pelo menos enquanto estava na companhia da rainha. Mas depois, quando a rainha finalmente adormecia, Rose descia para me visitar e, num jorro só, desabafava todas as coisas que tinha de manter guardadas dentro de si, todo o medo que crescia dentro dela a ponto de explodir. Todas as noites seu pai caçava a fera, ela temia que ele não sobrevivesse e o dia em que ele não voltasse para ela."

— Isso deve ter sido exaustivo para minha mãe — comentou Gaston, tentando pintar uma imagem de Rose em sua mente, mas tudo que conseguiu visualizar foi a estátua que ficava em frente ao seu local de descanso eterno. Como se ela fosse feita de pedra, tal como a Senhora Potts descrevera, forte e inquebrável.

— Foi horrível. Mas sua mãe era uma mulher forte e fez o possível para apoiar a rainha, embora houvesse momentos em que só queria chorar. E era isso que ela fazia, às vezes durante horas, depois que a rainha adormecia. Sua mãe desabava em meus braços e soluçava. Eu queria dizer a ela que tudo ficaria bem, mas é claro que nenhum de nós sabia se isso iria acontecer. Então, apenas a abraçava e dizia que ela poderia contar comigo, independentemente do que acontecesse conosco.

"Certa manhã, seu pai não apareceu no salão dos empregados para tomar o café da manhã, como era seu costume enquanto sua mãe dormia no castelo. Estávamos todos preocupados, ninguém mais do que sua mãe, que parecia adoentada. Seus nervos estavam à flor da pele e ela aparentava não dormir havia dias, tendo acabado de dar à luz a você não muito antes. A rainha insistiu que Rose fosse até o chalé para ver como estava seu pai e descansar. Nós duas insistimos, na verdade. Eu disse que cuidaria da rainha enquanto sua mãe descansava, e nós duas lhe dissemos que ela não deveria voltar até a manhã seguinte, e nem mesmo isso, instruindo-a a descansar até que se recuperasse por completo. Ela tentou argumentar, é claro. Não queria abandonar sua amiga. Mas, concordou, pelo menos, para verificar se seu pai estava bem.

"Seu pai me contou mais tarde que, quando ela chegou ao chalé, desabou na cama depois de um longo abraço e dormiu o dia inteiro. Ele cancelou a caçada naquela noite, querendo ficar com sua mãe e, da mesma forma, para que o rei também pudesse estar com a rainha. Seu pai estava feliz por tê-la em casa. Feliz em cuidar dela enquanto ela descansava.

"Ele disse que Rose dormiu como se estivesse sob um feitiço de sono, como uma donzela de um conto de fadas, dormindo sem parar, e sem se mexer, exceto uma vez no início da noite, quando ele a acordou para comer alguma coisa e tomar um chá. Mas depois ela voltou para debaixo das cobertas e caiu novamente na terra dos sonhos. Exausta pelo permanente cuidado com a rainha e pela preocupação constante.

"Mas então algo inesperado para seu pai aconteceu naquela noite. Ele só me contou essa história uma vez, contudo as imagens que suas palavras evocaram em minha mente queimam tanto que é como se Grosvenor as tivesse compartilhado comigo esta noite, e não há muitos anos.

"Seu pai acordou com gritos vindos da floresta, não muito longe da casa. Gritos horríveis que inundaram de terror todo o seu ser. Quando se livrou do torpor e da confusão, percebeu que era sua mãe quem ele ouvia gritando. Então, escutou os sinos tocando nas ameias do castelo, o que significava que o rei e a rainha precisavam de ajuda. Ele não sabia por quê; só podemos presumir que sua mãe tenha ouvido os sinos e temido que a rainha estivesse em perigo durante o trabalho de parto e tenha saído correndo noite adentro sem pensar. E foi isso que seu pai fez também. Pegou seu bacamarte e correu para a floresta, seguindo o som dos gritos de sua mãe."

A Senhora Potts parou por um momento para tomar outro gole de chá, fazendo o possível para manter a xícara firme, enquanto tremia e tentava conter mais lágrimas.

— E o que aconteceu, então? — perguntou Gaston. Seu rosto estava pálido e inexpressivo, mas suas mãos também tremiam.

— Não sei se posso continuar, meu querido. Tenho certeza de que você pode imaginar o restante — respondeu ela, baixando os olhos.

— Nada poderia ser pior do que minha imaginação. Você esqueceu, eu vi meu pai sendo atacado por aquele maldito lobo.

— É pior do que qualquer coisa que você possa imaginar, meu garoto. Foi tão horrível que seu pai mal conseguia falar sobre isso. Direi apenas que sua mãe ainda estava gritando enquanto o monstro... a devorava. Não havia como ela ter sobrevivido, mesmo que seu pai tivesse conseguido atrair a fera. É horrível demais pensar nisso, meu querido. É horrível demais imaginar o terror e a dor que sua pobre mãe sofreu em seus últimos momentos e saber que seu pai viu isso acontecer. Ele fez a única coisa que podia e pôs fim ao sofrimento dela, depois disso caiu de joelhos soluçando, dizendo repetidas vezes o quanto sentia muito, sem se importar com a própria vida, ou mesmo sem perceber que a fera avançava em sua direção enquanto ele chorava por sua mãe. Nada além de tristeza existia para ele naquele momento. Não importava para ele o ataque do monstro, que arranhou seu rosto. Seu pai achou que era certo ele morrer. Queria estar com sua mãe. Sentia que merecia uma morte horrível em pagamento pela dela, por não protegê-la.

— Mas não foi culpa dele. Ela saiu correndo enquanto ele dormia. Ele não sabia. — O estômago e o peito de Gaston estavam contraídos de tristeza e horror. Ele não tinha ideia de que seu pai sofrera aquilo. Seu corpo estava fraco e dominado pela dor. Desejava mais do que nunca matar a fera. Ele precisava matar a fera. Era seu dever, não apenas para com sua mãe e seu pai, mas também para com o povo da aldeia. Não deixaria nenhum deles sofrer essa mesma dor, essa perda e tristeza, esse horror, nunca.

— Eu sei, meu querido, mas em momentos de tristeza às vezes nos culpamos. E em momentos de pânico não pensamos. É por isso que nunca culpei a rainha por ordenar que os sinos tocassem. — Dava para ver que ela receava que *ele* culpasse a rainha. E por que não deveria? Ela era a culpada. Sua ansiedade e raiva estavam se tornando uma torrente violenta, atacando-o por dentro. Suas mãos tremiam e ele fazia o possível para não chorar, mas sentia que, se segurasse o choro por mais tempo, poderia explodir.

— Ela sabia que a fera estava lá fora! Como pôde colocar minha mãe em perigo daquele jeito? Ela sabia que se minha mãe ouvisse aqueles sinos ela viria — disse ele, mal conseguindo respirar, a dor no peito tão forte.

— Talvez. Mas assim como sua mãe não pensou antes de sair correndo para a noite perigosa, a rainha não estava pensando no monstro que espreitava ali. Ela corria o risco de perder o filho, Gaston, e queria que a amiga estivesse a seu lado. Isso foi tudo em que ela pensou naquele momento de desespero e medo.

Gaston viu verdade nisso. Gostaria que tivesse sido diferente, mas entendeu. Também fizera uma escolha que matou alguém que amava. Quem era ele para culpar a rainha por chamar a irmã em meio à dor e ao medo de perder o filho? Talvez a raiva que sentiu da rainha fosse na verdade raiva e decepção em relação a si mesmo. Ele não sabia.

– Como meu pai escapou da fera? – ele perguntou, tentando banir as imagens horríveis de sua mãe. Tentando esquecer o que seu pai acreditava que seriam seus últimos momentos. Por que sua vida tinha que estar tão ligada àquela criatura?

– Alguns dos outros funcionários externos ouviram os gritos de sua mãe e vieram ajudar. Quando viram a fera atacando seu pai, atiraram nela, dando a Grosvenor uma chance de escapar. A criatura cambaleou para trás, o que lhe permitiu agarrar seu bacamarte e atirar bem no peito da fera. Todos tinham certeza de que fora um golpe mortal, mas a fera escapou para a floresta. Foi um negócio sangrento, meu querido. Um negócio sangrento. A rainha ficou arrasada e seu pai não sabia a quem culpava mais, a si mesmo ou à rainha. – A Senhora Potts apertou a mão de Gaston com ternura e olhou para ele com olhos tristes. Ele realmente amava essa mulher e estava muito grato por tê-la em sua vida. Era a única pessoa que fora como uma mãe para ele. Gaston não sabia o que faria sem ela.

– É por isso que meu pai preferia passar o tempo no chalé? Mas certamente ele não achava que vocês o culpassem. – Gaston odiava a ideia de seu pai se culpar. E pensar que, todas aquelas noites, quando seu pai olhava para o céu noturno em uma melancolia silenciosa, ele se sentia responsável pela morte da própria esposa. Era de partir o coração.

– Não, meu querido. Nenhum de nós o culpou. E compreendemos por que ele caçava obsessivamente na floresta. E por que era raro o rei e a rainha estarem em casa. A rainha adora que você e o príncipe sejam como irmãos, é o que ela e sua mãe mais desejavam, mas dói muito ver vocês juntos. Isso a faz sentir falta da amiga ainda mais, e ela não consegue suportar o fato de ter tirado sua mãe de você.

– Ela não tirou minha mãe de mim, foi a fera, e eu vou matá-la, Senhora Potts. Eu juro que vou.

– Meu querido menino, por favor, não siga o caminho do seu pai. Não dedique sua vida à vingança. Esse tipo de sofrimento é terrível demais para alguém tão jovem.

Ela se levantou e pegou o rosto dele entre as mãos.

– Por favor, meu garoto, prometa para mim. Eu gostaria muito que você escolhesse a felicidade.

– Não podemos escolher o nosso destino, Senhora Potts – disse ele, surpreso com a conversa dela sobre felicidade. Perguntando-se se isso era mesmo possível.

– Então é seu destino se afogar em um turbilhão de tristeza e vingança? Não perca sua vida caçando essa fera, meu querido. Se você fizesse isso, acho que nunca conseguiria parar de chorar. – Ela estava à beira de mais lágrimas.

– Não pretendo, Senhora Potts. Estou feliz que meu pai não tenha me revelado sua história. Não suporto a ideia de ele ter que revivê-la, ou ver a dor em seu rosto ao contá-la. Obrigado por ser franca comigo, Senhora Potts. E, por favor, não se preocupe. Eu prometo que ficarei bem. – Ele a pegou nos braços. Ela parecia tão pequena perto dele agora. Tão frágil. Alguém a ser protegido. Cabia a ele protegê-la agora, proteger todos eles.

– É hora de você parar de tentar cuidar de mim, Senhora Potts, e me deixar cuidar de você. Cuidar de todos vocês – disse ele, recuando e sentindo-se grato por ter alguém que o amava tanto.

– Sempre cuidarei de você, Gaston. Sempre. Você é meu doce menino – declarou ela, chorando outra vez. – E você não culpa o príncipe?

– Pela morte do meu pai? Eu fiz isso por muito tempo. Mas éramos ambos jovens e tolos, Senhora Potts. Não sei se ainda culpo alguém. – Ele não tinha certeza se aquilo era verdade. Havia uma parte dele que ainda culpava o príncipe e a si mesmo, mas agora ele estava guardando sua raiva e tristeza para a fera.

– Eu quis dizer pela morte de sua mãe – falou ela, tomando um gole trêmulo de chá.

– Claro que não. Por que eu o culparia pela morte de minha mãe? E não culpo a rainha, de verdade. Meus pais estão mortos porque uma fera vil os atacou.

– Estou orgulhosa do homem que você está se tornando, Gaston. Mas não pense que algum dia deixarei de vê-lo como meu querido menino. E você deve me prometer que acabará com a caça a essa fera.

– Não faço promessas que não possa cumprir, Senhora Potts. Não mais.

CAPÍTULO IX

O CONVITE

Antes que percebessem, o baile do noivado tinha chegado. Gaston estava com medo do baile desde que a Senhora Potts lhe contara sobre o evento. Ele não queria ver Reizinho pela primeira vez em tantos anos na mesma noite em que conheceria a noiva dele, Circe. Gaston esperava passar algum tempo a sós com ele, apenas algumas horas teriam bastado, mas parecia que o príncipe e sua noiva chegariam juntos ao castelo em um turbilhão de excessiva fanfarra e pompa. Gaston pensou que ele fosse fugir para sua propriedade e simplesmente evitar o espetáculo, mas a Senhora Potts o aconselhou o contrário, por isso ele decidiu ficar no antigo chalé de seu pai naquela noite para estar mais perto do castelo. Ele tentava evitar ficar lá tanto quanto possível. A casa o lembrava muito de seu pai. E, de alguma forma, a gata deles parecia saber onde ele estava, sempre aparecendo para receber cafunés e uma tigela de leite. Ela geralmente estava fora em aventuras, aquela gata. Desaparecia por semanas, mas sempre encontrava o caminho de casa, quer Gaston estivesse no chalé ou na casa de sua propriedade. E ele estava feliz pela companhia dela.

Nenhum dos planos para o retorno de Reizinho parecia algo que seu amigo teria planejado ele próprio. Gaston soube que Reizinho e Circe viajariam em uma carruagem aberta pelos Muitos Reinos, percorrendo todos os reinos vizinhos, bem como a vila em seu próprio reino, para que ele pudesse exibir sua futura noiva enquanto se dirigia para o castelo. E se isso não fosse suficientemente esnobe, assim que fizesse a sua grande aparição, seria saudado por uma multidão de reis e rainhas, cavalheiros e damas, e a pequena nobreza dos reinos vizinhos, todos presentes para celebrar o noivado com Circe. Ninguém falava de outra coisa. Realmente, era doentio. Pelo menos, Gaston pensava assim. Não se parecia em nada com o Reizinho que ele conhecia. Ao que parecia, aquele seria o evento mais luxuoso da história dos Muitos Reinos, e isso era muito revelador, se é que o Livro dos Contos de Fadas fosse digno de crédito. Era muito diferente de comer sanduíches esmagados no oco de uma velha árvore enquanto esperavam para ver se conseguiam flagrar fadas. Mas também, Gaston supôs, eles não eram mais meninos. E a rainha parecia satisfeita por ter um motivo para dar uma festa.

Ela até organizara alguns dos espetáculos que havia planejado originalmente para a frustrada celebração que aconteceria havia muitos anos, antes que a fera retornasse e o pai de Gaston morresse. Algo sobre isso fez o estômago de Gaston embrulhar. Ele se lembrou do dia em que ele e o pai foram verificar o pavilhão da rainha para ter certeza de que estaria pronto para seu grande evento malfadado. De repente, ele ficou com raiva da rainha por arrastá-lo de volta para aquelas lembranças sombrias. A Senhora Potts acabara de alertá-lo para não se deixar afogar no passado, e era exatamente isso que ele estava fazendo. Mas não era culpa da rainha. Não era ela que o estava puxando para baixo: ele é que estava deixando o peso de sua dor arrastá-lo para o fundo. Então, Gaston clareou sua mente, tentando se preparar para ver Reizinho e Circe, embora temesse isso com todo o seu ser.

Gaston fora convidado para o baile de noivado naquela noite como convidado, não como criado. Ele foi surpreendido por uma batida à porta do chalé e, ao abri-la, deparou-se com um criado real parado na varanda, todo paramentado com uma peruca branca empoada, casaca com punhos de babados, calções, meias e sapatos de seda com fivelas vistosas. O criado até trouxera o convite numa pequena bandeja de prata, o que fez Gaston rir. Não poderiam ter entregado o convite a ele quando estava no salão dos empregados? Por que toda essa pompa e circunstância? O servo gesticulou dramaticamente ao anunciar o conteúdo do convite, como se estivesse fazendo o discurso mais importante já proferido na história dos Muitos Reinos.

— Você está convidado pelo rei e pela rainha para participar de um baile real a fim de celebrar o noivado do príncipe e sua amada — anunciou o lacaio, parado ali sem jeito, enquanto segurava a pequena bandeja redonda de prata com o convite sobre ela.

— Francis, é você com essa peruca? Veio fantasiado de quê? — Gaston riu ainda mais, percebendo que o servo desajeitado era Francis.

— Cale-se. Estou tentando ser formal – disse Francis, suando sob todas as suas roupas elegantes e visivelmente envergonhado por Gaston o ter reconhecido.

— Sinto muito, mas toda essa bobagem é realmente necessária? – Gaston tirou o convite da bandeja. Ao abri-lo, viu que havia um pequeno pedaço de papel dobrado com um bilhete rabiscado junto com o convite oficial.

— É um completo absurdo! Completamente desnecessário! Eu ser obrigado a correr por aí com sapatos de seda como uma espécie de figurão; quem já ouviu falar de um lacaio usando sapatos de seda? Tenho medo de sujá-los de lama ou algo assim.

— Gaston percebeu que Francis não pretendia deixar escapar aquela pequena explosão, e seu comportamento rapidamente voltou a ser formal, em vez de familiar. Ele limpou a garganta, pediu desculpas e continuou: — O príncipe quer que você saiba que ele providenciou para que você tomasse aposentos no castelo, e lá você encontrará suas roupas para o baile desta noite – informou Francis, olhando para Gaston.

— Entendo. – Gaston encarou o bilhete. Conjecturou se alguém teria dito a Francis que ele não sabia ler. E, de repente, sentiu-se envergonhado e como uma espécie de impostor. Perguntou-se por que estava sendo convidado para aquele baile chique e tinha certeza de que todos os outros presentes estariam se perguntando a mesma coisa.

— Peça ao Senhor Cogsworth para direcioná-lo a seu quarto. O gongo de vestir é às seis. Uma festa íntima será realizada no salão às sete, seguida de um jantar leve às oito, após o qual o baile será oficialmente aberto pelo príncipe e sua noiva. Agora, se me dá licença, tenho outros deveres a cumprir – declarou Francis, antes de se afastar rapidamente. Gaston se sentiu mal por fazer piada sobre a roupa do lacaio. Ele não queria fazer isso, na verdade não mesmo, então chamou Francis.

– Ei! Francis! Desculpe!

Gaston não tinha certeza se ele ouviu.

– Isso é uma loucura – disse Gaston à sua gata, que estava olhando para ele com olhos sonolentos depois de ser acordada por sua voz estrondosa. – Isso não é típico de Reizinho, de jeito nenhum! – ele disse à gata. Ela apenas piscou para ele antes de se aconchegar em sua almofada perto da lareira. – Bem, você não ajuda em nada! Acho que é melhor ir ver a Senhora Potts e descobrir o que está acontecendo – declarou ele, pegando sua mochila e armas, e saindo pela porta. Ele atravessou a floresta até o castelo, dando a volta até a entrada dos criados, e encontrou a Senhora Potts em sua sala de estar repassando suas listas.

– Veja isso! – Ele parou na porta dela, agitando o bilhete e o convite rapidamente. – Francis diz que devo tomar aposentos no castelo? Você sabia sobre isso? O que o Senhor Cogsworth tem a dizer?

– Não cabe ao Senhor Cogsworth ter uma opinião sobre nada disso – respondeu ela sem erguer os olhos. – Foi uma ordem real. – A Senhora Potts verificava suas listas e assinalava as tarefas que haviam sido concluídas. – Eu não entendo por que você está tão contrariado. Achava que você fosse ficar feliz em ver seu amigo!

– Eu estou. Claro que estou. Quer dizer, acho que estou. Mas o que é essa história de jantar íntimo antes do baile? Afinal, o que isso quer dizer? – perguntou Gaston, tentando desviar a atenção da Senhora Potts de volta para ele.

– É apenas um jantar leve para a família. Haverá um bufê à disposição durante todo o baile e, claro, uma ceia e café da manhã – explicou a Senhora Potts. – Não se preocupe, haverá bastante comida para você.

– Então, é um evento que durará a noite toda? – Gaston ficou surpreso; o rei e a rainha não davam uma festa dessa magnitude desde aquela para a qual estavam se preparando quando seu pai morreu. – Ouvi dizer que a rainha vai iluminar o pavilhão e ontem vi os jardineiros esculpindo topiárias de animais no labirinto de sebes. E agora colocaram o pobre Francis correndo por aí, suando em sua libré chique e peruca empoada, distribuindo convites em uma bandeja de prata. Ela deu a todos muito trabalho com pouquíssimo tempo para realizá-lo. – Gaston balançou a cabeça. – Não consigo imaginar que Reizinho quisesse nada disso.

– A rainha não ordenou tudo isso; foi decretado pelo príncipe. Ele parece ter... como direi?... assumido sua posição enquanto esteve fora. – Gaston conhecia aquele meio-sorriso. Aquele que dizia que a Senhora Potts não aprovava.

– Entendo – disse Gaston, sentindo-se ainda mais nervoso do que já estava em rever o amigo. Ele não pôde deixar de se perguntar se tudo isso era influência de Circe. Ela pertencia a uma família real muito antiga e provavelmente estava exigindo toda aquela fanfarra ridícula. Ele odiava a ideia de alguma princesinha bonita e esnobe mudar tudo e tornar sua corte maçante e pomposa, justo como Reizinho havia prometido que jamais seria. E o que ela iria pensar dele, o servo amigo do príncipe, seu companheiro de infância que não sabia ler e de quem sentia pena? Talvez por isso o príncipe estivesse escolhendo roupas para ele, deixando-o apresentável, respeitável, para que se adaptasse, como se fosse apenas um velho amigo e não filho de um servo. Gaston começava a ficar com raiva. Desde quando seu amigo se importava com o que alguém pensava ou fazia pobres lacaios andarem por aí com perucas empoadas? Toda a situação fora além do intolerável. E ele não iria aceitar isso. Não iria se vestir com uma roupa boba e tentar ganhar a aprovação de ninguém. – E suponho que deva usar algum traje esnobe que ele escolheu? Provavelmente vou parecer um idiota. – Gaston sentiu como se seu estômago estivesse cheio de morcegos agitados.

– *Suponho* que a única maneira de descobrir seja subir e experimentar, e me deixar voltar ao trabalho. – A Senhora Potts ainda estava grudada nas listas. Gaston suspirou, sentindo-se derrotado, e virou-se para ir embora. Ele parou quando ouviu a voz da Senhora Potts chamando por ele.

– Desculpe, querido. Há tanta coisa para fazer, e com o Senhor Potts ausente, ainda por cima. Você sabe como fico preocupada quando ele está viajando – disse ela. Gaston entendia. Ele amava a boa mulher e a perdoaria por qualquer coisa. Ela era o mais próximo de uma mãe que ele conhecera.

– Eu não sabia que o Senhor Potts estava fora; está tudo bem? – ele indagou, lembrando que o marido da Senhora Potts não estava jantando com os demais criados na noite anterior. Gaston nem se preocupara em perguntar por ele.

Estava tão consumido por seus próprios problemas que não parou para pensar que o Senhor e a Senhora Potts estavam tendo seus próprios contratempos também.

— O irmão dele não está bem, sabe? E não há mais ninguém para cuidar dele agora que a esposa faleceu. Receio que o Senhor Potts demore algum tempo para voltar. — Ela estava tentando não parecer preocupada. Gaston se sentiu mal por não ter visitado a Senhora Potts tanto como ela gostaria e prometeu que iria jantar e visitá-la com mais frequência, especialmente com o Senhor Potts longe.

— Sinto muito por ouvir isso. Por favor, envie lembranças ao Senhor Potts na próxima vez que escrever para ele. — Lá estava ele tagarelando quando ela tinha tantas outras coisas em mente. — E não se preocupe, Senhora Potts, estou aqui.

— Eu sei que você está, querido. Obrigada. E, Gaston, a última coisa que você vai parecer no baile desta noite é um idiota. Garanto que será o homem mais bonito da festa – disse ela. — Agora se incline para que eu possa lhe dar um beijo! – ela pediu com sua risada doce.

— Você quer dizer que serei o segundo homem mais bonito da festa – declarou Gaston. — Lembro-me de meu pai me dizendo que eu nunca deveria deixar Reizinho saber que sou melhor do que ele em nada. Tiro, caça, cavalgada, tudo. Ele disse que foi isso que fez com o rei. Sempre o deixou pensar que era o melhor.

— Parece algo que seu pai faria. Mas, Gaston, não é essa a relação que você tem com o príncipe. Ele já ficou zangado quando você foi melhor em alguma coisa?

– Nunca. Tentava explicar isso a meu pai sempre que ele me aconselhava, mas papai dizia que um dia isso mudaria. Eu me pergunto se ele tinha razão. Toda essa pompa e fantasia e babados não parecem coisa de Reizinho. Você acha que ele mudou? Pelas cartas dele, parece que sim?

– Talvez. Mas duvido que ele tenha mudado em relação a você. E cá entre nós, querido, acho que você realmente é ainda mais bonito que o príncipe. E não há nada que você possa fazer para mudar isso. – Ela sorriu e deu palmadinhas na mão dele. – Agora preciso mesmo voltar ao trabalho. Acho que você encontrará o Senhor Cogsworth na despensa. Ele estava esperando por você.

Embora Gaston não fosse mais uma criança, ele não podia deixar de se sentir como um garotinho na presença do Senhor Cogsworth. Tinha sido mais fácil lidar com ele nos últimos anos. Gaston não tinha certeza por que as coisas haviam mudado, se fora porque o príncipe dissera ao Senhor Cogsworth para deixar Gaston em paz ou se o Senhor Cogsworth finalmente aceitara o lugar não convencional de Gaston no castelo. Ele queria que o Senhor Cogsworth gostasse dele. Quando criança, ele fora como um pai para o príncipe e, de certa forma, era assim que Gaston olhava para ele agora, embora não houvesse razão para isso, exceto que ele não tinha mais pai e conhecia Cogsworth desde que era criança. Ele bateu à porta da despensa do mordomo e ouviu a voz do Senhor Cogsworth do outro lado.

– Entre.

– Boa tarde, Senhor Cogsworth. Disseram-me para procurá-lo, para que me dissesse onde encontrar meus aposentos...

O Senhor Cogsworth estava sentado à mesa decantando uma garrafa de vinho. Ele parecia um alquimista com a garrafa em uma estranha geringonça e seu castiçal por perto para lhe dar mais luz.

– Sim, senhor – disse o Senhor Cogsworth, levantando-se. – Você deveria ter entrado pela porta da frente. Você é um convidado nesta casa e será tratado como tal – declarou o Senhor Cogsworth com bastante rigidez, e nada da maneira amigável e mais familiar a que Gaston se acostumara nos últimos anos.

– Quer dizer, eu poderia voltar e entrar pela frente, se você quiser – disse Gaston, rindo para amenizar as coisas. Mas o Senhor Cogsworth não riu. Ele ficou parado ali, impassível como sempre. Gaston sentiu como se tivesse sido transportado para outro mundo. Era assim que o Senhor Cogsworth agia com a família e seus convidados? Parecia tão estranho e formal que deixou Gaston desconfortável.

– É engraçado, não é, Senhor Cogsworth? Durante anos você sempre me repreendeu por passar pela porta da frente, e agora está dizendo que eu não deveria ter usado a entrada dos criados. – Gaston estava sendo jovial, mas o velho Cogsworth era como um pilar de pedra ali em posição de sentido. Gaston não entendia o que estava acontecendo.

– De fato. As coisas mudam, senhor. E enquanto você for um convidado nesta casa, por favor, me chame de Cogsworth.

– Oh, pare com todas essas formalidades, Senhor Cogsworth. Somos velhos amigos, você e eu. Não há razão para esse faz de conta – afirmou Gaston com seriedade. O Senhor Cogsworth estava zangado por Reizinho ter lhe dado ordem para tratar

Gaston como um convidado? O velho Cogsworth não aprovava? O que quer que estivesse acontecendo, Gaston não gostou.

– Há muitos motivos para essas formalidades, senhor. Você é um convidado do príncipe e, portanto, da família, e merece o mesmo respeito que qualquer hóspede desta casa. Eu não gostaria de *ultrapassar os limites.*

Isso lembrou Gaston da conversa que ouvira entre o Senhor Cogsworth e o príncipe, no dia em que Reizinho contou a Gaston que iria fazer seu tour. O Senhor Cogsworth sugeriu que Gaston devesse aprender seu lugar, e o príncipe ficou bravo com ele e disse que ele estava ultrapassando os limites. O príncipe ainda estava seguindo essa linha com o pobre Cogsworth? E, mais uma vez, Gaston lamentou nunca ter aprendido a ler ou escrever. Se tivesse, teria mencionado a Reizinho como tinham sido as coisas entre ele e Cogsworth nos últimos anos. Ele odiava a ideia de Reizinho ainda ser cruel com o velho.

– Não tenho certeza do que Reizinho falou a você, Senhor Cogsworth, mas estou muito feliz com a forma como as coisas têm estado entre nós ultimamente. Não vamos estragar tudo agora – declarou Gaston, desejando saber o que o príncipe dissera.

– Como quiser, senhor. O jovem Francis irá lhe mostrar seu quarto e cuidará de você esta noite – disse ele, daquela maneira rígida.

– *Cuidar de mim?* O que você quer dizer? – Gaston não conseguia esconder a expressão incrédula em seu rosto. Ele ficou pasmo.

– Como primeiro lacaio, ele serve como valete quando temos convidados que não trazem seus próprios criados. – Ele olhou Gaston de cima a baixo.

— Claro que não tenho servos. O que está acontecendo? Acabei de ver Francis; ele não mencionou nada disso. Não preciso de um valete, Senhor Cogsworth – falou ele, balançando a cabeça.

— No entanto, Francis estará lá para assisti-lo. – O Senhor Cogsworth abriu a porta e convocou Francis até sua despensa. Francis chegou, não usando mais o traje anterior, agora vestindo um uniforme preto sóbrio, digno de um valete.

— Francis, você poderia, por favor, mostrar a Gaston o quarto dele? – solicitou Cogsworth.

Isso tudo foi demais para Gaston, e ele não entendia por que Cogsworth estava fazendo tanto rebuliço. Reizinho devia ter dito alguma coisa para ele. Era estranho ter pessoas que ele conhecia, pessoas de quem era amigo e com quem até crescera, a sua disposição. Mal conseguia pensar no que dizer ou para onde olhar enquanto ele e Francis caminhavam juntos para seu quarto. Então, tentou quebrar a tensão.

— Quantas trocas de roupa você espera fazer no decorrer de um dia, hein, Francis? – Gaston perguntou com uma risada, mas Francis sequer esboçou um sorriso.

— Por aqui, senhor – orientou Francis, abrindo a porta do quarto designado a Gaston.

— Ah, vamos, Francis! Você também, não! – Gaston estava perdendo a paciência. Ele sabia que Francis estava apenas fazendo seu trabalho, mas sentia como se tivesse sido transportado para outro universo ou sendo alvo de alguma pegadinha elaborada em que todos estavam envolvidos. E quando Francis o deixou entrar em seu quarto, ele ficou chocado.

Era um grande conjunto de cômodos com móveis de madeira e paredes com lambris decoradas com cabeças de alces, veados e lobos. Havia uma gigantesca lareira de pedra com duas poltronas confortáveis em frente ao fogo crepitante, flanqueada por duas enormes estátuas de alces. E, sobre a lareira havia vários decantadores de cristal, com copos combinando para saborear as diversas bebidas alcoólicas.

Os aposentos ficavam nos fundos do castelo e tinham um par de portas envidraçadas que davam para uma varanda com uma vista deslumbrante do céu noturno e, abaixo, do vasto bosque. A varanda se conectava ao quarto adjacente, que tinha uma enorme cama de dossel esculpida em madeira. Os postes eram elaborados de maneira complexa para se parecerem com bolotas, folhas e pequenas criaturas da floresta, como esquilos, coelhos e raposas. A cabeceira apresentava um lobo dormindo sob um céu noturno com lua cheia. A cama era guarnecida por pesadas cortinas de veludo que combinavam com as cortinas das janelas, e tapeçarias vermelhas penduradas nas paredes de pedra. Do outro lado do quarto havia uma penteadeira e um guarda-roupa, onde os trajes estavam pendurados esperando que ele os vestisse para as festividades noturnas.

Esse quarto não refletia o estilo da rainha. Quase parecia que tinha sido decorado especialmente para Gaston, embora a ideia fosse ridícula, mesmo que ele não se lembrasse de ter visto um quarto como aquele em todos os anos que passara lá. Não conseguia acreditar que receberia aposentos tão grandes com tantos convidados reais vindo se hospedar no castelo.

— Uma sala de estar e um quarto. Que chique. Tem certeza de que é para mim? – perguntou a Francis, que estava em posição de sentido, aguardando as ordens de Gaston.

— E um quarto com banheira – observou Francis, apontando para uma porta entreaberta que Gaston não percebera. – Eu preparei o banho para você. Voltarei mais tarde para ajudá-lo a se vestir.

— Isso não é necessário, Francis. Não sei do que o príncipe está brincando, mas tenho certeza de que você tem coisas melhores para fazer do que ajudar um homem adulto a se vestir – disse Gaston.

— Mas é o meu trabalho, senhor – insistiu Francis, e de repente Gaston sentiu-se envergonhado. Ele não pretendia menosprezar a posição do homem.

— Claro que é. Desculpe. Obrigado, Francis. – Ele observou Francis sair do quarto com um pouco de alívio, suspirou e se jogou na cama. Não sabia o que estava acontecendo, mas decidiu que o que quer que fosse logo descobriria. E a última coisa que ele faria seria fazer papel de bobo. Se Reizinho queria que ele se vestisse e agisse como um cavalheiro, então era isso que faria. Gaston não tinha ideia se seus medos em relação a Circe eram baseados na realidade, mas decidiu que não daria a ela um motivo para não gostar dele. Ele se comportaria da melhor maneira possível.

CAPÍTULO X

A FEITICEIRA NO JARDIM DE ROSAS

Gaston ficou surpreso por ter tempo de sobra depois de se vestir para o baile e ficou bastante feliz por Francis estar lá para ajudá-lo, afinal. Não era de admirar que a realeza precisasse de criados e criadas – suas roupas eram tão complicadas, com pequenos botões e prendedores, que ele não seria capaz de dar conta, especialmente com suas mãos grandes. Ele riu, imaginando-se tendo que se virar com tudo aquilo sozinho. Graças aos céus por Francis.

Ainda tinha algum tempo antes de ser aguardado na sala de estar, então decidiu dar um passeio pelos jardins. Sentia-se bastante estiloso, e talvez até um pouco elegante (pelo menos para Gaston) com seu novo traje, que ele não odiou. Outra surpresa. Quem diria que iria gostar de se vestir bem e se sentir tão bonito. É claro que Reizinho escolheria algo perfeito. Ou pelo menos daria instruções a alguém incumbido de adquirir as roupas novas e elegantes de Gaston. As cores, o caimento e o estilo eram perfeitos para Gaston. Vermelho era a cor de Gaston, e Reizinho sabia disso. Ele escolhera uma bela sobrecasaca vermelho-escura que fez Gaston se sentir um cavalheiro sem todo o espalhafato que detestava na moda da realeza.

E se os numerosos elogios que Francis lhe fez fossem indicação disso, Gaston parecia bastante elegante em seu novo traje na última moda. Claro, isso era o que seria de esperar que um valete dissesse, mas algo na maneira como Francis falou quando Gaston estava totalmente vestido fez Gaston sentir que parecia bastante arrasador.

Ele começara bem.

Gaston estava grato por esse tempo sozinho para pensar e passear pelos jardins antes de ser lançado em uma situação social na qual, francamente, não tinha ideia de como se comportar. Mas o novo traje o ajudou. Pelo menos, ele teria a aparência adequada.

Enquanto caminhava, ouviu vozes de mulheres vindas de dentro do roseiral. Era lindo, repleto de roseiras rosadas e cercado por sebes altas com um caminho circular de pedra que levava ao centro, onde se podia sentar e apreciar a vista. Quem estava no jardim parecia estar discutindo, sem saber que Gaston se encontrava do outro lado da cerca viva e podia ouvir tudo o que diziam. Ele sabia que um cavalheiro não ficaria escutando, mas, também, ele não era um cavalheiro, mesmo que estivesse vestido como um.

— Por favor, irmãs, parem de tentar nos separar. Ele não fez nada para merecer seu desprezo!

— Ele não é digno de você, Circe.

— Nós vimos isso no...

– ... Livro dos Contos de Fadas.

Gaston poderia jurar que ouvia três, talvez quatro, vozes diferentes participando da conversa. E algumas delas pareciam um bocado bizarras. Tão estridentes, com uma cadência tão incômoda na forma como falavam, terminando as frases umas das outras. Eram vozes que ele não havia ouvido antes, então tinha quase certeza de que deviam ser Circe e suas irmãs esquisitas. Plumette comentara que as irmãs de Circe eram estranhas e ela estava certa. Ele se perguntou se o príncipe as havia conhecido antes de pedir Circe em casamento. Provavelmente teve que fazer isso, se elas eram suas guardiãs. Embora parecesse que ela concordara em se casar com o príncipe sem o consentimento delas, o que significava que Circe era dona de seu nariz. Talvez ele gostasse dela, afinal.

– Ele é um monstro, Circe! – disse uma de suas irmãs com uma voz esganiçada tão alta que Gaston estava preocupado que ela pudesse chamar atenção de outras pessoas. Ele olhou em volta para ver se havia mais alguém no jardim, mas não avistou ninguém, a não ser os funcionários, na correria da preparação do baile.

– Ele não é um monstro, Lucinda! Ele me ama e eu me casarei com ele, não importa o quanto você proteste! – disse Circe.

Gaston ficou surpreso. A tal Circe parecia saber o que queria e estava visivelmente apaixonada por seu amigo. Ele ficou bastante impressionado ao ouvi-la enfrentar as irmãs e percebeu que começava a gostar dela, apesar de tudo. Talvez ela fosse exatamente o tipo de pessoa que manteria Reizinho na linha.

– Ele ama você por sua beleza e título, e nada mais – disse uma das irmãs.

— Que título? Não tenho título e mesmo assim ele concordou em se casar comigo. Poderia se casar com quem bem entendesse, mas quer se casar comigo – disse Circe.

— Você vem de uma das famílias mais antigas de Muitos Reinos, Circe – uma terceira irmã falou.

— Você merece coisa melhor do que esse garoto que está brincando de rei. Enxergamos dentro de seu coração. Não vemos nada além de crueldade e egoísmo persistentes ali. Guarde minhas palavras, minha garota, ele vai partir seu coração. Você acha que ele a amaria se você não fosse tão bonita? Ou, digamos, se você fosse filha de um criador de porcos?

— Eu acho! Esse tipo de coisa não importa para ele. Ele me ama incondicionalmente – insistiu Circe, e Gaston tentou não rir, perguntando-se se isso era verdade.

— Veremos, minha menina. Veremos – disseram todas as suas irmãs ao mesmo tempo, o que Gaston achou perturbador. Como deveria ser a vida para essa jovem, vivendo com essas irmãs horríveis e controladoras? Não era de admirar que ela estivesse ansiosa para se casar com o príncipe, pelo menos para fugir de sua estranha família.

Gaston ouviu Circe chorando quando três pares de passos ressoaram audivelmente em sua direção no caminho de pedra que desembocava do jardim de rosas. Ele rapidamente se afastou para fazer parecer que não estava ali ouvindo, mas não pôde deixar de se assustar com elas quando saíram de trás do alto muro do jardim. Eram mulheres de aparência assustadora, cada uma delas exatamente igual às outras. Pensar que havia uma mulher assim em seu reino, quanto mais três, era inacreditável, com cabelos negros, pele horrivelmente pálida e olhos bulbosos tão fortemente delineados de preto que pareciam ter acabado de rastejar para fora de seus túmulos. Gaston sentiu um arrepio percorrê-lo quando elas lançaram seu olhar sobre ele, olhando-o de cima a baixo enquanto passavam.

Aquelas mulheres eram realmente enervantes. Elas olharam para ele como se o conhecessem. Como se conhecessem sua história e o que estava em seu coração. E ele sentiu que elas sabiam que ele estivera ouvindo a conversa delas. E por alguma razão sobrenatural, tudo isso pareceu agradá-las.

Ele observou enquanto elas se afastavam em direção às grandes portas duplas elaboradamente esculpidas que levavam ao castelo, e não pôde deixar de se perguntar no que o príncipe havia se metido. Até o modo como andavam era perturbador, amontoadas, como se estivessem conectadas, sussurrando e batendo os saltinhos no caminho, os vestidos nos tons preto e berinjela flutuando ao redor delas como flores cadavéricas. Pareciam bruxas de um conto de fadas. Isso o lembrou daquele livro que ele e o príncipe leram, o Livro dos Contos de Fadas. Eram essas as mulheres daquelas histórias? E então ele se lembrou, uma delas havia mencionado o mesmo livro. Disseram que viram a história de Reizinho em suas páginas. Como isso era possível? Ele e Reizinho leram aquele livro de capa a capa e nunca viram uma história sobre seu reino. Essas mulheres estavam delirando ou mentindo.

Quem quer que fossem, por tudo que Gaston acabara de ouvir, essas mulheres peculiares não queriam que sua irmã se casasse com o príncipe. O príncipe não precisava se envolver nessa briga familiar. Ele não gostaria que as irmãs de Circe clicassem os saltinhos pelo castelo, assustando os funcionários com seus rostos pavorosos. Gaston não sabia o que pensar. Circe defendera o príncipe diante de suas excêntricas irmãs; ela parecia amá-lo e confiar nele. Mas mesmo que ela fosse a mulher mais bonita de todas as terras, valeria a pena ter aquelas mulheres terríveis como irmãs por casamento?

Quando sua mente se acalmou um pouco, Gaston não pôde deixar de ouvir Circe ainda chorando no jardim, então, quando as irmãs dela estavam a uma distância segura, ele pegou o lenço que Francis havia colocado tão cuidadosamente no bolso do peito de sua sobrecasaca e entrou no jardim. Ela estava sentada no banco, seus cabelos dourados brilhando ao luar; parecia iluminada por dentro. Sua cabeça estava baixa; ela não sabia que ele estava ali olhando para ela. Quando ergueu os olhos, ele entendeu. Era a mulher mais linda que ele já tinha visto. Sua beleza era quase dolorosa demais para ser contemplada. Ele estendeu o lenço e observou-a pegá-lo para enxugar as lágrimas. Seus olhos tristes olharam para ele com bondade.

– Obrigada, Gaston – disse ela, sorrindo para ele. Ele se perguntou como ela sabia o nome dele. Reizinho devia ter contado a ela tudo sobre ele, sobre seu maior companheiro, mas como ela sabia que ele era essa pessoa? – Peço desculpas pelas minhas irmãs. Imagino que você tenha ouvido o que elas disseram. – Ela parecia pequena e triste. Tão doce e nem um pouco como ele havia imaginado. Não era de admirar que seu amigo quisesse se casar com ela e estivesse dando tanto trabalho a todos no planejamento desse grandioso evento.

– Elas protegem a irmã mais nova – disse ele, sem saber o que mais dizer.

– Você é muito gentil. – Ela se levantou e pegou a mão dele, piscando para afastar mais lágrimas. – Eu gostaria que você não tivesse que partir. – Ela disse isso de forma tão causal que quase não foi registrado.

– O que você quer dizer? Para onde estou indo? – ele perguntou, retirando a mão surpreso.

– Querido, doce Gaston. Eu vejo dentro do seu coração. Vejo a dor que o príncipe lhe causou, como isso apodrece profundamente dentro de você, e temo que um dia um de vocês perca a vida como resultado. Por favor, confie em mim, é melhor que vocês nunca mais se vejam.

– Confiar em você? Eu não a conheço, mademoiselle! Você vem aqui com suas irmãs horríveis, fazendo prognósticos, dizendo que vou perder minha vida por causa de meu melhor amigo, meu irmão? Ou que de alguma forma irei causar o fim dele? Quem você pensa que é?

– Às vezes, não podemos evitar nosso destino, Gaston. – Embora aquela mulher pudesse não se parecer com suas irmãs, ela também era uma bruxa, embora mais astuta e sedutora. Sabia o que estava fazendo, usando sua beleza e voz gentil, tentando fazê-lo pensar que machucaria seu amigo. Mas, na verdade, ele sabia que ela só o queria fora do caminho.

– Reizinho contou a você como meu pai morreu? Você está dizendo que vou me vingar dele de alguma forma? Isso é loucura!

– Não é vingança. Pelo menos, acho que não. O que vejo não está claro. Tudo o que sei é que envolve uma fera – declarou ela, estendendo a mão para pegar a dele, como se lhe doesse dizer essas palavras. Ela era uma boa atriz, aquela bruxa. Astuta, cruel e perversa, disfarçada por uma voz melíflua.

– Eu não culpo mais Reizinho por isso. Eu nunca iria machucá-lo. Nunca!

– No entanto, algo tomou conta de você. Um ódio por algo ou alguém, tão forte que colocará a vida do príncipe em risco – disse ela.

– Meu ódio é pela fera que matou minha mãe e meu pai, não por Reizinho! – Ele deu um passo para trás. – Que tipo de mulher você e suas irmãs são? Que tipo de bruxas? Você entendeu tudo errado, Circe. Eu não vou matar Reizinho.

– Eu sei. Estou preocupada que ele possa matar você – disse Circe.

– Você está me ameaçando?

– Estou apenas oferecendo um aviso. Gostaria de poder ver os eventos claramente em minha mente. Eles estão obscuros e confusos, mas sei que se vocês dois continuarem amigos, isso resultará em um dos dois matando o outro – afirmou ela. – E parte meu coração dizer isso, porque sei que ele não ama ninguém mais do que ama você. Nem mesmo a mim.

– É disso que se trata, então, não é? Você está com ciúmes. Você está tentando se livrar de mim.

– Se eu estivesse apenas tentando me livrar de você, pediria às minhas irmãs que o levassem para o Hades. Acredite ou não, Gaston, depende de você. De qualquer forma, há um jantar e um baile dos quais devemos participar, e imagino que todos estejam esperando que nos juntemos a eles na sala de estar. Então, por que você não aproveita ao máximo esse tempo que passa com seu irmão antes de partir? E, por favor, confie que farei tudo o que puder para fazê-lo feliz na sua ausência.

Ela sorriu para ele como se não estivesse destruindo seu mundo. Isso era pior do que Gaston imaginara.

– Você já contou a Reizinho sobre isso?

– Não. Eu não queria estragar o reencontro de vocês para ele. Pensei em deixar você lhe dizer que estava indo embora. Acho que seria melhor vindo de você. É o melhor, Gaston, por favor, confie em mim. Só estou tentando proteger vocês dois. – E ele quase acreditou que ela pensava que estava dizendo a verdade.

– Eu entendo – mentiu Gaston, oferecendo o braço a Circe para que ele pudesse acompanhá-la até a sala de estar. Ele não podia fazer nada a esse respeito agora. Ali não. A qualquer momento alguém viria procurá-los. Ele tinha que agir como um cavalheiro. Tinha que agir como se tudo estivesse exatamente como deveria ser. Ele pareceria o bruto que Circe provavelmente pensava que ele era se fizesse uma cena. Mas o fato é que ele não entendia. Aquilo tudo fora uma loucura. Previsões misteriosas e suas horríveis irmãs bruxas. Algo não estava certo. Por mais grotescas que fossem suas irmãs, Circe era a perigosa. Ela queria Reizinho para si. Ela quase disse isso. O príncipe o amava mais do que qualquer um, inclusive ela. Era disso que se tratava. Gaston não se importava se ela era uma bruxa perigosa ou não. Ele não iria deixá-la mandá-lo embora.

Quando chegaram à sala, todos estavam esperando para entrar e jantar. Eram apenas a família real, as irmãs de Circe e um pequeno número de amigos da família. Gaston não sabia o que fazer quando viu Reizinho. O que ele queria era abraçar seu velho amigo, dizer-lhe o quanto sentira sua falta, que ficar sem ele era mais do que poderia suportar. De alguma forma, Gaston não percebeu que se sentia assim até o momento em que Circe ameaçou mandá-lo embora. Quando viu Reizinho parado ali, sorrindo para ele, soube que nunca mais queria ficar sem ele. Gaston dizia a si mesmo que estava feliz por Reizinho estar fora, feliz por estar sozinho, mas, na verdade, estava infeliz e solitário longe dele. Vinha ocupando seus dias caçando a fera, tentando esquecer a dor da perda de seu pai, mas também a perda de seu companheiro mais próximo. No momento em que contasse a Reizinho a verdade sobre como sua mãe havia morrido, Gaston sabia que o príncipe se juntaria a ele na caça à fera, e, juntos, a matariam, reescrevendo para sempre toda a dor e angústia que ela havia causado. Mas se Circe estava determinada a separá-los, a mandá-lo para longe de seu melhor amigo, de seu irmão, e do único lar e família que ele conheceu, como isso seria possível? De certa forma, ele estava grato a Circe por fazê-lo temer perder seu melhor amigo para sempre.

Ele precisava fazer algo a respeito dela. Mas, primeiro, só precisava passar pelo jantar e pelo baile. Ele viu a rainha sorrir para ele do outro lado da sala. Seu coração doeu ao pensar que era difícil para ela vê-lo, que isso a fazia se lembrar de sua amiga Rose. Quão sentida ela ainda deve estar pela perda. Ele não conseguia imaginar perder Reizinho. E, assim que ganhou coragem e atravessou a sala para abraçar o amigo, Lumière abriu as portas da sala de jantar com um gesto teatral e grandioso que chamou atenção de todos.

– O jantar está servido, Vossas Majestades!

– Obrigada, Lumière – disse a rainha com um sorriso. – Todos, por favor, sigam Lumière até a sala de jantar. – Lumière os conduziu.

– Gaston, você não vai acompanhar minhas irmãs até a sala de jantar? Tenho certeza de que elas ficariam honradas – disse Circe enquanto se aproximava do príncipe para que pudessem entrar juntos na sala de jantar.

– Seria um prazer – respondeu Gaston, encolhendo-se ao oferecer o braço à irmã da ponta. *E será um prazer ver você deixar este reino, para nunca mais voltar*, ele pensou enquanto conduzia desajeitadamente as três bruxas até a sala de jantar.

Mas o estranho foi que, justamente quando ele pensou isso, todas as três olharam para ele e sorriram sinistramente. Elas o ouviram. Ele soube disso. Leram seus pensamentos. Era estranho e inconfundível, mas inegável. Elas *eram* bruxas. Porém foi a coisa mais inusitada; elas pareciam querer ajudá-lo. Bem, é claro que sim, quando ele pensou melhor sobre isso. Elas não queriam que a irmã se casasse com o príncipe, assim como ele. Juntos, encontrariam uma forma de garantir que aquele casamento nunca acontecesse. Mesmo que isso significasse fazer amizade com aquelas irmãs esquisitas.

CAPÍTULO XI

UM CONTO TÃO ANTIGO QUANTO O TEMPO

Para horror de Gaston, ele estava sentado entre as ridículas irmãs de Circe. Descobriu que se chamavam Lucinda, Ruby e Martha, embora não soubesse qual bruxa era qual. O jantar durou uma eternidade, enquanto Lumière apresentava prato após prato, comida suficiente para que até Gaston estivesse quase estourando. De vez em quando, via Lumière olhando para ele, como se se sentisse mal pelo infeliz lugar de Gaston à mesa. Gaston mal podia esperar para descer para o salão dos empregados e contar-lhes que os rumores sobre as irmãs de Circe eram verdadeiros.

– Como deve ser estranho para você estar no salão de jantar, entre as pessoas que você já serviu – disse uma das irmãs de aparência medonha. Era verdade. Era estranho estar ali com o rei e a rainha, e até mesmo com Reizinho, naquele cenário. Era tudo tão formal, com grandes arranjos florais e velas por toda parte. Com Cogsworth e todos os seus lacaios alinhados, em posição de sentido e esperando para ver se algum dos convidados precisava de alguma coisa.

– Acho que é ainda mais desconfortável ser atendido por pessoas que considero meus amigos – afirmou ele.

– Falando em amigos, como você deve estar triste. O príncipe não disse uma palavra a você a noite toda. Acho que ele nem olhou em sua direção durante o jantar – declarou a bruxa à esquerda. Isso era verdade. Mas Reizinho sorriu para ele quando estavam na sala de estar, e isso era tudo de que Gaston precisava. Ele sabia em seu coração que o amigo estava feliz em revê-lo.

– Sim, me pergunto se Circe não o envenenou contra você – disse a bruxa à direita, que obviamente não se importava em quebrar as regras de etiqueta.

Uma das coisas que Francis transmitira a Gaston durante seu curso intensivo de etiqueta da corte, enquanto o ajudava a se vestir, foi que era impróprio falar do outro lado da mesa durante jantares formais. Esperava-se que os convidados seguissem o exemplo da rainha. Se ela estava conversando com a pessoa à sua esquerda, o mesmo acontecia com todos os outros à mesa. E assim que ela passou a falar com a pessoa à sua direita, todos seguiram o exemplo. O que significava que, para a consternação de Gaston, ele passou a refeição inteira apenas falando com as assustadoras irmãs de Circe.

– Ora, vamos, acho que vindo de uma família como a sua, tão antiga e tão respeitada, vocês saberiam como funcionam jantares como este – pontuou Gaston, feliz consigo mesmo por ter se lembrado da lição de Francis.

– Você está nos repreendendo, Gaston? É tão cavalheiro agora que se julga em posição de comentar nossa falta de decoro? – disse a bruxa à direita.

– De jeito nenhum, minha senhora. Apenas dei uma explicação razoável sobre por que o príncipe ainda não falou comigo esta noite. – Perguntou-se quando aquele jantar miserável terminaria e ele seria libertado de tal tormento, pois estava claro que era isso que aquelas mulheres estavam fazendo, atormentando-o e sentindo muito prazer em fazê-lo.

Quando as bruxas não estavam sussurrando umas com as outras, conversavam com ele. Alfinetando, bisbilhotando e rindo estridentemente em seus ouvidos. Mas a bruxa tinha razão. Reizinho não olhara para ele nenhuma vez durante toda a refeição. E Gaston se perguntou se as bruxas de aparência esquelética, com perucas e maquiagem demais no rosto, estavam certas ao dizer que a maldita Circe também estava enchendo a cabeça de Reizinho com mentiras sobre ele. Talvez ela já tivesse dito a Reizinho que ele precisava mandá-lo embora. Uma das coisas que Gaston se lembrava das histórias de sua infância era que as bruxas raramente, ou nunca, diziam a verdade. Portanto, é muito provável que Circe estivesse mentindo. Mas o que isso significava para suas irmãs? Elas também estavam mentindo ou essa era uma daquelas raras ocasiões em que disseram a verdade? Ele não tinha certeza do que pensar, exceto que acreditar nas irmãs de Circe tornava mais fácil conspirar contra ela.

Enquanto estava ali sentado, durante a interminável sucessão de pratos e conversas desconcertantes, ele se perguntava como aquelas poderiam ser as verdadeiras irmãs de Circe. Achou que eram pavorosas quando as viu pela primeira vez no jardim, mas agora, na sala de jantar com as velas acesas, ele se deparou com o verdadeiro horror delas. Seus rostos estavam pintados de branco, com uma camada tão espessa que parecia que nunca os lavavam e apenas reaplicavam a maquiagem, camada sobre camada, criando um efeito craquelado. Parecia esmalte desgastado no rosto de uma boneca negligenciada. E era alarmante como eram magras como esqueletos: só ossos, pele, olhos e penteados elaborados, com penas que não paravam de roçar seu rosto quando elas viravam a cabeça. Lumière ficava rindo sozinho quando via Gaston tirando as penas do rosto ou esquivando-se de um cotovelo pontudo enquanto tentava tomar sua sopa. Gaston também riria disso, se não estivesse tão infeliz. Talvez ele risse quando contasse a história aos amigos lá embaixo.

– Imagino que seus amigos Lumière e Francis, e talvez até mesmo o Senhor Cogsworth, já tenham contado a história a eles antes de você vê-los novamente – declarou uma das bruxas.

Gaston ficou envergonhado, esquecendo que as bruxas podiam ouvir seus pensamentos. Isso estava claro desde o momento em que ele as conheceu. Não que já houvesse estado na companhia de muitas bruxas, ao menos pelo que ele houvesse tomado conhecimento, mas sabia o suficiente sobre elas pelo Livro dos Contos de Fadas, e ficava cada vez mais convencido de que aquelas poderiam muito bem ser as bruxas desses contos. Na verdade, elas pareciam se assemelhar às bruxas da história da Branca de Neve. As mesmas bruxas que conduziram sua madrasta Grimhilde pelo caminho da escuridão e da ruína. Ainda assim, ele ficou envergonhado. Uma coisa era pensar algo rude, mesmo que fosse verdade. Outra era ter seus pensamentos secretos compartilhados sem intenção. Ele não sabia bem o que dizer, exceto pedir desculpas.

– Sinto muito.

– Sabemos que as pessoas zombam de nós, Gaston. Nós também zombamos de todos vocês – disse a bruxa à esquerda.

– Suponho que estejamos empatados, então – afirmou ele, olhando para Reizinho e Circe. Foi a primeira vez que ele deixou seu olhar pairar sobre o casal, e desejou não ter feito isso. Seu amigo parecia muito apaixonado por ela, dando-lhe beijos e alimentando-a com pequenos doces de seu próprio prato.

– Não temos certeza se isso é verdade – comentou uma das bruxas, desviando sua atenção do casal feliz. A princípio, Gaston pensou que ela estava respondendo seu comentário sobre estarem empatados, mas então percebeu que a bruxa estava lendo seus pensamentos mais uma vez.

– Você não acha que ele a ama? Ela não consegue ler mentes como vocês? – ele perguntou baixinho, para que ninguém mais ouvisse.

– Não quando é importante – sibilou uma delas.

– Não quando ela mais precisa – disse outra.

– Não quando ela está sendo teimosa! – disseram juntas, muito mais alto do que ele esperava.

– Entendo – disse Gaston, olhando em volta para ver se todos os encaravam. Eles só haviam chamado atenção do Senhor Cogsworth, o que o surpreendeu e, provavelmente, porque o mordomo estava sempre em alerta. Essa era uma de suas funções: ver coisas que os outros não viam. Mas todos os outros à mesa pareciam estar demasiado absortos nas próprias conversas para repararem. Sem perceber, uma das irmãs voltou a falar.

– Ele aprecia aspectos dela. Ama a beleza de Circe e o fato de ela vir de uma família excelente, e adora que ela passará essas coisas para os filhos deles, caso tenham algum – disse a bruxa da extremidade.

— Mas ele não a ama de verdade. Ele não a conhece. Não enxerga sua grandeza, sua inteligência, seu talento – falou a bruxa à esquerda, com os olhos esbugalhados de medo nas órbitas enegrecidas.

— Ela não o vê claramente. Só percebe que existe amor, que na verdade está desviado. Não percebe que o que ele adora é o fato de como as virtudes dela refletirão sobre ele – declarou a bruxa mais distante de Gaston.

— Eu poderia dizer o mesmo sobre vocês, senhoras. Não creio que vejam o príncipe com clareza – falou ele, enquanto os lacaios começavam a recolher o último prato de sobremesa. Gaston esperava que aquele fosse o prato final e que em breve ele fosse libertado da tortura. Tinha lido sobre os diferentes círculos do Submundo, cada um deles sendo pior do que o outro, e decidiu que ficar preso às Irmãs Esquisitas seria o destino mais insuportável que se podia imaginar.

— Talvez. Mas funcionaria realmente a seu favor se o aprovássemos? Você não deveria concentrar seus esforços em convencer seu amigo a desistir desse casamento? – disse a bruxa à esquerda, e, antes que ele pudesse responder à pergunta da mulher infernal, elas voltaram a conversar com ele.

— Seu desejo finalmente se tornou realidade, Gaston. Parece que você será dispensado de nossa companhia. Veja. – A bruxa à esquerda gesticulou para Lumière, que estava na frente da sala se preparando para fazer seu anúncio.

— As senhoras são bem-vindas para se juntarem à rainha na sala de estar enquanto os cavalheiros desfrutam de um vinho do Porto e charutos aqui – disse ele com um floreio de mãos.

Gaston e todos os cavalheiros levantaram-se com as damas, esperando até que todas saíssem do salão antes de voltarem a sentar-se. Gaston notou os homens se agrupando perto do rei e do príncipe, em vez de voltarem a seus assentos originais, então decidiu que faria o mesmo. Mas, quando chegou lá, o príncipe levantou-se novamente.

– Desculpem-me, nobres cavalheiros, mas receio que precisarei deixá-los com seu vinho e seus charutos. Não posso ficar longe de minha querida Circe. Confio que a companhia do rei será mais do que satisfatória. – Ele olhou para Gaston pela primeira vez desde que se viram antes do jantar. Gaston sempre foi capaz de ler Reizinho, mas não conseguiu distinguir a expressão em seu rosto naquele momento. Era tristeza? Ele não tinha certeza. Gaston se levantou para poder seguir seu amigo, imaginando se talvez ele não estivesse tentando sinalizar para ele se retirar também para que pudessem finalmente conversar, mas o rei o impediu.

– Não, meu rapaz, fique aqui conosco. Ouso dizer que você tem estado muito na companhia de mulheres tagarelas. Fique e tome uma bebida conosco – disse o rei, rindo.

– Talvez você tenha razão, Majestade – respondeu Gaston, juntando-se às risadas.

A última coisa que Gaston queria era ser encurralado pelas irmãs esquisitas de Circe na sala de estar. Se ele iria conspirar com aquelas bruxas diabólicas, não precisava que Circe descobrisse. Não havia nada que ele pudesse fazer quanto a ter que conversar com elas durante o jantar, mas se fosse visto conversando com elas também na sala de estar, Circe certamente saberia que estavam tramando alguma coisa. Ele só podia esperar que não o perseguissem no salão de baile.

Depois dos drinques no salão de jantar, os homens juntaram-se brevemente às senhoras na sala de estar antes que Lumière abrisse as portas francesas que levavam ao jardim e acenasse dramaticamente para que o grupo se reunisse no terraço. Abaixo, eles viram uma multidão de carruagens abertas atravessando a ponte de pedra. Era hora de sua reunião íntima se transformar em um evento de gala, com senhores, damas, reis e rainhas de várias terras, algumas distantes e outras próximas, todos ali para celebrar o noivado do príncipe e para conhecer a mulher com quem ele iria se casar. Circe e o príncipe ficaram mais próximos da grade do terraço, acenando para todos os convidados enquanto fogos de artifício explodiam no céu.

— Venham, vamos dar as boas-vindas aos convidados — disse a rainha, pegando o braço do rei e fazendo sinal para que Circe e o príncipe os seguissem. Todos foram conduzidos ao salão de baile por Lumière. O lugar estava resplandecendo com as velas brilhando no lustre e nas arandelas de parede. Gaston nunca tinha reparado naquele salão antes. Ele passara por ele muitas vezes quando criança, mas nunca se demorara, nunca realmente o vira. Era uma vasta sala de mármore com fileiras de pilares igualmente de mármore realçados com ouro e cobertos com faixas de seda vermelha que combinavam com a sobrecasaca do príncipe. O teto era magnífico, pintado para parecer uma paisagem celestial de sonho, com o lustre pendurado no centro. À esquerda, havia uma orquestra perto do piano e, à direita, um estrado com tronos para a família real sentar-se. E ao redor do perímetro da sala havia pequenas mesas redondas, com cadeiras para os convidados descansarem entre as danças. Mas o que Gaston mais amava era a parede de janelas e portas francesas que davam para todo o reino, com uma vista deslumbrante do céu noturno, ainda brilhando com fogos de artifício.

A família real sentou-se em seus tronos para aguardar a chegada de seus convidados, enquanto os fogos de artifício projetavam suas explosões coloridas no salão de baile. Gaston e os outros que se reuniram no jantar íntimo sentaram-se nas mesas mais próximas da família real enquanto o Senhor Cogsworth postou-se na entrada anunciando a chegada dos convidados, todos prestando homenagem à família real e parabenizando o príncipe e Circe sobre o noivado.

Depois que todos estavam reunidos, Cogsworth deu uma deixa para Lumière, que tocou uma pequena sineta de latão retirada do bolso. Uma legião de lacaios entrou empurrando um carrinho com um bolo enorme, elaborado para se parecer com o próprio castelo, com pequenas figuras de marzipã da família real. Era primorosamente decorado com todos os detalhes, incluindo os jardins, que tinham até pequenas criaturas da floresta. Todos abriram a boca de admiração quando o bolo adentrou o salão. Era uma obra de arte. Momentos depois, mais lacaios entraram na sala com grandes bandejas de champanhe que serviram aos convidados. Assim que todos estavam com uma taça na mão, Lumière fez outro anúncio.

— E agora o rei gostaria de fazer um brinde ao feliz casal.

O rei e a rainha levantaram-se de seus tronos e sorriram aos presentes. A rainha estava deslumbrante em seu vestido de veludo vermelho bordado com rendas delicadas e miçangas finas que caíam em cascata do corpete ao longo de sua saia volumosa. O rei, que também trajava vermelho, usava uma sobrecasaca de veludo com dragonas pretas e botões dourados com calças pretas. Eles formavam um casal impressionante, imperioso e majestoso, e vibrando de felicidade por celebrar o noivado do filho.

— É uma honra para mim e para Sua Majestade, a rainha, receber todos vocês aqui e colocar nossas bênçãos sobre a cabeça de nosso filho e de sua noiva, e desejar-lhes grande alegria em seu iminente casamento. Vamos erguer nossa taça para os futuros rei e rainha.

— À felicidade deles! — brindou a rainha, e todos seguiram o exemplo. — E com isso declaro o baile oficialmente aberto!

Cogsworth e os lacaios levaram o bolo para um canto da sala, perto de mesas de cavalete repletas de variadas bebidas refrescantes, enquanto o príncipe e Circe se levantavam e se dirigiam ao centro do salão de baile. A orquestra começou a tocar. Nada disso parecia real para Gaston, e por um momento ele foi arrebatado pela pompa, tanto pelo glamour e pela beleza da noite.

O príncipe usava uma sobrecasaca vermelha, não muito diferente da de Gaston, mas com detalhes dourados. Seus longos cabelos ruivos caíam até os ombros e seus olhos azuis brilhavam de alegria quando ele estendeu a mão para Circe. Circe usava um vestido prateado com corpete justo e saia rodada, bordado com pequenas contas reluzentes que cintilavam à luz das velas. O casal parecia extasiado um com o outro quando o príncipe colocou uma das mãos em volta da cintura de Circe e segurou sua mão com a outra, e deslizaram ao som da música que crescia ao redor deles. Todos na sala aplaudiram enquanto o casal valsava, girando em círculos e rindo, e logo outros casais se juntaram, bailando ao redor deles.

Gaston estava sentado sozinho em uma mesinha, observando seu amigo dançar. Parecia que ele estava numa espécie de sonho enquanto os outros dançarinos flutuavam ao redor do casal. Os vestidos das mulheres pareciam flores desabrochando, lembrando-o da conversa que tivera com Circe no roseiral. Seu coração doeu ao vê-los valsando juntos tão felizes. Ele estava pronto para arruinar a chance de seu amigo ter a verdadeira felicidade?

– Circe está pronta para arruinar a sua – disse uma voz que fez sua pele arrepiar. Quando Gaston ergueu a vista, viu as estranhas irmãs de Circe pairando sobre ele. Ele se levantou de pressa e sorriu debilmente, esperando que elas não estivessem procurando um parceiro para dançar.

– Podemos ter essa dança? – disse a irmã do meio, e o estômago de Gaston embrulhou. Não havia fim para sua humilhação esta noite? Primeiro no jantar e agora no salão de baile; ele nunca se livraria daquelas mulheres? Era demais. Nem uma palavra de Reizinho a noite toda, e agora isso? Dançar!

– Como eu poderia escolher com qual encantadora feiticeira dançar primeiro? – ele perguntou, revirando os olhos. Ele olhou suplicante para Francis, que estava de pé junto às mesas de cavalete distribuindo bolo e champanhe aos convidados.

– Você pode ter a honra de dançar com Lucinda primeiro. Ela é a mais velha. Deveria ter a primeira dança – disseram duas das irmãs, incentivando Gaston e Lucinda a se aproximarem dos outros dançarinos. Para seu alívio, Gaston viu Francis apressando-se na direção deles com uma fatia de bolo oscilando em um prato enquanto corria.

– Gaston, aqui está o bolo que você queria – Francis disse com uma piscadela.

— Bolo? Você está servindo o bolo? — perguntaram as duas insistentes irmãs em uníssono, agarrando Lucinda pelo braço. — Sinto muito, Gaston, sei que você está com o coração partido, mas não podemos dançar agora! É hora do bolo. — Com isso, elas arrastaram Lucinda, deslizando em direção à mesa do bolo.

— Obrigado, Francis, você me salvou. Quem diria que as bruxas gostavam tanto de bolo — disse Gaston, observando-as empurrarem para fora do caminho os outros convidados que estavam diante da mesa do bolo.

— Bruxas, senhor? — perguntou Francis, observando horrorizado duas das irmãs pegarem punhados de bolo e enfiá-los na boca, enquanto Lucinda arrancava com os dentes a cabeça de um príncipe de marzipã.

— Figura de linguagem. Mas são mulheres odiosas. Basta olhar para elas. — Gaston esfregou a cabeça em frustração.

— Não cabe a mim ter uma opinião — disse Francis, parecendo temer voltar a suas funções.

— De qualquer forma, não enquanto você estiver aqui em cima — comentou Gaston, fazendo Francis rir.

— Lamento que você esteja passando por um momento tão infeliz, Gaston. Mas, se serve de consolo, você é realmente o homem mais bonito daqui — declarou Francis, fazendo Gaston sorrir. Só então, Cogsworth apareceu.

— Francis, a mesa de bebidas está sendo terrivelmente negligenciada. Por favor, volte a seu posto — ordenou ele, com as mãos nos quadris. Francis ficou ali por alguns instantes, como se quisesse reunir forças suficientes para retornar ao posto. Suspirou profundamente antes de se virar para sair enquanto as bruxas colocavam animais de marzipã na boca umas das outras e gargalhavam.

– A culpa é minha, Senhor Cogsworth, eu o retive conversando – disse Gaston, lançando a Francis um sorriso de desculpas. – Você dificilmente pode culpá-lo, veja a bagunça que as irmãs de Circe estão fazendo.

– Há mais alguma coisa que necessite, *senhor*? – perguntou o Senhor Cogsworth, rígido como sempre.

– Não, Senhor Cogsworth, você foi muito gentil – disse ele com bastante sarcasmo.

Para alívio de Gaston, as irmãs de Circe passaram a maior parte da noite distraídas com o bolo. Era uma distração improvável, mas, também, elas eram extremamente esquisitas. Era estranho como ninguém parecia notar seu comportamento inadequado, enchendo a boca de bolo, lançando olhares raivosos ao príncipe, sussurrando atrás de seus leques e rindo incontrolavelmente. A certa altura, elas pareciam estar fazendo uma competição para ver quem conseguia comer mais bolo. Ninguém prestava a menor atenção nelas. Era como se houvesse um entendimento tácito para ignorá-las. Então, foi isso que Gaston decidiu fazer também.

O que ele não podia ignorar era quão feliz Reizinho parecia enquanto dançava com sua enganadora noiva bruxa. A princípio, Gaston se perguntou se seria certo arruinar a vida que seu amigo poderia ter com aquela mulher que ele parecia amar tanto, mas à medida que a noite avançava, Gaston foi ficando irritado e amargo. Circe estava tentando mandá-lo embora, para longe de seu melhor amigo, da única família e lar que ele conhecia, tudo por causa de alguma visão que ela sequer entendia completamente. Ele se sentiu enjoado ao vê-la dançar com o príncipe, escondendo-se atrás de seu sorriso. Era tudo falsidade, tudo jogo de espelhos e fumaça. Ela era uma fingida, conspirando para se livrar da concorrência. Ela mesma dissera isso: o príncipe não amava ninguém mais do que amava Gaston.

Enquanto estava sentado ali, meditando, perguntando-se se estava certo, perguntando-se se tudo aquilo era uma farsa, ele avistou Reizinho, o príncipe, parado sozinho perto das altas janelas envidraçadas, admirando o panorama. Era a primeira vez durante toda a noite que Circe não estava a seu lado. Ela conversava com o rei e a rainha, provavelmente encantando-os, assim como seduziu a todos naquela noite com sua aparente doçura e graça. Essa era sua chance. Ele se levantou da mesa e caminhou lentamente pelo salão de baile. Nem tinha ideia do que iria dizer. Isso não importava. Ele finalmente se reuniria com seu amigo. Gaston contornou o salão, tomando cuidado para evitar Circe e a família real, com medo de que Circe interviesse.

Quando estava prestes a se aproximar, Reizinho se virou, como se soubesse que Gaston estava atrás dele, e sorriu ao ver seu amigo parado ali. Mas a expressão de Reizinho rapidamente se transformou em horror. Gaston não entendeu. Por que o príncipe estava olhando para ele assim? Será que Circe estivera tecendo sua teia de mentiras a noite toda, sussurrando em seu ouvido? Seu amigo já estava preso em sua armadilha? Seria tarde demais para Gaston e Reizinho terem a vida que sonharam? Gaston sentiu seu coração se partir, sem entender por que seu amigo o olhava daquele jeito, e ainda mais confuso quando seu horror se transformou em risada. Gaston ficou parado ali em silêncio e magoado, perguntando-se por que Reizinho, o príncipe, estava rindo dele. Afinal, ele parecia um idiota? Seus pensamentos eram tão facilmente lidos em seu rosto? Mas, então, ele entendeu. O príncipe não estava olhando para ele. Estava olhando além dele, para as Irmãs Esquisitas correndo em direção a Gaston, com mãos, rostos e vestidos cobertos de glacê.

— Gaston! Gaston! – elas gritaram enquanto se aproximavam, o rosto delas cheio de expectativa. – Oh, Gaston, é hora de nossa dança! – Gaston enfrentara muitas feras ao longo dos anos, mas o medo que sentiu enquanto as Irmãs Esquisitas avançavam em sua direção o encheu de aversão. – Você nos prometeu uma dança! – disseram, gargalhando como as bruxas que eram.

— Eu não fiz isso – protestou Gaston. – Talvez vocês queiram ir para seus aposentos e se refrescarem. – Ele não conseguia entender por que ninguém ali parecia notar o espetáculo grotesco que estavam dando.

— Isso é obra de Circe. Ela nos encantou. Poderíamos gritar até derrubar o castelo e ninguém notaria ou se lembraria. De qualquer forma, ninguém tem nenhuma importância – disse a bruxa que ele tinha certeza de que era Lucinda.

— Entendo... – Mas, antes que Gaston pudesse concluir seu pensamento, viu o príncipe sendo levado pelas portas do terraço por Circe e sua família.

— O que está acontecendo? – Ele olhou em volta e viu todos seguindo a família real.

— O castiçal fez um anúncio – respondeu uma das bruxas.

— Castiçal? – ele perguntou, confuso. Do que ela estava falando?

— Candelabro, não castiçal, sua idiota! E ele ainda não é um! – disse uma das outras bruxas.

— Do que vocês estão falando agora? Isso é simplesmente perfeito. Estou aliado a bruxas estúpidas que pensam que os castiçais fazem anúncios. A próxima coisa que vocês verão serão pratos dançantes.

— Talvez o façamos, um dia. Mas não é você quem vai ver. — As bruxas guincharam alto, gargalhando.

— Shhh, Ruby, não revele todos os nossos segredos.

— Vocês podem, por favor, se comportar normalmente e parar de falar bobagens só por um momento? — Ele já estava farto. Não iria aguentar a insanidade delas nem por mais um instante. Já era ruim o suficiente quando elas o irritavam e provocavam, mas agora estavam apenas falando asneiras. Ele seguiu os outros convidados até o terraço, deixando para trás as bruxas lambuzadas de bolo brigando por causa dos talheres dançantes.

Quando chegou ao terraço, viu por que todos estavam ali. O pavilhão da rainha brilhava como uma joia ao longe, lançando luzes dançantes sobre o castelo e seus terrenos. Seu coração doeu ao ver o quanto Reizinho amava Circe. Ele se sentiu derrotado e sozinho, sem saber o que fazer. Deveria desistir e deixar Circe afastá-lo ou lutar para viver sua vida como queria? Ele não decidiria agora. Dormiria e tentaria pensar nisso com mais clareza pela manhã. Sairia enquanto todos observavam as luzes. Era muito doloroso ver o pavilhão iluminado, despertando lembranças muito vívidas dos dias em que tudo começou a desmoronar, mudando sua vida para sempre.

As luzes pareciam fantasmas bailando, tremeluzindo e movendo-se com a brisa. Gaston foi dominado por seus próprios fantasmas; pela mãe que ele nunca conheceu; pelo pai, de quem sentia falta de todo o coração, e, acima de tudo, pela vida que ele e Reizinho imaginaram para si mesmos quando eram jovens.

CAPÍTULO XII

O ESPELHO MÁGICO

No dia seguinte, Gaston acordou em seu quarto com uma batida na porta. Era Francis, segurando um pacote embrulhado em papel pardo e amarrado com barbante. Gaston ainda estava exausto da noite anterior, mal abrindo os olhos quando Francis entrou no aposento.

Gaston fez o possível para se livrar do torpor e dizer um "olá" cansado.

– O que é isso, Francis? De quem é? – ele perguntou, virando-o para ver se havia algum bilhete.

– Não diz, senhor. Foi entregue esta manhã, e o mensageiro explicou que deveria ser dado a você. – Francis parecia ansioso para comentar sobre como as irmãs de Circe agiram ridiculamente na noite anterior, mas elas eram as últimas pessoas sobre quem Gaston queria falar naquele momento.

– Que estranho. Aposto que é do príncipe – disse Gaston. – Obrigado, Francis. – Ele estendeu a mão para remover a colcha, quase esquecendo que não estava vestido.

— Você gostaria de tomar café da manhã no quarto esta manhã ou vai se juntar aos outros no salão de jantar? Sei que gosta bastante de ovos. Devo trazer um pouco para acompanhar seu café, senhor? – perguntou Francis.

— Pensei em tomar café da manhã com a equipe lá embaixo, antes de voltar para minha propriedade. – Gaston estava farto de salas de jantar chiques, de fingir que era um cavalheiro e, acima de tudo, de Circe e suas irmãs.

— O príncipe achou que esse pudesse ser seu plano e disse que, se fosse assim, avisaria que ficaria feliz em acompanhá-lo para o café da manhã lá embaixo, antes de seu passeio a cavalo depois do café da manhã – declarou Francis.

— Passeio? Que passeio? Deixe para lá. Obrigado, Francis.

— Devo preparar um banho para você antes de ir, senhor?

— Santo Deus, Francis, não. Posso preparar meu próprio banho, obrigado. – Ele não quis ser rude com Francis. Simplesmente não estava acostumado a ser servido por pessoas que considerava seus amigos. Gaston não estava acostumado a ser servido por ninguém, aliás. E ficou surpreso que Reizinho quisesse vê-lo. Que passeio era esse que fariam no fim da tarde? Ele não sabia que tinham planos de cavalgar. Gaston se sentiu ignorado por Reizinho na noite anterior, e foi um pesadelo ficar preso às irmãs de Circe, tendo que suportar não apenas elas, mas também a falsidade de Circe. Talvez Reizinho estivesse igualmente desapontado por não terem tido tempo juntos na noite anterior e estivesse querendo compensá-lo por isso. Gaston supôs que fosse descobrir. Mas isso não era motivo para descontar no pobre Francis, que não fora nada além de gentil e solidário durante toda aquela farsa.

– Sinto muito, Francis. Ainda não sou eu mesmo. Nunca sou antes do café, e a noite passada foi uma loucura. Temo que ainda não tenha me recuperado. Você poderá um dia me perdoar?

– Não há nada para perdoar. Seu café está na mesa, senhor.

– Você é meu herói, Francis. Obrigado.

– Se não houver mais nada que eu possa fazer, irei até a cozinha e direi ao Chef Bouche para preparar muitos ovos para seu café da manhã. Cinco dúzias, não é?

– Sim, Francis. Obrigado – disse ele, ansioso pelo café, que tomou assim que Francis saiu do quarto.

Gaston estava feliz que Reizinho iria se juntar a ele no salão dos empregados para o café da manhã. Esperava que ele não estivesse planejando levar Circe. A última coisa que Gaston queria era sentar-se para outra refeição com ela e o príncipe, vendo-a bajulá-lo, fingindo que não estava tentando acabar com a amizade deles. Mas, por sua vez, provavelmente era indigno dela tomar café da manhã lá embaixo. Bem, pelo menos as novas maneiras sofisticadas de Reizinho não o impediam de fazer uma refeição com seus velhos amigos.

Não houve um único momento na noite anterior em que Gaston pudesse falar a sós com o príncipe, por isso estava ansioso pelo passeio mais tarde e esperava poder convencer Reizinho a sair para tomar uma bebida na taverna depois. Ele precisava pensar cuidadosamente sobre como iria lidar com as coisas com o príncipe. Era um assunto delicado dizer a alguém que escolhera a pessoa errada para se casar, e ele não sabia bem o que dizer. Poderia simplesmente ser franco e contar-lhe o que Circe havia dito no jardim de rosas, mas e se Reizinho acreditasse na bobagem da visão dela? O Reizinho que ele conhecia não acreditava em fantasmas, feitiços ou maldições, mas Gaston nem imaginava no que Reizinho acreditava agora. Pelo que Gaston sabia, Circe o fazia acreditar em todo tipo de coisa. Não, ele tinha que calcular exatamente o que dizer.

Enquanto tomava seu café tentando descobrir a melhor maneira de lidar com as coisas, lembrou-se do pacote. Estava sobre a mesa perto das portas duplas que davam para o terraço. Ele o abriu, surpreso ao descobrir que era um espelho de mão.

– Que presente estranho. O que Reizinho estava pensando? – ele disse, olhando para seu reflexo. Era difícil olhar para si mesmo; ele se parecia muito com o pai agora que estava mais velho. Atualmente, fazia o possível para evitar os espelhos.

– *O presente é nosso, Gaston* – afirmou uma voz do espelho. Gaston deixou cair o objeto em estado de choque, fazendo-o rachar. Ele podia ver uma das irmãs de Circe no espelho olhando para ele com um sorriso insípido.

– *Outros tentaram quebrar nossos espelhos, Gaston. Até tentaram enterrá-los em florestas escuras, ou dá-los para outra pessoa, mas eles sempre voltam como novos* – declarou a bruxa do espelho, que ele tinha certeza ser Lucinda.

– Que bruxaria é essa? Que tipo de arte das trevas é? O que você quer? – Gaston jogou o espelho na cama enquanto a mulher ria dele.

– *Queremos que você traga seu amigo para nossa casa dentro de três dias* – disse ela com um sorriso maligno. – *Lá, ele encontrará Circe em farrapos, cuidando dos porcos.*

– Entendo. E como vocês levarão Circe a fazer isso? Presumo que não sejam uma família de criadores de porcos. Por que ela concordaria com essa farsa? – ele perguntou, então recuou em estado de choque ao pegar o espelho novamente e ver que ele não estava mais rachado. Sabia que aquelas mulheres eram bruxas, mas realmente não as levara muito a sério com toda aquela farra com o bolo e com o papel de bobas que fizeram no baile. Ele não tinha certeza de como encarar isso. Quão poderosas eram aquelas bruxas?

– *Mais poderosas do que você jamais imaginará, Gaston. E você faria bem em não nos contrariar. Então, por favor, deixe-nos ajudá-lo e, ao fazer isso, você nos ajudará.* – Gaston nunca vira Lucinda tão séria. Ela não era a tola que ele pensava.

– *Diremos a Circe que, se o príncipe a ama de verdade, então não importará se ele a encontrar mexendo com os porcos, e, como ela não deseja outra coisa mais do que provar que estamos erradas, ela concordará* – falou a mulher perversa, enquanto outra das estranhas irmãs de Circe aparecia no espelho para intervir.

– *Achamos que, se você fizer isso por nós, todos realizaremos nosso desejo e seu amigo não vai querer se casar com nossa irmã.*

– Tenho a sensação de que vocês pretendiam que eu as ouvisse no roseiral – disse Gaston, sorrindo para as três bruxas.

– *Você é mais esperto do que pensávamos, Gaston* – declarou uma das mulheres.

– *Sim, muito interessante* – falou outra.

– *Não tenho certeza se isso vai dar certo* – pontuou a terceira, pouco antes de o espelho voltar para seu próprio reflexo.

– Mulheres vis! – ele disse, virando o espelho. Odiava ter que lidar com aquelas bruxas e tinha certeza de que não podia confiar nelas. Mas que escolha ele teria se Reizinho não enxergava a verdade?

Depois de se trocar, Gaston deu a volta pelos fundos até o pátio que dava para a entrada do salão dos empregados. E exatamente como ele esperava, estava ali, aguardando por ele. Era a primeira vez que o via sozinho, sem estar rodeado por um salão cheio de gente. Era uma manhã clara e ensolarada, e o céu estava tão azul com nuvens brancas e grossas que parecia que alguém o havia pintado só para eles. Quando Gaston viu o amigo parado lá, seu coração disparou. Não imaginou que se sentiria tão nervoso por ficar a sós com ele. Mesmo que isso fosse exatamente o que esperava assim que o viu na noite anterior.

– Meu amigo! Meu caro amigo. Estou muito feliz em ver você – disse Gaston, abraçando o príncipe. Reizinho parecia ainda mais bonito do que na noite anterior. Embora, talvez, um pouco abatido, por ter ficado acordado a noite toda e ainda não ter feito a barba naquela manhã.

– Gaston! Olhe só para você. Mal o reconheci ontem à noite. Você está muito mudado. A Senhora Potts me avisou, mas não consegui imaginar, não até vê-lo. Você se parece muito com seu pai. Não é de admirar que Francis e quase todos no reino tenham uma queda por você. – Ele retribuiu o abraço de Gaston.

– Vejo que você já está vestido para cavalgar. Perfeito. Eu disse a eles que ficaremos fora o dia todo. Só você e eu. Temos muito o que colocar em dia. – Esse era o Reizinho que Gaston esperava ver. Seu coração parecia mais leve.

— Realmente temos. Há tantas coisas que quero conversar com você... – disse ele, detendo-se por enquanto. Decidiu que era melhor conversar quando estivessem longe do castelo.

— Circe me disse que há algo importante que queria me contar. Espero que não seja nada muito sério – declarou o príncipe com um sorriso. – Espero que você goste dela, Gaston. Eu sei que ela gosta de você.

— Ela gosta? Que interessante. – Gaston não conseguiu esconder a surpresa e o desdém.

— O que foi? Não fique com ciúmes, Gaston, por favor. Se você tivesse vindo comigo como eu queria, poderia ter me ajudado a escolher a garota perfeita, mas decidiu ficar em casa. Agora, nós dois teremos que conviver com minha escolha. Mas ela é linda, não é? A mulher mais linda que já vi.

— O que mais você gosta nela? – perguntou Gaston, sinceramente querendo saber.

— O que mais há para gostar? Ela ficará bem no trono e me dará lindos herdeiros.

Gaston estremeceu. Ele se sentiu culpado, planejando arruinar a chance de seu amigo ter uma vida feliz, mas parecia que, afinal, não era um casamento por amor.

— Então, esse é o meu castigo? Você vai se casar com a filha de um criador de porcos só para me espicaçar? – Gaston não pretendia deixar aquilo escapar num rompante. O que ele estava pensando?

— Do que você está falando? Ela é parente do Velho Rei. – O príncipe não o estava levando a sério. Gaston conhecia seu amigo. Estava estampado em seu rosto. Não havia como ele acreditar que a mulher que amava pudesse ser criadora de porcos. Convencê-lo disso seria difícil. Ele deveria ter esperado até poder levar Reizinho para ver com os próprios olhos Circe com os porcos.

— Eu fiquei me perguntando. Ouvi dizer que ela e suas repugnantes irmãs não dizem quem são seus pais. Tem certeza de que ela é parente do Velho Rei? Circe e as irmãs não moram longe daqui, segundo me disseram. Aposto que, se lhes fizéssemos uma visita surpresa, a encontraríamos cuidando dos porcos.

— Isso é bobagem, e você sabe disso! Qual é, Gaston, você só está com ciúmes porque vou me casar com a mulher mais linda do país. Você a quer para você! — Embora fosse verdade que ele estava com ciúmes, ele não queria Circe para si. Queria ela e suas irmãs perversas o mais longe possível de seu reino. Como seria a vida de seu amigo sob o domínio daquelas bruxas?

— Isso não é verdade, Reizinho! Ainda me sinto da mesma forma que no dia anterior a sua partida para o tour. Lembra-se do que dissemos um ao outro? Lembra-se do nosso desejo?

— Você sabe que esse sonho é impossível, Gaston. Sabe que tenho que me casar. — O príncipe parecia profundamente desapontado. Nem ocorreu a Gaston que ele poderia estar tão decepcionado quanto ele próprio. Ou, talvez, estivesse simplesmente aborrecido por Gaston não entrar na fila e fazer uma cara boa, escondendo sua contrariedade.

— Eu sei que você tem que se casar, Reizinho, mas não precisa ser com *ela*. Circe é uma mentirosa! Ela e as irmãs são bruxas. Juro a você, ela não é o que parece. — Gaston ficou parado ali, por um momento, depois de dizer essas palavras, esperando a resposta do amigo, mas o príncipe apenas olhou para ele em silêncio. Gaston não tinha certeza se estava absorvendo tudo ou se estava prestes a sair no soco com ele.

— Você está me dizendo sinceramente que Circe e suas irmãs são bruxas criadoras de porcos?

— Estou! Quem sabe, talvez Circe siga sua homônima e os porcos sejam ex-amantes ou inimigos. Não tenho a menor ideia de como funciona a mente das bruxas.

— Bem, veremos. — Reizinho começou a se afastar.

— Aonde você está indo? — Gaston gritou.

— Confrontar Circe!

⚜ ⚜ ⚜ ⚜

Mais tarde naquele dia, Francis entregou a Gaston uma mensagem de Reizinho dizendo que ainda esperava ver Gaston naquela tarde e que deveria encontrá-lo na taverna da aldeia antes de saírem para cavalgar. Ele não tinha ideia de como fora a conversa com Circe. Era típico de Reizinho ser enigmático e desconcertante. O que Gaston tinha certeza era de que, não importava o que acontecesse, Reizinho iria querer continuar como se nada tivesse acontecido. Esse era o seu jeito.

Quando Gaston chegou à taverna, foi recebido com grandes vivas pelo velho Senhor Higgins e pelos frequentadores habituais. Reizinho ainda não havia chegado, então ele pediu uma bebida para si e conversou com o Senhor Higgins. Já haviam se passado algumas noites desde que ele apareceu para cumprimentar seus camaradas e estava feliz por estar de volta.

— O que foi isso que ouvi, Gaston? Está bacana demais para nós agora, participando de bailes chiques no castelo? – perguntou o Senhor Higgins.

— Foi a festa de noivado de meu melhor amigo. Dificilmente eu poderia escapar disso, por mais que quisesse – defendeu-se Gaston, rindo muito.

— E nós aqui pensamos que você tinha nos abandonado, agora que o príncipe voltou – disse o Senhor Higgins. Mas Gaston se perguntou se havia outros na aldeia que pensavam que ele tinha desistido de sua amizade com todos eles agora que Reizinho tinha regressado, ou pior ainda, desistido de sua promessa de caçar a fera.

— Claro que não abandonei vocês, seu velho idiota! Promessa é dívida! Além disso, quem mais em todo o reino poderá matar a Fera de Gévaudan?

— Bom homem! – celebrou o padeiro, erguendo a cerveja com tanto entusiasmo que respingou nas tábuas do chão.

— Sabíamos que você não deixaria essa fantasia subir à cabeça – disse Higgins.

— A Gaston! O herói da aldeia. O único homem neste reino corajoso o suficiente para caçar a fera e pregar sua cabeça feia na minha parede! – disse Higgins.

Todos na taverna brindaram.

— A Gaston!

Gaston jogou a cabeça para trás e riu enquanto todos os outros clientes se reuniam ao seu redor, oferecendo-se para lhe pagar outra bebida, mas ele não quis ouvir falar disso. Naquela noite, as rodadas eram por sua conta. Devia isso a eles. Afinal, foram eles que mantiveram seu ânimo para cima quando Reizinho estava ausente.

E foram eles que lhe mostraram sua verdadeira qualidade. Aqueles bons homens realmente o admiravam e respeitavam e enxergavam o seu valor. E ele estava feliz por estar na companhia deles outra vez.

— As bebidas são por minha conta, Higgins! Em comemoração ao noivado do príncipe! — Gaston sentia-se feliz, e sendo ele mesmo novamente.

— Ao príncipe! — ele disse, erguendo o copo. Mas ninguém se juntou a ele.

— Dane-se o príncipe! — Higgins enchia uma caneca atrás da outra, deslizando-as pela bancada do bar para todos reunidos ao redor de Gaston.

— A Gaston, ao nosso herói que voltou! — Higgins exclamou, enquanto todos erguiam suas canecas e as batiam com tanta força que derramaram cerveja no chão.

Gaston estava em seu habitat. Era uma grande mudança em relação à noite anterior. Estava em um lugar ao qual sentia que pertencia. Ele não estava fingindo, nem se perguntando o que dizer ou como agir, nem tendo que se esquivar das irmãs de Circe. As únicas trigêmeas que ele gostaria de ver novamente eram as lindas louras Claudette, Laurette e Paulette, as garçonetes que ajudavam o Senhor Higgins quando a taverna estava movimentada.

— Onde estão suas adoráveis garçonetes hoje? — Ele ficou surpreso por não as ver, com a taverna tão lotada já àquela hora da tarde.

— Elas não apareceram nos últimos dias. Achei que talvez você tivesse fugido com Claudette e as outras duas estivessem em casa chorando. Essas mulheres adoram você, Gaston! Quando você vai se estabelecer, como seu amigo, e se casar? Não há mulher viva que não queira se casar com você — disse Higgins, rindo.

— Essa Claudette e suas irmãs são as garotas mais bonitas da aldeia, além de Bela — interrompeu o padeiro.

— Você poderia facilmente escolher, Gaston. Não há homem vivo mais merecedor do que você! Você é o homem mais forte, bonito e corajoso da aldeia. Assim como seu pai era antes de você! Você é o melhor e merece o melhor! Você só precisa dizer uma palavra e terá a garota mais bonita que alguém já viu — falou Higgins.

— Não mais bonita que a minha Circe — disse o príncipe, tendo entrado na taverna sem ser notado. Gaston conhecia aquela expressão no rosto de Reizinho. Ele não estava feliz. E parecia que ainda iria se casar com aquela maldita bruxa. Gaston jogou um monte de moedas no bar, pedindo outra rodada de bebidas.

— As bebidas são por minha conta, senhor! Ao príncipe e sua linda noiva! — ele afirmou, erguendo a caneca e olhando para todos na taverna como se dissesse que era melhor seguirem o exemplo, para o próprio bem.

— Obrigado, senhores! Obrigado. — Reizinho mal esboçou um sorriso. Gaston sabia que estava encrencado.

— Ela é a mulher mais bonita da aldeia. Eu ficaria com inveja se não fôssemos melhores amigos — disse Gaston. Estava dando um show para os outros homens, na esperança de amaciar Reizinho.

— Você tem sorte de ter um amigo tão leal em Gaston! — disse um dos homens, engolindo a bebida e enxugando o rosto com o dorso da mão.

— Gaston é o melhor caçador do reino! Não há nenhum troféu nesta parede que não tenha sido trazido por Gaston! — exclamou Higgins.

— Bem, eu estive ausente por um bom tempo. Talvez isso mude em breve. — O príncipe lançou a Gaston um olhar que o amigo não gostou. Talvez Gaston estivesse errado em sua impressão quando o viu no pátio, afinal este não era o Reizinho de que ele se lembrava.

— Você está certo, Vossa Alteza! Teremos que abrir espaço! — disse Higgins, rindo bem-humorado.

Mas Gaston sabia que o Velho Higgins duvidava que o príncipe trouxesse algum troféu de caça, muito menos o suficiente para rivalizar com Gaston. Era sabido que Gaston vinha vencendo o príncipe desde que eram meninos. Mas parecia que isso não serviria mais para o príncipe. Algo havia mudado.

— Se não se importam, senhores, vou roubar meu amigo aqui. Vocês podem bajulá-lo mais tarde. Vamos, *amigo* — declarou ele secamente, conduzindo Gaston até uma mesa perto da lareira onde poderiam se sentar sozinhos.

Eles ocuparam duas cadeiras uma de frente para a outra, e o príncipe aproximou-se de Gaston para que pudessem conversar sem serem ouvidos.

— Eu conversei com Circe. Ela nega suas acusações. É claro que estamos prosseguindo com nossos planos de casamento, Gaston, e você *ficará* a meu lado. Você será meu padrinho! — Reizinho estava falando com os dentes cerrados e mantendo a voz baixa, de olho nos homens no bar que olhavam em sua direção.

— E como isso vai funcionar, exatamente? Você acha que Circe permitirá isso, considerando o que ela sente por mim?

— Permitir? Quem é o futuro rei aqui, Gaston? Além disso, não contei a ela o que você disse. Ela não precisa saber. Um dia vamos rir disso. Quero rir disso agora. É tudo uma grande bobagem. – Era típico de Reizinho inventar sua própria versão da realidade, fingindo que tudo estava normal quando não estava. Exatamente o que ele fez depois que o pai de Gaston foi morto. Tudo isso era muito familiar e doloroso.

– Não é bobagem!

– Ah, pare com isso, Gaston. Você percebe que eu realmente acreditei em você? Você deveria tê-la visto chorando quando eu disse que tínhamos que cancelar o casamento, que eu não poderia me casar com alguém tão humilde. Mas, francamente, Gaston, olhe só para ela, como ela poderia ser filha de um criador de porcos, quanto mais uma bruxa? É ridículo.

– Sou filho de um guarda-caça e sou muito bonito – respondeu ele com orgulho, e um pouco mais alto do que pretendia, fazendo todos na taverna rirem, mas irritando Reizinho ainda mais.

– Por falar nisso, de agora em diante diremos que essas caças nas paredes são minhas. Você entende? Minhas! Não posso permitir que você seja o herói desta aldeia, Gaston. Não vai ser *assim*. – Gaston não deveria ter ficado surpreso com o fato de o príncipe estar agindo dessa maneira.

Seu pai o avisara que isso poderia acontecer, na verdade, disse que *aconteceria*, porém ele não acreditou. Durante toda a vida, Reizinho não se incomodara que Gaston fosse melhor em quase tudo. Isso nunca importou. Mas, então, por algum motivo, acontecera. De repente, agora que estava se casando e mais perto de se tornar rei, ele magicamente tinha que ser o melhor em tudo?

– Não é suficiente você ser o príncipe, Reizinho?

– Por quê? Você também está com ciúmes disso?

– Reizinho, qual é! Cada homem aqui sabe que todas essas caças são minhas.

– Se você disser algo várias vezes, as pessoas começarão a acreditar em você. Eu faço isso o tempo todo.

– O que quer dizer com "faço isso o tempo todo"? Nunca vi você fazer isso, Reizinho.

– Não, é? Quantas vezes eu disse que você é meu irmão e igual, até que finalmente todos te trataram como meu irmão e igual?

– Não sinto que somos iguais agora.

– Não culpo você por ter ciúme de todas as minhas conquistas, Gaston. Basta olhar para essas paredes! – O príncipe riu enquanto apontava para as paredes cobertas de troféus.

– O que você tem? Está delirando? Todo mundo sabe que essas caças são minhas e eu sou o melhor caçador.

– Não mais! Olhe, eu sei que você está com ciúmes. E por que você não deveria estar? Vou me casar com Circe. Você foi surpreendido pela beleza dela e não conseguiu evitar sentir inveja, meu amigo. Você a queria para si e foi por isso que inventou aquela história boba de porcos. Mas quem iria querer se casar com o rei da terra dos machões-com-covinha-no-queixo, o *rei de nada*, quando ela poderia se casar comigo? – As palavras de Reizinho o deixaram sem fôlego. Foi um golpe baixo, até para ele. Mas Gaston não deixou transparecer.

– Suponho que você esteja certo. Você não disse que iríamos cavalgar hoje? Vamos, vamos cavalgar. – Gaston se levantou e caminhou em direção à porta. Estava com raiva e magoado, mas não daria a Reizinho a satisfação de saber disso. Iria lhe mostrar quem era o melhor, mesmo que isso significasse colocar algum juízo nele. Talvez então ele tivesse seu antigo Reizinho de volta.

– Tudo bem, pessoal! O príncipe e eu estamos prestes a ver quem é o melhor cavaleiro. Alguma aposta de que ele me vencerá?

– Eu não aceitaria essa aposta! Nem em um milhão de anos, Gaston! – disse Higgins. Todos na taverna riram quando Gaston abriu as portas com um floreio semelhante ao de Lumière, deixando o príncipe sair primeiro da taverna.

– Você ouviu isso, *Vossa Alteza*? Nem em um milhão de anos! – Gaston estava rindo, mas tanto ele quanto o príncipe ferviam de raiva quando se viram do lado de fora da taverna.

– Nunca mais me trate como um idiota na frente desses homens, ou de qualquer outra pessoa, você me entendeu? Nunca! Você pode ser meu melhor amigo, mas é só nisso que pode ser chamado de melhor. Eu sou o melhor em todo o restante.

– Não importa quantas vezes você diga isso, não fará com que seja verdade – disse Gaston enquanto montava em Noir e pegava as rédeas.

– Vamos ver quem é o melhor! – o príncipe exclamou, enquanto montava em seu cavalo, e os dois partiram velozes como um raio.

Gaston cavalgou rápido pela floresta, olhando para trás para ver se o amigo o seguia. Ele estava alguns metros atrás dele. O rosto de Reizinho estava cheio de raiva enquanto os dois cavalgavam ferozmente; Gaston saltando sebes com facilidade e chapinhando em riachos enquanto Reizinho, o príncipe, se esforçava atrás dele. Gaston sempre fora um cavaleiro melhor do que Reizinho, e ele sabia disso. Gaston conduzia seu cavalo serpenteando por entre as árvores e rindo o tempo todo. Ele era melhor do que o príncipe em tudo, sempre fora, e no momento estava gostando disso muito mais do que deveria.

Então, aconteceu algo que ele não esperava. O céu estava escurecendo. A princípio, Gaston pensou que uma tempestade estivesse chegando e olhou para cima, esperando ver grandes nuvens carregadas se aproximando, mas era outra coisa. Um eclipse. Foi uma sensação estranha, ser de repente envolvido pela escuridão. Gaston puxou as rédeas de Noir, parando rapidamente, percebendo onde eles estavam. Estavam bem nos portões do cemitério onde seu pai fora morto. Não voltara ao local desde que o pai fora colocado para descansar ali com sua mãe.

Gaston ficou parado no portão, olhando para a estátua da mãe acenando para ele. A culpa o invadiu quando ele olhou para seu rosto de mármore, desejando conhecê-la, falar com o pai novamente. Querendo dizer a Grosvenor que estava certo sobre o príncipe. Querendo entender como é que ele sabia. Tinha tantas coisas que queria dizer ao pai, tantas perguntas que nunca seria capaz de fazer. E ele se perguntou como fora parar ali, olhando para o rosto zangado e confuso de seu amigo quando este finalmente o alcançou.

— O que está acontecendo? Por que estamos aqui? Você planejou isso? – o príncipe exigiu saber, desmontando do cavalo e ficando cara a cara com Gaston, numa atitude de confrontação.

— Como eu poderia? Não sou um feiticeiro. – Gaston se perguntou se havia algum tipo de magia em ação, lembrando-se de que havia guardado o espelho de mão na mochila. Não tinha certeza do que o levara a fazer isso, mas agora se perguntava se fora um erro.

— Não estou falando sobre o eclipse, seu idiota. Estou falando deste lugar! Por que você me trouxe aqui? — Reizinho olhou em volta, perscrutando a escuridão. — Do que você está brincando, Gaston? Por que estamos aqui?

— Eu não trouxe você aqui, Reizinho. E, se você me chamar de idiota mais uma vez, nós dois veremos quem é o melhor na luta.

— Isso é uma ameaça? Você está ameaçando seu príncipe?

— Ah, cale a boca, Reizinho. O que você tem?

— Circe me disse que você usa a morte de seu pai contra mim. E que um dia um de nós morrerá como resultado. Depois de tudo que fiz por você, Gaston, você ainda não me perdoou? Ainda não posso confiar em você?

— Não é verdade, Reizinho. Eu não culpo você, não faço isso há muito tempo. Ela está mentindo. — Então, era disso que se tratava. Circe contara isso e agora ele estava magoado. Não era de admirar que ele estivesse agindo daquela maneira.

— Por que ela mentiria, Gaston? Por que ela inventaria algo assim? E como ela saberia sobre a fera e seu pai se não tivesse algum tipo de habilidade de ver... coisas?

— Achei que você não acreditasse em bruxas, Reizinho!

— Não sei em que acreditar, exceto que ela sabe das coisas, Gaston. Não acho que isso faça dela uma bruxa.

— Todo mundo sabe que meu pai foi morto pela fera. É uma história muito conhecida nestas terras. Todos sabem que estávamos lá quando isso aconteceu. E não escondi que estava aborrecido com você naquela época, não é? Éramos crianças, Reizinho, éramos ambos tolos. Não foi culpa nossa.

— É assim que você realmente se sente, Gaston? Então, do que se trata? É ciúme? Eu juro a você, nada precisa mudar entre nós.

— As coisas já mudaram. *Você mudou*. Você chega em casa insistindo que é o melhor em tudo, me chamando de idiota em todas as oportunidades, e está se casando com uma mulher que está tentando me mandar embora. Você não pode se casar com ela, Reizinho; ela e suas irmãs são perigosas. Você viu as irmãs dela; quanto tempo levará até que Circe comece a mostrar sua verdadeira natureza? Você quer viver sua vida em um covil de bruxas? Ela está inventando coisas, contando mentiras sobre mim. Você nunca deixou ninguém romper nossa amizade, não importa o quanto tentasse. Não deixe Circe fazer isso conosco.

— Por que ela inventaria isso? Por que ela faria isso?

— Ela me disse por quê. Ela sabe que você me ama mais do que a ama.

— Ela disse isso? — Gaston percebeu que Reizinho estava surpreso.

— Disse. Ela está tentando se livrar de mim, Reizinho. Ela sabe que eu sei a verdade sobre a família dela. — Ele se sentia culpado, mas o fato era que a família dela era perigosa. A verdade era mais insidiosa do que uma história sobre ela ser filha de um criador de porcos qualquer. Era uma loucura que seu amigo ficasse mais ofendido por ela cuidar de porcos do que por fazer parte de um conciliábulo de bruxas.

— Ela realmente disse isso? Que eu o amo mais do que a amo? Então, ela *pode* ver nosso coração — declarou o príncipe, desviando o olhar. — E isso significa que não posso confiar em nenhum de vocês. – Mas, antes que Gaston pudesse se defender, ouviu algo na escuridão. Um barulho de esmagar, galhos sendo quebrados sob pés. O som estava cada vez mais perto, e então ele os viu, quatro pares de olhos brilhando na escuridão.

– O que é isso? É a fera? – O príncipe estava em pânico, girando para todos os lados tentando ver de onde vinha o perigo.

– Shhh! Não. Acho que são lobos. – Gaston tirou lentamente o bacamarte do alforje. – Fique atrás de mim, entre os cavalos. Vá! Agora! – Gaston disse com os dentes cerrados, apontando a arma para os lobos que avançavam. Eles estavam em semicírculo, aproximando-se cada vez mais. Gaston tirou um punhado de bolas de chumbo do bolso interno e colocou-as na arma. Mirou seu bacamarte e disparou, atingindo todos os quatro lobos na dispersão do tiro. Ao se virar para dizer ao príncipe que estavam em segurança, ele avistou outro lobo saindo da névoa. Era sinistro e grande, rosnando para ele.

Sem sequer pensar, Gaston largou o bacamarte e tirou a machadinha do cinto enquanto o lobo saltava sobre ele, derrubando-o no chão com uma força tremenda. O lobo estalou as mandíbulas para ele repetidamente, tentando morder seu rosto enquanto Gaston o detinha segurando o cabo de madeira do machado em cada extremidade e pressionando-o contra a garganta do lobo. Foram necessárias todas as suas forças para evitar que o lobo o mordesse, e houve momentos em que Gaston se preocupou em não conseguir aguentar por muito mais tempo. Os dentes arreganhados do animal abocanhavam o ar repetidamente, sua cabeça tão próxima da dele que Gaston podia sentir seu hálito fétido.

Ele empurrou a criatura com todas as suas forças, tentando sair de baixo dela, na esperança de conseguir alguma vantagem para poder usar o machado e matá-la, mas o lobo era muito forte e grande. Quando finalmente conseguiu ver a criatura claramente e olhá-la nos olhos, soube o que era. Aquele não era um lobo comum. Era a Fera de Gévaudan. Ele lutou sob seu tremendo peso, debatendo-se, usando tudo que tinha para dominar a fera, mas sem aviso ouviu seu bacamarte disparar, e ele e a criatura foram atingidos por pedras. O sangue jorrou quando as pedras os perfuraram.

A fera desviou os olhos de Gaston, que jazia no chão, coberto de sangue pelos numerosos tiros, e sem aviso atacou o príncipe. Os dois tombaram na direção de um dos cavalos. Gaston lutou para se levantar enquanto observava o cavalo empinar e bater com os cascos na criatura, por pouco não acertando o príncipe. Reizinho rolou para fora do caminho e tentou encontrar qualquer coisa com que pudesse recarregar o bacamarte enquanto a fera estava atordoada. Ele recuou o mais rápido que pôde até chegar ao tronco de uma árvore, onde ficou sentado, aterrorizado, observando a horrível criatura dar pesados passos em sua direção.

Sangue escorria sobre os olhos de Reizinho enquanto ele os fechava com força contra a fera que se aproximava. Ele não conseguiu ver Gaston parado ali, agora com o arco armado apontado diretamente para a cabeça da fera. Sem nem perceber que havia realmente atirado, Gaston viu a fera cair sobre o príncipe. Finalmente, estava morta. Gaston puxou o amigo de baixo da criatura, dando-lhe tapinhas no rosto e sacudindo-o.

— Reizinho, Reizinho! Acorde! Por favor, por favor, não esteja morto.

— Não seja tão bobo. Claro que não estou morto. — Os dois riram enquanto se abraçavam com força, até que Reizinho recuou e segurou Gaston pelos ombros.

— Você salvou minha vida, Gaston. Agora sei que posso confiar em você. Perdoe-me por ter vacilado.

— Nós salvamos um ao outro, Reizinho. Vingamos meus pais, juntos, como eu sabia que faríamos. — A fera estava morta. O peso de vingar os pais já não o sufocava. Não consumia mais todos os seus pensamentos. Era isso que ele desejava, destruir a fera com seu amigo, deixando para trás tudo o que acontecera quando eles eram meninos. Gaston tinha o amigo de volta. Eles tinham a chance de recomeçar. Para ter a vida que sempre quiseram.

Se ao menos Circe não estivesse em seu caminho.

— Seus pais? O que você quer dizer?

— Eu conto a você mais tarde, meu irmão, prometo. Mas vamos concordar que podemos confiar um no outro e que devemos nossa vida um ao outro. Não importa o que aconteça, sempre seremos irmãos, e você não vai deixar Circe me mandar embora — disse Gaston.

⚜ ⚜ ⚜ ⚜

Três dias depois, Gaston levou o príncipe para ver Circe na casa que ela dividia com suas irmãs esquisitas, com telhado em formato de chapéu de bruxa e janelas redondas. Gaston não tinha certeza se Reizinho finalmente acreditava que sua querida Circe poderia realmente ser filha de um criador de porcos, ou se ele apenas queria provar a Gaston que os rumores eram falsos. Qualquer que fosse o motivo, Gaston ficou feliz por ele ter concordado em fazer a viagem.

Era um tipo de lugar estranho, bizarro e agourento, com seus vitrais retratando imagens de feras de contos de fadas, um dragão cuspindo fogo verde, uma maçã de aparência sinistra e outras imagens esquisitas que pareciam ter um significado especial para as bruxas. Havia até uma gata que se parecia estranhamente com sua própria gata, sentada no jardim perto de uma macieira solitária, uma árvore que não parecia pertencer àquele lugar. Gaston não teria sido capaz de explicar por que tinha a sensação de que não deveria estar ali, se pudesse, mas simplesmente lhe parecia errado, de alguma forma fora do lugar.

Na frente da casa havia um jardim, e ao lado, um chiqueiro. Foi ali que eles viram Circe. Exatamente como as Irmãs Esquisitas disseram que ela estaria. A barra de seu vestido branco simples estava coberta de lama. Seu cabelo parecia opaco e suas bochechas estavam vermelhas pelo trabalho duro. Ela deve ter sentido que eles a olhavam enquanto alimentava os porcos. Deu para Gaston perceber o quanto ela ficara triste com a expressão de desgosto no rosto do príncipe. Ela parecia tomada de horror e vergonha. Gaston ficou com os cavalos e deixou o príncipe aproximar-se dela; ele não conseguiu ficar ao lado do amigo enquanto ele a desprezava e depreciava, e a acusava de mentir. Gaston viu o coração de Circe se partir naquele momento; o amor da vida dela estava terminando o relacionamento porque ele pensava que ela era humilde, que estava abaixo dele. E agora a beleza dela estava de alguma forma maculada em seus olhos. Tudo porque as irmãs de Circe e Gaston enganaram o príncipe, fazendo-o acreditar que ela era filha de um criador de porcos.

O coração de Gaston começou a disparar e ele sentiu o calor subir em seu rosto, percebendo naquele momento que seu amigo Reizinho era realmente horrível e que ele próprio não era muito melhor. Eles estavam ligados um ao outro agora, ainda mais do que antes. Gaston mentiu e deixou Reizinho envergonhar e partir o coração de Circe. Isso era quem ele era naquele momento. Quem era seu amigo. E ele odiava que Reizinho fosse assim havia mais tempo do que Gaston gostaria de admitir. A vida de ambos nunca mais seria a mesma; ele sentiu isso em seu âmago quando as irmãs de Circe olharam para ele através das janelas de sua estranha casa, rindo para ele, seus sorrisos largos e perversos enquanto dançavam e cantavam com alegria porque haviam realizado seu desejo.

Gaston ficou enjoado ao ver Circe cair de joelhos e chorar enquanto o príncipe se afastava como se ela fosse um monte de lixo insignificante. Gaston já tinha visto seu amigo tratar as pessoas de maneira horrível no passado, mas nada parecido com aquilo. Era perturbador e difícil de assistir, porém ainda mais perturbador era o papel que ele desempenhara em tudo isso e o sorriso no rosto das irmãs esquisitas de Circe enquanto os espiavam pelas janelas. Sorriso que ele temia que assombrasse sua mente, tanto desperto quanto adormecido, por muitos anos. E se perguntou se essa seria a última vez que veria aquelas bruxas. Tinha a sensação de que não.

CAPÍTULO XIII

DO LIVRO DOS CONTOS DE FADAS

A maldição

Irmãs Esquisitas falando. Lembra daquela parte do início desta história, quando dissemos que o Livro dos Contos de Fadas é fluido e refletirá os eventos que aconteceram antes e depois da história de Gaston? Bem, este é um daqueles momentos, meu caro.

Como você sabe, todas as histórias que leu ou vai ler nesta saga são do Livro dos Contos de Fadas, e nós somos suas autoras. E, embora isso seja verdade, nossa filha Circe, que é a Rainha da Floresta dos Mortos com suas colegas bruxas Primrose e Hazel, parece estar assumindo nosso manto agora que estamos vivendo nossa melhor vida após a morte com Hades no Submundo. As três rainhas estão contribuindo para o Livro dos Contos de Fadas e têm noção de seus poderes para mudar o destino.

De nossa posição atual no Submundo, entendemos por que alguns podem sentir que somos as vilãs dessas histórias. Você pode até se perguntar como pudemos sorrir quando o príncipe partiu o coração de Circe naquele dia. Como as irmãs esquisitas e excessivamente protetoras de Circe poderiam se deliciar com sua tristeza? Por favor, não seja mais tolo do que o necessário. Tudo o que fizemos foi por amor a Circe. Sim, dançamos e cantamos canções de alegria, mas quem não faria a mesma coisa? Nós a salvamos de um príncipe egoísta e brutal e, acredite, odiamos ver Circe tão infeliz, porém fizemos isso para o bem dela, para protegê-la. Olhamos dentro do coração do príncipe, vimos algo imundo e podre ali, e observamos isso crescer a cada dia. Vimos quem ele realmente era e sabíamos o que estava escrito no Livro dos Contos de Fadas. Pelo menos, o que foi escrito naquela época.

Se ao menos tivéssemos visto o que crescia dentro de nós naquela época. Se ao menos tivéssemos ouvido aqueles que tentaram nos alertar... Mas também, se tivéssemos, talvez não estaríamos rindo e comendo bolo todas as noites com Hades no Submundo. Então, de nosso ponto de vista, as coisas funcionaram muito bem. Para nós e para Hades, pelo menos.

E para quem tem prestado atenção, sim, conseguimos dar um jeito de conseguir bolo no Submundo. Temos todo tipo de guloseimas agora, as prediletas de Hades. Há muito que pode ser alcançado quando bruxas poderosas e um deus se unem, mesmo que seja apenas sua própria felicidade.

Mas estamos divagando; esta é a história de Gaston e, para entendê-la, você deve saber o que aconteceu com seu melhor amigo, porque o que aconteceu a seguir mudou a vida de ambos para sempre, levando Gaston a um destino desastroso.

Desde o dia em que o príncipe partiu o coração de Circe, muitas outras histórias foram acrescentadas a este Livro dos Contos de Fadas, algumas das quais não esperávamos. Mas sabíamos desde o início que Circe estava fadada a ser uma feiticeira poderosa, uma rainha de um reino antigo, o único reino digno de seus talentos únicos e potentes. E, embora não víssemos claramente seu futuro naquela altura, sabíamos que ela iria provocar mudanças em todos os reinos. Estávamos receosas que o casamento dela com o príncipe fera fosse sufocar seu potencial mágico e impedi-la de se tornar a bruxa mais poderosa de nossa época. Tínhamos que garantir que ela continuasse em seu caminho. Precisávamos mantê-la a salvo de uma vida infeliz com um príncipe pirralho, não importa o quanto ela pensasse que o amava.

Se você leu a história do príncipe fera, sabe o que aconteceu depois que ele partiu o coração de Circe. Foi uma série de eventos ruinosos que mudaram muitas vidas, incluindo a de Gaston. E nós os imortalizamos em vitrais em um de nossos muitos salões no Submundo, com o restante de nossas histórias.

O primeiro nessa série de lamentáveis quadros é Circe aparecendo ao príncipe em seu castelo. Ela ficará para sempre imortalizada no vitral, vestida como uma mulher esfarrapada. Ela implora ao príncipe que aceite dela uma única rosa. Um símbolo de seu coração e do amor que ela sentia por ele.

Quando Circe apareceu na porta do príncipe, ela estava com o coração partido e triste, com os olhos inchados de tanto chorar.

Para o príncipe, ela parecia uma velha emaciada. Enojado, ele recusou a rosa e, portanto, recusou o amor dela. Mas, para espanto do príncipe, a velha se transformou em seu verdadeiro eu, uma bela feiticeira. O príncipe ficou tão impressionado com a beleza de Circe e, ao saber que ela realmente vinha de uma longa linhagem da realeza, caiu de joelhos e implorou-lhe perdão. Ele a pediu em casamento novamente. Ele sabia, é claro, desde o início, que Circe pertencia a uma grande família, mas deixou-se enganar por Gaston e por nós. E foi tudo muito fácil. Ele olhou para ela de forma diferente quando a viu fazendo companhia aos porcos. Ela era humilde, o príncipe sentiu, e inferior a ele, não era mais digna de se tornar sua esposa e, eventualmente, rainha.

O espanto em seu rosto ao vê-la se transformar, percebendo que estava enganado, que Circe era tudo o que dizia ser, a imagem dele caindo de joelhos e implorando para Circe se casar com ele, foi tudo delicioso.

Mas era tarde demais para o príncipe. Circe viu quem ele realmente era: um monstro disfarçado de um jovem bonito. Então, ela fez o que todas as grandes bruxas fazem nessas situações.

Amaldiçoou a ele e todos em seu castelo, com uma pequena ajuda de suas irmãs mais velhas. Mas nossa doce Circe ainda queria acreditar que havia algo de bom no príncipe e, em sua generosidade, deu-lhe outra oportunidade. Disse que, se ele aprendesse a amar e se tornasse digno de ter esse amor retribuído, a maldição seria quebrada. Ela lhe deu a rosa, aquela que ele tentou recusar, e preveniu-o de que tinha só até a última pétala cair, em seu vigésimo primeiro aniversário, para se emendar. Se não o fizesse, depois daquele dia permaneceria para sempre como uma fera.

A maldição de Circe foi um exemplo de magia brilhante. Era uma maldição degenerativa que corroeria lentamente sua aparência para combinar com seu coração egoísta e cruel. Cada vez que o príncipe agia de maneira horrível, seus atos desprezíveis transpareciam em seu rosto, até que lentamente, com o tempo, ele não se reconhecia mais. E, à medida que sucumbia aos aspectos mais vis de sua natureza, seus servos, seus queridos amigos de infância, também se transformavam um a um, de maneiras que ele nunca poderia imaginar.

O aviso de Circe foi claro, mas o príncipe não acreditou nela. Em vez disso, ele se tornou mais cruel e vil do que qualquer um de nós pensava ser possível.

CAPÍTULO XIV

A GRANDE IDEIA DE GASTON

Reizinho negou a maldição, insistindo que não era real, mas Gaston conhecia a verdadeira natureza de Circe e das Irmãs Esquisitas e estava preocupado com a saúde de seu amigo. O príncipe estava se tornando mais irracional a cada dia, e Gaston cometeu o erro de comentar um retrato do príncipe, perguntando quando fora pintado, pensando que tivesse sido feito talvez cinco ou mais anos antes. Mas, para horror dele e do príncipe, o quadro fora pintado apenas alguns meses atrás. Tal fora a velocidade com que a aparência do príncipe declinou. Gaston tentou brincar, provocando o príncipe, fazendo pouco caso da situação, mas era alarmante o quanto Reizinho havia mudado em tão pouco tempo, e ficou claro para ambos que a maldição era real.

Reizinho não podia mais negar o que acontecia com ele e o que aconteceria com todos no castelo se ele não encontrasse um meio de quebrar a maldição. Mas aceitar seu destino apenas o fez perder o controle, deixando a Gaston a tarefa de tentar tirar seu amigo daquele profundo poço de infelicidade. De uma hora para outra, o bem-estar físico e mental do príncipe estava em perigo. Ele foi acometido por delírios febris aterrorizantes, fazendo-o reclamar sobre as Irmãs Esquisitas e como a maldição era verdadeira. Gaston tinha certeza de que isso fora provocado por um encontro com as Irmãs Esquisitas, mas não tinha certeza do que o príncipe havia imaginado e do que era real. Gaston e Cogsworth estiveram ao lado de Reizinho o tempo todo, cuidando dele até que estivesse bem novamente. E, depois que o príncipe se recuperou, Gaston elaborou um plano para ajudar seu amigo.

Desesperado para ajudar Reizinho a quebrar a maldição, Gaston organizou um baile, convidando todas as jovens casa-douras dos reinos vizinhos. Se Gaston entendera corretamente as divagações febris do príncipe, para quebrar a maldição eles precisavam encontrar alguém que se apaixonasse por Reizinho antes que a última pétala caísse da rosa que Circe lhe dera. Se ele não encontrasse alguém para se apaixonar por ele, se tornaria uma fera por completo. Parecia muito fácil. Tinha que haver mais do que isso, mas o príncipe se recusou a dizer qualquer coisa mais. Gaston podia ver as mudanças sutis em seu amigo, o envelhecimento ao redor dos olhos, a amargura no rosto, as rugas que ele não tinha antes da maldição. Parecia a Gaston que a maldição de Circe fazia com que as feições de Reizinho combinassem com sua natureza cada vez mais sórdida, então, no que dizia respeito a Gaston, eles enfrentavam uma luta contra o tempo, e ele precisava encontrar alguém para se apaixonar por Reizinho antes que aquela maldição miserável tomasse conta dele e de todos os outros no castelo. E, como membro da criadagem do castelo, Gaston tinha um pressentimento de que a maldição também o transformaria em algo terrível.

Com o rei e a rainha ainda longe, coube a Gaston ajudar o amigo a sair daquela confusão. Eles haviam partido logo após o baile de noivado e provavelmente não sabiam nada sobre o que acontecera desde então. Gaston sabia que o rei e a rainha sempre quiseram unir sua casa ao reino Morningstar, e que um casamento entre o príncipe e a princesa Tulipa Morningstar uniria suas grandes terras em harmonia. Gaston lembrou-se de uma das cartas que Reizinho enviara à Senhora Potts durante seu grande tour, contando a temporada que passara com os Morningstar. Ele disse que a princesa era uma jovem quieta e tímida, que ria com facilidade e era bastante agradável, mas um pouco enfadonha e boba. Segundo todos os relatos, ela estava apaixonada pelo príncipe, porém isso foi no início de sua viagem, e Gaston adivinhava que o príncipe havia apostado que encontraria alguém mais interessante. Quem diria que o que ele encontraria seria um ninho de bruxas. Gaston se perguntou se talvez Tulipa não fosse ser uma combinação melhor naquele momento. Lembrou-se do príncipe falando sobre como ele a achava adorável, contudo simplesmente não estava convencido de que eles tinham o suficiente em comum para suportá-la pelo restante da vida. Gaston esperava que outro encontro com ela pudesse fazê-lo mudar de ideia. Então, foi até a Senhora Potts em busca de ajuda.

— Não se passou um mês desde que o príncipe se recuperou da doença! Tem certeza de que ele está preparado para isso?

— A Senhora Potts não estava convencida de que aquele fosse um bom plano. Todos no castelo estavam desesperadamente preocupados com o príncipe, embora poucos soubessem da maldição. E a Senhora Potts, é claro, também estava preocupada com Gaston e o Senhor Cogsworth, recusando-se a sair do lado deles durante a doença. Era assim que ela era. Não bastava ter seus próprios filhos; também era mãe de todos os outros, e Gaston estava feliz por isso.

— É exatamente disso que ele precisa, Senhora Potts. Precisamos tirar sua mente dessa maldição e encontrar alguém para ele se casar. Acho que a princesa Tulipa Morningstar será perfeita!

— Por que organizar um baile elaborado então? Por que não apenas avisar ao príncipe que ele deveria cortejar a princesa Tulipa? — A Senhora Potts parecia um pouco atormentada naquele dia, provavelmente porque o Senhor Potts ainda estava fora cuidando do irmão doente. Gaston não sabia como ela conseguia ainda por cima dar conta de administrar o castelo e cuidar de todos os seus filhos.

— Você já tentou dizer ao príncipe para fazer alguma coisa, Senhora Potts? Não, ele tem que pensar que ela é *escolha dele*. — Gaston percebeu que ela concordava. Todos na casa pareciam confusos com o comportamento recente do príncipe, que estava mais errático do que nunca, perdendo a paciência e caindo em um humor profundamente melancólico. Estavam preocupados, mas ninguém sabia o que fazer a respeito.

— Bem, é claro que estou feliz em ajudar, mas, Gaston, você tem que me dizer do que realmente se trata. Não é típico de você bancar o Cupido. – A Senhora Potts conhecia Gaston muito bem. Sabia que havia algo que ele estava escondendo dela.

– Senhora Potts, você ficaria chocada e revoltada se eu lhe contasse a verdade. Você me desprezaria, e isso é algo que eu simplesmente não suportaria. – Ele já desprezava a si mesmo. Se a Senhora Potts também estivesse decepcionada com ele, Gaston não saberia o que fazer.

– Desprezá-lo? Bem, acho que você *tem* que me contar agora – disse ela, fazendo sinal para que ele se sentasse. Como em muitas de suas conversas ao longo dos anos, eles se encontravam na sala de estar da Senhora Potts. Ela estava sentada à mesa e Gaston, numa poltrona próxima, em frente à lareira. A única coisa que faltava era um bule de chá e biscoitos. – Tudo bem, querido, desabafe – declarou ela, sorrindo para ele.

– Circe afirmou que de alguma forma sabia que eu culpava secretamente Reizinho pela morte de meu pai e um dia eu o mataria por isso, ou ele me mataria. Não sei, está tudo confuso agora, mas a questão é que ela disse que eu precisava deixar o reino.

– Que grande bobagem! Vocês, rapazes, se amam, não há como nenhum de vocês ser capaz disso. O que ela estava tramando?

– Não sei. Mas eu sabia que não queria ser expulso de meu lar e de minha família.

– Claro que não queria. Quem no mundo iria querer isso? Então, o que aconteceu? – ela perguntou, mas respondeu à própria pergunta antes que Gaston tivesse chance. – Gaston, você não fez isso! Você inventou tudo sobre ela ser filha de um criador de porcos? Mas, não entendo, o príncipe viu a prova por si mesmo.

— As irmãs dela estavam envolvidas também. Elas me ajudaram, e isso partiu o coração de Circe. Você deveria tê-la visto, Senhora Potts. Detesto falar assim, mas Reizinho foi horrível com ela. – Gaston ainda se sentia culpado ao lembrar como seu amigo tratara Circe vergonhosamente naquele dia. Sim, ela estava tentando se livrar dele, porém ainda havia dor e dúvida. Ele se perguntou se Circe de fato acreditava em sua visão e estava realmente tentando proteger ele próprio e Reizinho como afirmara.

— Entendo. Mas isso não é culpa sua, Gaston. O príncipe escolheu partir o coração da garota, não você. Você estava se protegendo, meu garoto. Sei que não cabe a mim dizer, contudo não gosto do que vejo no príncipe. Ele sempre teve uma tendência cruel e uma língua afiada, mas ficou muito pior desde que voltou. Você pode ter mentido, meu rapaz, porém o príncipe escolheu acreditar na mentira. Foi ele quem decidiu que a filha de um criador de porcos era inferior a ele e a tem difamado para qualquer pessoa no reino que queira ouvir. É com ele que estou decepcionada, Gaston, não com você.

— Eu sabia como eram Circe e suas irmãs, Senhora Potts, mas não pensei... não tinha ideia de que elas iriam amaldiçoá-lo, e é tudo culpa minha. Se eu não o tivesse pressionado a terminar com Circe, ele não estaria amaldiçoado agora.

— Parece-me que você foi enganado, meu garoto, por aquelas irmãs perversas dela. Mas você tem que parar de se culpar, Gaston. Vi você se culpar quando seu pai morreu, e agora está se culpando por essa suposta maldição. Se você quer saber minha opinião, acho que o príncipe é o autor de sua própria infelicidade, e é hora de você parar de se preocupar com a felicidade dele e se preocupar com a sua própria.

— Mas não é apenas Reizinho, somos todos nós; estamos todos amaldiçoados! Circe diz que, se Reizinho não mudar seus hábitos, todos dentro do castelo serão transformados. Você não vê? Isso é tudo culpa minha.

— E você tem certeza de que a maldição é real?

— Tenho, e pretendo ajudar Reizinho a quebrá-la.

— Tudo bem, então me diga o que você quer que eu faça – disse ela, com um sorriso determinado.

A Senhora Potts reuniu a tropa e, com Gaston e o restante da equipe, planejaram um baile magnífico. Antes que ele percebesse, Gaston ouviu a Senhora Potts dizendo coisas como "Isso está um sonho!", percorrendo todo o castelo enquanto alterava cardápios, fazia sugestões de bolinhos para servir no grande salão e dizia aos jardineiros com quais flores decorar cada um dos vários aposentos. Até mesmo Cogsworth parecia ter ganhado corda extra. Ele era muito austero para revelar isso, mas era visível como estava satisfeito por ter novamente um castelo movimentado sobre o qual assumir o controle, como um general em guerra. E era isso mesmo: uma guerra. Eles iriam salvar o príncipe de si mesmo e daquela maldição.

O príncipe, porém, precisava de alguma persuasão.

— Eu odeio esses eventos, Gaston. Não vejo necessidade de encher o castelo com mulheres cheias de babados saltitando como pássaros enfeitados! — Isso fez Gaston rir porque parecia exatamente o tipo de coisa que o príncipe mais apreciava naquele período. Mas talvez ele estivesse farto de bailes depois do desastre com Circe.

— Se convidarmos todas as belas donzelas dos Muitos Reinos, ouso dizer que todas elas comparecerão! — O príncipe parecia deveras apreensivo.

Gaston não entendia por que Reizinho achava isso tão assustador, por que estava protestando. A questão era exatamente essa: nenhuma mulher deixaria passar a oportunidade de brilhar aos olhos do príncipe. Depois de sua longa doença e de tudo o que aconteceu com Circe e as Irmãs Esquisitas, ele merecia uma diversão. E, se a princesa Tulipa não fosse de seu agrado, certamente haveria muitas outras mulheres adoráveis para escolher. Gaston não via qual era o problema.

— Mas é isso que eu temo! — o príncipe exclamou quando Gaston lhe disse isso. — Certamente haverá muito mais garotas de aparência horrível do que lindas! Como vou aguentar?

Gaston colocou a mão no ombro do amigo e respondeu:

— Sem dúvida você terá que passar por alguns patinhos feios antes de encontrar sua princesa, mas não valerá a pena? E o que me diz daquele seu amigo que teve um baile assim? Não foi um grande sucesso depois que a questão do sapatinho de cristal foi resolvida?

— De fato, mas você não vai me ver casando com uma criada doméstica como fez o meu querido amigo, por mais linda que ela seja! Não depois do desastre com a criadora de porcos!

Conversas assim continuaram por muitos dias antes que Reizinho finalmente concordasse. Mal sabia ele que Gaston e a Senhora Potts já haviam colocado tudo em ação. O baile aconteceria com ou sem sua aprovação. Felizmente para todos os envolvidos, Reizinho mudou de ideia.

Organizar um baile era a última coisa que Gaston esperava ou desejava fazer, mas se conseguisse convencer Reizinho que a princesa Tulipa era melhor chance de quebrar a maldição, talvez então Gaston pudesse tirar seu amigo do profundo poço de depressão no qual ele estava definhando. E então eles poderiam voltar a viver a vida como sempre viveram. Como eles sempre desejaram.

Todas as jovens de quase todos os reinos vizinhos foram convidadas para o baile. Era um evento de gala, repleto de expectativa e entusiasmo palpáveis. O salão de baile dessa vez fora decorado com faixas prateadas no topo dos pilares de mármore para combinar com a sobrecasaca do príncipe, que era, na opinião de Gaston, decididamente mais espalhafatosa do que o necessário. Mas o príncipe tornara-se nos últimos meses mais vaidoso e ostentoso em seu estilo e maneiras. A sobrecasaca prateada era adornada com botões de diamantes e acompanhada por uma camisa branca com gola e punhos de renda, calças curtas prateadas, meias brancas e sapatos prateados incrustados de diamantes. Gaston nunca tinha visto nada parecido. Reizinho parecia bobo para Gaston, sentado em seu trono no salão de baile e brilhando como o pavilhão de sua mãe, mas as mulheres que compareceram ao evento não pareciam compartilhar da opinião de Gaston. Ele não pôde deixar de rir ao vê-las passar por seu amigo, dando risadinhas por trás de seus leques. Com penas gigantes nos cabelos e enormes vestidos de baile, pareciam carros alegóricos em um desfile.

Todas as mulheres queriam se casar com o príncipe, exceto uma. Alguém que Gaston conhecia da aldeia: a filha do inventor, Bela. Ela estava sentada sozinha à margem, lendo. Não parecia notar nada que acontecia ao redor, estava tão absorta em seu livro que era como se estivesse em outro mundo. Era como se ela não quisesse estar ali, e Gaston se perguntou se o pai a fizera aceitar o convite. Ela não ficara nada impressionada com o castelo, com o espetáculo brilhante que girava a sua volta e nem com o príncipe. E este era difícil de não notar.

Algo sobre observar Bela sentada ali lendo no meio de um baile real girando em torno dela fez Gaston querer levá-la para a biblioteca para mostrar-lhe todas as delícias que aguardavam por ela nas estantes. Ela era a única pessoa que ele conhecia que gostava tanto de livros quanto ele e Reizinho, e talvez fosse por isso que Reizinho se sentiu atraído por ela. O príncipe exigiu ser apresentado.

Em vez disso, Gaston conduziu Reizinho na direção da princesa Tulipa. O príncipe precisava de uma esposa que não fosse teimosa, alguém de uma família real que conhecesse os costumes da corte e não se importasse que o marido tomasse todas as decisões. E, acima de tudo, ela não deveria se importar que ele passasse todo o tempo com Gaston. Bela não era nenhuma dessas coisas, pelo menos até onde Gaston sabia pelas poucas interações que tiveram e, além disso, ele sabia que Reizinho não se contentaria com a filha de um inventor, por mais bonita que ela fosse.

Ainda assim, Reizinho insistiu que Gaston os apresentasse.

Gaston enrugou o nariz em sinal de reprovação, esperando que Bela não estivesse olhando para eles e percebesse que estavam falando sobre ela. Mas parecia que Bela estava acostumada com as pessoas fazendo isso. Era tudo o que as pessoas na aldeia pareciam fazer: falar sobre ela e o pai. Ele não entendia por que todos achavam estranho que ela gostasse de ler ou que adorasse o pai. Gaston achava isso cativante.

— Você não se interessaria por ela, acredite em mim – disse Gaston.

O príncipe ergueu uma sobrancelha.

— Não me interessaria? E qual seria a razão disso, meu bom amigo? – Gaston percebeu que Reizinho sabia que ele estava tramando alguma coisa. Talvez ele pensasse que Gaston queria Bela para si. Gaston não tinha tempo para querer nada para si, muito menos para cortejar uma jovem da aldeia. Mesmo que ela parecesse perfeita em todos os sentidos.

Gaston baixou a voz para que as pessoas próximas não ouvissem.

— Ela é filha de um biruta! Ah, ela é adorável, sim, mas o pai dela é motivo de chacota na aldeia. Ele é bastante inofensivo, porém se considera um grande inventor. Está sempre construindo engenhocas que fazem barulho, chacoalham e explodem. Ela não é do tipo com quem você gostaria de se envolver, bom amigo. – Gaston olhou ao redor para ver se ela estava olhando na direção deles.

— Talvez você esteja certo, mas mesmo assim gostaria de conhecê-la.

— Acredito que você a acharia muito entediante com sua interminável conversa sobre literatura, contos de fadas e poesia – disse ele. De repente, Gaston ficou preocupado por ter cometido um erro ao mencionar o amor dela pelos livros, embora parecesse que o interesse de Reizinho pela leitura fosse coisa do passado. Gaston receava ter conseguido apenas despertar o interesse de Reizinho por ela. Perguntou-se se estava tentando proteger Bela jogando Tulipa no caminho de seu amigo, e será que agora teria que proteger Tulipa, assim como Reizinho e todos os outros?

— Você parece saber muito sobre ela, Gaston.

— Temo que sim! Nos poucos momentos em que conversei com ela agora há pouco, tagarelou sobre nada além de livros. Não, querido amigo, precisamos encontrar uma dama adequada para você. Uma princesa. Alguém como a princesa Morningstar ali. Essa, sim, é um deleite. Nenhuma conversa sobre literatura. Aposto que ela nunca leu um livro ou teve uma ideia própria.

Gaston percebeu que Reizinho achava que essa fosse uma qualidade muito boa.

— Sim! Posso pensar por nós dois! Traga a princesa Morningstar. Eu gostaria muito de encontrá-la novamente.

A princesa Tulipa Morningstar tinha longos cabelos dourados, com uma tez de pêssego e olhos azuis-claros da cor do céu. Ela parecia uma boneca enfeitada com diamantes e seda cor-de-rosa. Era uma combinação perfeita para Reizinho. Pelo menos, uma combinação perfeita para essa nova e estranha versão de Reizinho com a qual Gaston ainda estava tentando se acostumar. Gaston se sentia tão culpado pelo príncipe ter sido amaldiçoado que não teve tempo de processar tudo o que acontecera desde seu retorno. Percebeu que não estava apontando os erros de Reizinho quando ele agia de forma horrível. Não estava lembrando ao amigo de não se transformar em um príncipe tirano e feroz como prometeu que faria quando eram mais jovens. E não tinha certeza do que Reizinho faria se o fizesse. Ele até deixara Reizinho pensar que era o melhor em tudo, e agia como se sempre tivesse sido assim, só porque isso deixava seu amigo feliz. Esse era realmente um Reizinho diferente. Era mais fácil para Gaston acompanhar o amigo, e depois de um tempo isso o incomodava menos, porque a natureza de Gaston também vinha mudando, às vezes sem que ele percebesse.

Houve momentos em que Gaston recuava e realmente olhava para si mesmo e se perguntava quem ele era. Não era típico de Gaston arrasar alguém por nunca ter lido um livro ou presumir que tal pessoa nunca teve pensamentos próprios. E mesmo que fosse assim, seria culpa dela? Pelo que ele sabia, a aristocracia só tinha por missão educar seus herdeiros homens. E quem era ele para falar, afinal? O maior arrependimento de sua vida foi nunca ter aprendido a ler e temia que agora fosse tarde demais.

Ficou claro para Gaston e para todos no baile que Reizinho havia decidido que se casaria com a princesa Tulipa, e isso quase levou a noite a um final mal-humorado, com todas as outras damas tão decepcionadas (exceto Bela, que mal pareceu perceber). Gaston fez o possível para parecer satisfeito consigo mesmo, para estar feliz por seu amigo não apenas escolher um casamento por amor, mas ter se interessado justamente pela dama para quem Gaston o direcionou. Mas parte dele não conseguia deixar de se perguntar se estaria empurrando a princesa Tulipa para um destino ruinoso. Ele sentia como se a estivesse jogando em um covil de lobos para se defender sozinha, e que sua cumplicidade em reuni-los só manchava ainda mais seu coração sombrio.

CAPÍTULO XV

DO LIVRO DE CONTOS DE FADAS

Princesa Tulipa Morningstar

Irmãs Esquisitas falando novamente. É aqui que as coisas podem ficar complicadas, então tente acompanhar e, por favor, perdoe-nos se já dissemos isso antes, mas vale a pena repetir: todos os tempos se movem simultaneamente. Isso significa que todo o tempo está acontecendo de modo concomitante. Imagine se seu passado, presente e futuro estivessem acontecendo ao mesmo tempo. É assim que o tempo funciona para bruxas poderosas e para os deuses. Alguns de nós decidimos nos prender a uma linha do tempo, dando-nos a ilusão de que estamos vivenciando os eventos de nossa vida da mesma forma que as pessoas não mágicas percebem a passagem do tempo. Para as bruxas, é mais fácil assim e muito menos enlouquecedor. Isso não é nada para os deuses; eles são constituídos de forma diferente e podem suportar saber tudo de uma vez. Portanto, nem é preciso dizer que o Livro dos Contos de Fadas se esforça para contar histórias em linha reta, e é por isso que voltamos e compartilhamos mais camadas de histórias do que nos volumes anteriores.

Mas as coisas estão ainda mais complicadas agora. Não somos mais bruxas mortais; vivemos entre deuses e deusas agora que residimos no Submundo com Hades, governando ao lado dele como rainhas. Então, perdoe-nos se sairmos da linha do tempo de Gaston e falarmos sobre coisas que aconteceram e que acontecerão, porque para nós é tudo a mesma coisa.

Se você leu os volumes do Livro dos Contos de Fadas na ordem que escolhemos, talvez se lembre de que a princesa Tulipa Morningstar começou sua jornada de maneira muito diferente de como ela continuou. E, se você a conhece apenas pelas páginas deste volume, aquele que tem em mãos agora, não apenas agiu contra nossa vontade, mas também ficará agradavelmente surpreso ao ver aonde sua jornada a levará. A princesa Tulipa é a única princesa nos Muitos Reinos pela qual temos um interesse ativo – isto é, um interesse ativo que não era planejar sua morte. Estamos de olho nela desde que nossa velha amiga Babá passou a ser sua cuidadora. Isso foi numa época em que a Babá não se lembrava de quem ela era – quando pensava que era apenas a babá de uma jovem que precisava de proteção e orientação, e não a fada mais poderosa dos Muitos Reinos.

Nós sabíamos quem ela era naquela época, mesmo que ela não soubesse, e aguardamos na esperança de que ela acordasse e destruísse o príncipe fera pelos maus-tratos que dispensou a sua querida e doce Tulipa. Para nossa surpresa, alguém interveio e salvou Tulipa, alguém que não esperávamos.

Gaston.

Após o baile, a princesa Tulipa voltou ao reino de seu pai e aguardou as diversas cerimônias, festas e outras atividades que aconteceriam durante seu noivado com o príncipe. Por costume, ela morava em sua casa, visitando frequentemente o príncipe com a mãe ou a Babá como acompanhante. Houve muitas ocasiões assim, e todas foram desastrosas, cada uma aproximando a pobre Tulipa da beirada do possível esquecimento.

Essas são as ocasiões que brilham intensamente em nossa mente, e sabemos que elas também brilham intensamente para Tulipa, mesmo agora, depois de tantos anos desde que ela foi tão maltratada pelo príncipe. Às vezes, nos perguntamos o que Tulipa tem feito, passando tanto tempo com os Senhores das Árvores e os Gigantes Ciclópicos. Ouvimos falar de suas aventuras e nos perguntamos se algum dia ela não levará seu exército até os portões do castelo do príncipe. Claro, tudo o que teríamos que fazer é olhar no Livro dos Contos de Fadas e saber a resposta, mas às vezes é melhor não estragar todas as surpresas da vida após a morte.

O noivado entre Tulipa e o príncipe estava condenado desde o início. Ela estava perdida e nervosa, mas quem poderia culpá-la? Tulipa tinha acabado de sair da sala de aula, se é que se pode chamar assim, e agora estava envolvida em um compromisso para o qual não estava preparada e que o próprio príncipe realmente não queria. Ela era um meio para atingir um fim e pagou o preço quando as coisas não aconteceram como o príncipe esperava. Durante esse tempo, era raro que as jovens pertencentes a famílias reais recebessem o mesmo tipo de educação que seus irmãos. Elas aprendiam a tocar piano, a costurar, a planejar festas, a direcionar a conversa no jantar e a apoiar o marido. Não eram encorajadas a ter opiniões próprias e, se por acaso tropeçassem numa opinião, eram dissuadidas de partilhá-la. E Tulipa sentiu o peso de tudo isso quando estava na companhia do príncipe.

Ela se sentiu estúpida e tola quando um renomado pintor chamado Mestre veio se hospedar no castelo durante uma de suas visitas para pintar o retrato do noivado. Ele era um artista amplamente festejado e muito requisitado, um cavalheiro excêntrico e elegante que se considerava o homem mais espirituoso e intrigante de Muitos Reinos. Tulipa não soube como agir quando o elegante pintor apareceu com seu traje de veludo e renda em vários tons de lilás e amora, com seus grandes olhos tristes fixados no rosto oval ligeiramente inchado. E principalmente ela não sabia o que fazer, ou o que dizer, quando ele fazia pronunciamentos floreados como:

— Parece que todo retrato feito com um sentimento real é um retrato do artista, e não dos modelos. Ouso dizer que ambos ficarão magníficos!

A pobre Tulipa piscou mais do que algumas vezes, tentando entender o que ele queria dizer.

— Você estará no retrato conosco, Mestre? — A pobrezinha não sabia se ele e o príncipe riram dela porque o que ela disse era inteligente ou estúpido, mas decidiu agir como se tivesse sido a coisa mais inteligente que ela poderia ter dito, embora, após refletir, teve certeza de que não. Aquela visita foi um pesadelo: o príncipe estava meditando sobre a maldição, e o temperamento do Mestre ficou cada vez mais difícil por causa do mau humor do príncipe, e Tulipa se viu constantemente derretendo em lágrimas. O príncipe e Gaston fugiam para a taverna todas as noites, deixando Tulipa entreter o Mestre sozinha. Ela se consolava brincando com a velha gata de Gaston.

Não foi uma visita muito feliz para a princesa, mas de alguma forma piorou quando a pintura de noivado foi revelada. Uma festa e tanto foi preparada para o dia da inauguração. A mãe de Tulipa, a rainha Morningstar, estava lá, com algumas de suas damas de companhia. Também estava presente Gaston, bem como alguns amigos íntimos do príncipe que ele conhecera durante sua viagem. A Senhora Potts havia organizado um excelente jantar e, após o banquete, todos foram para o grande salão, que já estava repleto de pinturas do príncipe e sua família. Entre elas estava o tão aguardado retrato de noivado.

— Ah! Vejo que pendurou o retrato do Mestre aqui no grande salão, onde os retratos devem ficar. Boa ideia, meu velho! — disse Gaston, olhando para os rostos com quem cresceu.

— Sim, achei que ficaria melhor aqui — disse o príncipe, enquanto o Mestre pigarreava alto. Parecia que o pintor sentia que a ocasião exigia mais cerimônia e essa conversa fiada estava rebaixando a situação em questão.

— Sim, bem, sem mais delongas, eu gostaria de compartilhar o meu mais recente tesouro precioso.

E com isso Lumière puxou uma corda, que derrubou o pano de seda preta que escondia a pintura. A sala explodiu em suspiros e aplausos, e o Mestre absorveu tudo como um ator no palco, curvando-se e colocando a mão no coração para indicar que estava muito emocionado.

Gaston percebeu que Reizinho estava chocado com sua aparência na pintura. Embora não devesse ser uma surpresa, já que o Mestre era conhecido por fazer retratos altamente realistas. Ele não conseguia contar quantas vezes Gaston ouvira o Mestre dizer que estava "capturando um único momento no tempo para ser preservado para sempre", ou alguma outra bobagem semelhante. Mas talvez o príncipe não tivesse percebido até aquele momento o quanto ele realmente havia mudado, ainda mais desde o baile. Era enervante olhar para a pintura, ver o amigo de Gaston parecer tão severo, com seus olhos cruéis e penetrantes, quase como os de um lobo, como se estivesse procurando sua presa. Até sua boca parecia mais fina, mais sinistra do que antes. Reizinho ficou ali parado, olhando para a pintura até que Gaston o cutucou com o cotovelo.

– Diga alguma coisa, homem! Eles estão esperando um discurso! – ele sussurrou no ouvido do amigo, tirando o príncipe de seu estupor.

– Não podia querer um retrato mais bonito de minha noiva! – ele disse finalmente, ainda horrorizado com a pintura, enquanto Tulipa corava profundamente, tentando encontrar as palavras certas.

– Obrigada, meu amor. E eu também não poderia querer uma visão mais bonita e respeitável de meu futuro marido – afirmou ela, sentindo-se muito orgulhosa de si mesma por dessa vez não ter permitido que seu nervosismo confundisse sua mente e suas palavras.

Você pode se perguntar por que sentimos pena de Tulipa. Somos célebres por desprezar princesas. Afinal, elas normalmente têm mais do que seu quinhão de protetores mágicos. Mas a fada de Tulipa, Babá, nem sabia que era uma fada, não sabia que tinha magia, nem conseguia lembrar quem ela era. E o príncipe providenciou para que a Babá fosse distraída pela Senhora Potts e pelos outros funcionários, por isso ela não viu o que Tulipa estava passando. Então, observamos à distância o príncipe tratar Tulipa com crueldade. Quando ele não a estava ignorando, ele a menosprezava e a fazia se sentir pequena. Nós a vimos caminhar pelos jardins do castelo, vagando pelo labirinto de sebes, desejando conhecer mais sobre o mundo, desejando ter a mesma educação que seu irmão, desejando ser mais forte. Ela precisava de um protetor. Precisava de uma fada ou bruxa para mantê-la protegida do perigo. Vimos o futuro. Sabíamos que eventualmente Tulipa escreveria sua própria história. Mas, enquanto estava com o príncipe, ela murchou. Ela o amava de todo o coração, embora ele a tratasse apenas com crueldade e zombaria. E sentimos que, mesmo agora, um dia, o príncipe pagará pelo que fez a ela.

O príncipe mandou Tulipa e sua família embora no dia da inauguração, irritado por ela o ter chamado de *digno*. Zangado porque achava que era assim que os homens eram chamados quando pareciam mais velhos. E ele parecia mais velho. Ele havia mudado. A maldição o tinha em suas garras. E, depois que Tulipa e o restante dos convidados foram embora, o príncipe fez um pedido sinistro a Gaston.

– Preciso de um pequeno favor. Há algum tempo você mencionou um sujeito particularmente inescrupuloso que pode ser chamado para certas funções.

Gaston ergueu as sobrancelhas.

– É claro que há um jeito de não se casar com a princesa sem ter que matá-la! – Gaston ficou feliz por seu comentário ter feito o príncipe rir. Já fazia um tempo que ele não o via sorrir, muito menos rir.

– Não, cara! Estou falando do Mestre! Gostaria que você fizesse tudo para mim. O incidente não pode ser rastreado até mim, entendeu?

– Absolutamente! – Gaston olhou para o amigo com novos olhos. Aquele homem diante dele não era seu velho amigo Reizinho. E Gaston também não era ele mesmo, porque concordou em tomar as providências para a morte de alguém simplesmente porque pintou um retrato nada lisonjeiro de seu amigo. Mesmo que a imagem fosse precisa.

CAPÍTULO XVI

DO LIVRO DOS CONTOS DE FADAS

O solstício de inverno

Ficamos de olho em Gaston, deliciando-nos com o terror que estávamos causando. Nós o vimos assistir com horror enquanto Reizinho ficava mais amargo e cruel, testemunhando a evidência no rosto de seu querido amigo que se tornou tão monstruoso quanto seu sombrio coração. Gaston também se sentiu monstruoso por encorajar esse romance entre Reizinho e a princesa Tulipa, vendo como Reizinho a tratava terrivelmente toda vez que ela vinha visitá-lo.

Sorrimos quando ele tentou levantar o ânimo de Reizinho organizando uma esplêndida celebração do solstício, lembrando o quanto ambos adoravam o solstício quando crianças, pensando que talvez a magia de todas as armadilhas fosse ajudar a tirar seu amigo de sua tristeza e talvez aproximar mais o príncipe e a princesa após a desastrosa visita anterior. Gaston providenciaria para que tivessem um solstício romântico e novamente solicitou a ajuda da criadagem para que tudo fosse perfeito para a estadia da princesa.

Enquanto a carruagem da princesa Tulipa Morningstar avançava pelo caminho que levava ao castelo do príncipe, ela não pôde deixar de sentir que não havia nada mais deslumbrante do que o castelo no inverno. Morningstar era de longe um dos reinos mais bonitos do país, mas nem chegava aos pés do reino do príncipe quando coberto de neve branca e pura, e decorado para o solstício de inverno. Todo o castelo estava infundido de luz e brilhava intensamente na noite escura de inverno. Tulipa tinha grandes esperanças nessa visita e não ansiava por nada além de que o príncipe a tratasse com bondade e amor, como já fizera. Assim como Gaston, ela esperava que as férias de inverno melhorassem seu mau humor e o trouxessem de volta ao homem por quem ela se apaixonara no baile. Mal sabia ela que estava se aproximando do limite do perigo.

Lumière abriu a porta da carruagem e cumprimentou a princesa na entrada do castelo.

– *Bonjour*, princesa! Você está muito linda, como sempre! É tão agradável vê-la de novo. – Não importou quanto Gaston houvesse implorado, ele não conseguiu convencer Reizinho a recepcionar sua futura esposa quando ela chegasse. Pelo menos, Lumière estava presente para fazer a princesa se sentir bem-vinda e adorada.

– Reizinho, você tem que receber Tulipa quando ela chegar! O que ela pensará se você não estiver lá para cumprimentá-la? – disse Gaston.

– Eu não me importo com o que ela pensa. Foi você quem insistiu para que ela viesse para cá e que o castelo fosse decorado para o solstício. Parece um pesadelo de inverno aqui, árvores por toda parte, pilhas intermináveis de presentes. Suponho que tenham custado uma fortuna todos esses presentes que você comprou para ela. E onde estão todos os servos? Como tudo isso foi obtido?

Gaston não queria contar a Reizinho que a maldição começara a afetar os criados também. Todos os dias, havia menos criados do que no dia anterior; todos os dias havia novas estátuas em lugares estranhos. Gaston tinha a arrepiante sensação de que as estátuas o observavam, movendo-se quando ele estava de costas. O castelo também estava mudando, por dentro e por fora, gárgulas e dragões substituindo querubins; estava se tornando mais sombrio, agourento e assustador. Ele fazia o possível para proteger Reizinho do máximo de situações que podia, mas não conseguia esconder que o pessoal havia diminuído para a Senhora Potts, o Senhor Cogsworth, Lumière e alguns outros.

– Os servos estão sendo transformados em estátuas! Abra os olhos, homem, e olhe ao redor. Tulipa é nossa única esperança de quebrar a maldição, então controle-se, faça sua cara mais feliz e cumprimente-a quando ela chegar.

– Estátuas? Tem certeza? – O príncipe parecia horrorizado.

– Tulipa ama você, Reizinho. E, se você não parar de tratá-la tão horrivelmente, perderemos todos que amamos, todos os nossos amigos e familiares aqui. E vamos perder um ao outro. Por favor, seja gentil com ela. Ela está a caminho agora; você não vai tentar lhe desejar bom feriado? Se não por ela, por todos nós?

– Suponho que sim. Mas não suporto ficar ao ar livre, Gaston. Parece muito amplo. Eu não consigo explicar. Meu coração dispara e sinto que vou desmaiar. Não me sinto seguro a menos que esteja no castelo.

— Tudo bem: então, encontre-a no grande salão. Lumière a trará e você a surpreenderá com todos os seus presentes. Deixe tudo conosco, meu velho amigo. Juro, eu sei o que é melhor.

A ausência do príncipe na chegada de Tulipa, no entanto, não passou despercebida, e a Babá resmungou sobre isso enquanto descia da carruagem logo após a princesa. Mas Lumière tinha tudo sob controle, dizendo que suas coisas seriam levadas para seus quartos, mesmo que não houvesse lacaios à vista. Lumière conduziu as damas por muitos quartos vastos e lindos até que finalmente chegaram a uma grande porta embrulhada para parecer um presente extravagante com um laço dourado. As mulheres estavam confusas. Normalmente, eram conduzidas a seus quartos para que pudessem se refrescar após a longa jornada, mas Tulipa ficou animada ao encontrar aquela porta intrigante e parecia ansiosa para ver o que havia do outro lado.

A babá de Tulipa, porém, parecia cética.

— O que é isso? — ela perguntou de maneira ríspida, olhando para a porta com confusão e admiração. Mas Lumière as incentivou.

— Entrem e vejam por si mesmas!

Tulipa abriu a porta gigante embrulhada para presente e encontrou um país das maravilhas do inverno. Havia um enorme carvalho que se estendia até a altura do teto abobadado dourado. Estava coberto de luzes magníficas e ornamentos lindamente elaborados e cintilantes. Debaixo da árvore, havia uma abundância de presentes, e entre eles estava o príncipe, com os braços estendidos enquanto esperava para cumprimentá-la. O coração da pobre menina se encheu de alegria, sem saber que o sorriso no rosto do príncipe era forçado.

— Meu amor! Estou tão feliz em vê-lo! — ela disse, envolvendo-o com os braços. Nós, Irmãs Esquisitas, observamos o príncipe olhar para ela com repulsa. Foi o mesmo olhar que ele deu a nossa Circe quando a viu coberta de lama com os porcos. Não importa o quanto ele tentasse, não conseguia evitar mostrar quem ele realmente era. Não importava o que Gaston dissesse ou fizesse, o príncipe já tinha ido longe demais. Ele estava nas garras da maldição e não poderíamos estar mais felizes por ele receber o que merecia.

— Olá, minha querida. Você está bem cansada da viagem, não está? Estou surpreso por não ter insistido para ser levada às suas acomodações e ficar apresentável antes de me encontrar.

— Desculpe, querido, você está certo, é claro.

Lumière, sempre cavalheiro e ansioso por agradar, interveio.

— É minha culpa, meu senhor. Insisti para que ela me seguisse. Sabia que o senhor estava animado para mostrar à princesa sua decoração.

— Entendi. Bem, Tulipa querida, logo você será rainha destas terras e, mais importante, rainha desta casa, e deve aprender a decidir sozinha o que é certo e insistir nisso. Tenho certeza de que, na próxima vez, fará a escolha certa. — Com isso, ele fez sinal para ela subir.

Tulipa estava em lágrimas enquanto Lumière mostrava a ela e a Babá seus quartos.

— Como eu disse quando chegaram, querida princesa, a senhorita está linda como sempre — Lumière disse gentilmente enquanto a conduzia. – Não dê ouvidos às palavras do mestre. Ele está muito distraído ultimamente.

O restante da visita de Tulipa se transformou em pesadelo enquanto a maldição atormentava o príncipe e todos no castelo. Mais funcionários estavam desaparecendo, estátuas perturbadoras apareciam em lugares estranhos, como o observatório, locais que ele sabia que não haviam estado antes, e o príncipe ficou assombrado por nossas palavras de advertência quando pronunciamos a segunda parte da maldição.

– *Seu castelo e suas terras também serão amaldiçoados, então, e todos dentro delas serão obrigados a compartilhar seu fardo. Nada além de pavor rodeará você, desde se olhar no espelho até se sentar em seu amado jardim.*

Tais palavras ressoavam em seus ouvidos a cada desaparecimento e a cada nova estátua que surgia, e ele conhecia os horrores que havia criado. No entanto, a qualquer momento o príncipe poderia ter tentado mudar seus hábitos, poderia ter sido terno com Tulipa, mas os constantes maus-tratos que dispensava a ela o levaram – e a todos no castelo – ainda mais para dentro de um vórtice de desesperança. Eles se perguntavam se ficariam presos para sempre naquela desgraça. E Gaston estava com raiva.

– O que foi isso que ouvi sobre você fazer Tulipa chorar? O que há de errado com você, Reizinho?

– Você deveria tê-la visto, Gaston! Ela não estava preparada para estar em minha companhia!

– Você tem se visto no espelho ultimamente? Olhe para você. Você tem sorte que Tulipa ainda queira se casar com você. Tem sorte de o que sobrou da criadagem não ter abandonado você. Controle-se, homem, e faça as pazes com ela! Você me entendeu? Faça as pazes com ela e quebre essa terrível maldição. Perdemos quase todas as pessoas que amamos, e quanto tempo levará para que o restante também desapareça? Quanto tempo antes de você se perder por completo?

– Já chega, Gaston. Eu entendo.

– Será que entende? É melhor entender mesmo. Agora vá; ela está esperando por você.

Depois disso, o príncipe parecia determinado a quebrar a maldição. Mas ele zombou do amor, meteu os pés pelas mãos tentando fazer Tulipa feliz.

– Tulipa! Você me ama? Quero dizer, realmente me ama? Você me amaria se eu ficasse desfigurado de algum jeito?

– Que pergunta! É claro que amaria! Você sabe que eu amo você, mais do que tudo neste mundo!

– Agora eu sei, meu amor, agora eu sei. – E isso era tudo que ele precisava. Ela o amava. Amava-o verdadeiramente. Ela o ajudaria a quebrar a maldição.

No que lhe dizia respeito, ele estava na metade do caminho. Tudo o que ele precisava fazer era convencer a nós, as malvadas Irmãs Esquisitas, de que ele também a amava. Claro, havia coisas em Tulipa que ele amava. Ele amava sua beleza, sua timidez e que ela guardasse suas opiniões para si mesma. Adorava que ela não demonstrasse interesse por livros e não tagarelasse sobre seus passatempos. Na verdade, ele não tinha ideia de como ela passava o tempo quando não estava na companhia dele. Era como se ela não existisse quando não estava com ele. Ele a imaginou sentada em uma cadeirinha no castelo do pai, apenas esperando que ele mandasse buscá-la.

Ele adorava como ela nunca lhe lançava um olhar zangado ou o desprezava, mesmo quando ele estava de mau humor, e como ela era muito fácil de lidar. Certamente isso contava para alguma coisa. Certamente isso era uma forma de amor. Então, ele decidiu que, quanto mais doce fosse com ela, mais rápido quebraria a maldição. Tudo o que restava era selar o acordo com um beijo e a maldição seria quebrada. Tudo voltaria a ser como era.

Foi muito cômico, na verdade, vê-lo fingir que amava Tulipa. Fazendo um teatrinho para nós. Mas vimos dentro de seu coração. Infelizmente para Tulipa, ela não viu.

Lumière recebeu a tarefa de conduzir a Babá até o térreo para tomar chá com a Senhora Potts e levar a cesta que a Senhora Potts havia preparado para o príncipe e a princesa para seu interlúdio romântico, como Lumière o chamava. Fora tudo planejado. Esse seria o momento em que eles declarariam seu amor um pelo outro e se beijariam! E *bam*, a maldição seria quebrada. Num estalar de dedos.

Observamos enquanto o príncipe conduzia a princesa até a borda do labirinto. Seus olhos estavam cobertos por um longo lenço de seda branca. Seu coração disparou porque ela estava com medo do escuro e cheia de excitação nervosa com a surpresa que o príncipe havia preparado para ela. Ele pediu que ela contasse até cinquenta e depois tirasse a venda, garantindo-lhe que o caminho para sua surpresa seria bastante claro.

Ela arrancou a faixa dos olhos no instante em que chegou aos cinquenta, precisando de um momento para deixar seus olhos se ajustarem antes de visualizar o caminho colocado diante dela. A ponta dos sapatos tocou as pétalas de rosas espalhadas pelo pátio, criando um caminho que levava ao labirinto de sebes. Seus medos se dissiparam enquanto ela caminhava rapidamente pela trilha das pétalas, ansiosa para entrar no labirinto de topiárias de animais.

As pétalas a conduziram através de uma topiária incrivelmente trabalhada de uma serpente muito grande, com a boca aberta e ostentando presas longas e mortais. Virava a esquina, revelando uma parte do labirinto que ela nunca tinha visto. Uma réplica do castelo, quase exata em todos os aspectos, só que sem os grifos e muitas gárgulas empoleiradas em quase todos os cantos e torres. As pétalas saíam do labirinto e entravam em um pequeno jardim fechado cheio de flores de cores vivas. Era como se ela tivesse de alguma forma tropeçado na primavera no meio daquela paisagem de inverno. Era uma visão tão notável, tão brilhante e cheia de vida. Ela não conseguia imaginar como as flores suportavam um frio tão intenso. Entre as flores havia lindas estátuas de diversas histórias, personagens de lendas e mitos. Ela os reconheceu por ter escutado as aulas de seu irmão antes de ser levada para aprender a andar como uma dama. Não era de admirar que os homens não levassem as mulheres a sério. Elas tinham aulas sobre como caminhar apropriadamente enquanto os homens aprendiam línguas antigas.

O jardim era deslumbrante e parecia um conto de fadas sob a fria luz azulada da tarde de inverno. Aninhado no centro do jardim encantado, todo rosa e dourado, havia um banco de pedra, onde o príncipe a esperava.

— Fiz com que as flores da estufa fossem trazidas para cá para que você vivesse um pouco a alegria da primavera.

— Você é maravilhoso, meu amado! Obrigada.

O príncipe decidiu que esse seria o momento em que iria beijá-la e quebrar a maldição.

— Posso te beijar, meu amor?

E eles se beijaram. E foi mágico. Para Tulipa, pelo menos. Ela ficou extremamente feliz — mesmo que apenas por um momento, antes de tudo dar terrivelmente errado.

Enquanto caminhavam de volta ao castelo pelo labirinto, o príncipe teve certeza de ter quebrado a maldição com o beijo. Mas, então, ele ouviu algo se mexendo e rosnando no labirinto. Tulipa brincou que talvez um dos topiários de animais tivesse ganhado vida, mas o príncipe sentiu que eles estavam em perigo real. Ele sabia que havia verdade nas palavras de Tulipa, mesmo que ela não soubesse. Então, ele saiu correndo para ver que tipo de animal estava no labirinto, deixando Tulipa sozinha e indefesa. Quando finalmente retornou, parecia abatido e zangado enquanto olhava para Tulipa como se estivesse atordoado, sangrando pelos cortes profundos em seu braço.

— Meu amor, você está ferido!

— Brilhante de sua parte ter concluído isso, minha querida.

Era seu habitual tom cruel e amargo, cheio de veneno, como se ele também fosse uma das criaturas topiárias que haviam surgido no labirinto. Mal sabia Tulipa que ele estava se tornando mais animalesco a cada momento.

CAPÍTULO XVII

DO LIVRO DOS CONTOS DE FADAS

O mistério dos servos

Para nossa alegria, o castelo entrou em pânico. Não poderíamos estar mais satisfeitas por tudo estar indo de acordo com nosso plano. Gaston estava na sala dos empregados quando Lumière desceu correndo para dar-lhes a notícia. O príncipe fora atacado. Gaston acabara de consolar a Senhora Potts porque o Senhor Cogsworth estava desaparecido o dia todo e ela chorava muito. Ele sugeriu que ela tomasse chá com a Babá para tentar distraí-la das coisas, sugerindo também que Chip procurasse o Senhor Cogsworth pelo castelo. Mas Gaston temia que não o encontrassem. Eles não encontraram nenhum dos servos que haviam desaparecido, apenas as estranhas estátuas que pareciam surgir em lugares estranhos ao redor do castelo. Estátuas que você juraria ter visto se movendo com o canto do olho e, quando você se virava, a posição delas havia mudado. Não era de admirar que Reizinho estivesse perdendo o juízo. Todos ficaram com medo, inclusive Gaston, que sabia que aquilo era por causa da maldição. Se eles não a interrompessem, todos dentro do castelo se transformariam naquelas malditas estátuas. A única coisa que dava esperança a Gaston foi que o príncipe finalmente acreditou que a princesa Tulipa o amava, e eles estavam naquele exato momento no jardim, onde o príncipe planejava dar-lhe o beijo que quebraria essa maldição.

Pelo menos, foi isso que Gaston pensou, até Lumière descer as escadas num estado de medo e consternação.

– Gaston! O príncipe foi atacado! – Lumière estava sem fôlego, depois de ter corrido todo o trajeto. – Onde está Francis? Alguém precisa chamar o médico.

– Não vi Francis o dia todo, e o que você quer dizer com atacado? Por quem? – Gaston levantou-se da mesa e foi direto pegar seu bacamarte, que estava apoiado no canto da sala. Era a última coisa que eles precisavam. Cogsworth estava desaparecido e agora um ataque? Ele sentiu como se estivesse enlouquecendo.

– Algum tipo de fera no labirinto, não sei. Mas não saia correndo atrás dela, pois corre o risco de desaparecer também. – Gaston nunca tinha visto Lumière tão esgotado.

– Então, o que você acha que eu deveria fazer, Lumière?

– Não sei, ver o príncipe? Ele está em ponto de bala. Com raiva e insistindo para encontrarmos Cogsworth, e tenho a sensação de que sua surpresa para Tulipa não saiu como ele gostaria – disse ele.

– Eu acho que não! Ele foi atacado!

— Não, há outra coisa. Ele estava sendo muito impaciente com ela. Não acho que as coisas tenham saído como planejado.

Gaston suspirou.

— Pelo amor de Deus! — ele disse enquanto a Babá descia as escadas. O que ela estava fazendo lá ele não sabia, mas não tinha tempo para isso.

— Podemos ajudá-la, Babá? — ele perguntou, tentando ficar calmo. Não era culpa dela que o castelo estivesse desmoronando ao redor deles e que logo todos sucumbiriam à maldição. Ele tinha que tentar disfarçar. A última coisa que ele precisava era que a babá de Tulipa tivesse um ataque.

— Lamento incomodá-los, senhores, mas vocês viram a Senhora Potts? — ela perguntou.

— Não, pensamos que ela estava com você. — Gaston sentiu um aperto no estômago e no peito. Agora era a Senhora Potts que estava desaparecida? O que eles fariam sem a Senhora Potts? Isso era demais. Gaston estava lutando para respirar. Tudo o que podia fazer era manter a compostura, mas o que ele queria fazer naquele momento era pegar a coisa mais próxima e arremessá-la contra a parede.

— Ela estava comigo, mas eu saí só por um instante para pegar mais água quente para o chá e, quando voltei, ela não estava mais lá. Uma coisa muito estranha. Ela simplesmente tinha ido embora, mas em seu lugar havia um bule de chá.

— Um bule de chá? Não uma estátua? — perguntou Gaston.

— Uma estátua? O que você quer dizer? O que pelos Muitos Reinos você quer dizer com uma estátua? Era um bule! Um bule que não existia antes.

— Quero dizer uma estátua, mulher! Você não as viu? Estão por toda parte! — Gaston percebeu que ela não sabia do que ele estava falando.

Gaston sentiu a raiva e o pânico crescendo dentro dele. Reizinho devia ter feito algo horrível com Tulipa. Estava ficando claro que toda vez que ele fazia algo desagradável, alguém que amava desaparecia. Ele também via isso? Gaston não sabia o que fazer. Ele e Lumière ficaram parados ali olhando um para o outro, sem dizer uma palavra, dominados pelo medo.

— O que está acontecendo? — perguntou a Babá, olhando para os dois com desconfiança. — Algo está acontecendo. Posso ser uma mulher idosa, mas sei dizer quando algo terrível está acontecendo. — Felizmente, Lumière interveio e assumiu o controle da situação.

— Não é nada. Nada para você se preocupar, de qualquer modo. Suba as escadas para ver Tulipa. Ouso dizer que ela precisa de você agora mesmo. Houve algum tipo de acidente no jardim e preciso chamar o médico para ver o príncipe.

— Chamar o médico? Tulipa está bem?

— Ela está bem, mas temo que precise de consolo — disse Lumière com um débil sorriso.

— Guardem minhas palavras. Algo não está certo aqui, pressinto isso fortemente. Este castelo está amaldiçoado, digo a vocês, e vou dizer a Tulipa que devemos partir imediatamente. — A Babá se afastou e subiu rapidamente as escadas, mas não antes de se virar para lançar um olhar furioso para Gaston e Lumière.

— Acho que sobrou para nós dois, então — disse Gaston. — Vou chamar o médico, você vai consolar Tulipa e a babá dela.

Gaston cuidava do príncipe enquanto Lumière dava atenção a Tulipa e Babá. Apesar das evidências contra essa probabilidade, Gaston esperava que, assim que Reizinho se recuperasse, eles começariam a fazer planos para o casamento. Talvez Reizinho houvesse quebrado a maldição ao beijar Tulipa no jardim antes do ataque. Talvez não demorasse muito até que começassem a ver indícios da reversão da maldição. Talvez Reizinho não tivesse posto tudo a perder. Então, Gaston sentou-se ao lado da cama de Reizinho e observou enquanto ele dormia agitado, revirando-se, murmurando durante o sono sobre maldições, beijos e bruxas. Ele segurou a mão do amigo e garantiu-lhe que Lumière não deixaria Tulipa sair do castelo até que tivessem certeza de que a maldição fora quebrada.

Enquanto isso, Tulipa e Babá se perguntavam o que poderia ter acontecido com a Senhora Potts e o Senhor Cogsworth. Lumière fez o possível para tentar esconder que a maioria dos servos já havia desaparecido antes da recente chegada de Tulipa ao castelo, mas não havia como fazer isso. Não havia como esconder que a Senhora Potts e o Senhor Cogsworth haviam partido. Lumière estava muito ocupado tentando fazer com que as coisas parecessem não estar no meio de uma crise, especialmente com a Babá tentando convencer Tulipa a ir embora.

– Garanto a vocês, senhoras, o príncipe está descansando confortavelmente. O médico acabou de sair e Gaston está com ele agora. Não há necessidade de se preocupar ou sair correndo no meio da noite. O jantar será servido no salão no horário habitual.

– Não precisa de muita cerimônia para o jantar esta noite. Pode apenas nos trazer alguma coisa em uma bandeja. Podemos comer em nossos aposentos ou, talvez, próximas à lareira na sala de estar. Tenho certeza de que todos estão enlouquecidos lá embaixo com o desaparecimento da Senhora Potts e de Cogsworth. Não quero que se preocupem conosco – disse Tulipa, mas o francês sedutor não queria ouvir falar de servir convidados em bandejas na sala de estar, ou em qualquer outro cômodo, aliás.

– Ah, não! Isso não acontecerá! Se a Senhora Potts estivesse aqui, ela iria enlouquecer só de pensar nas senhoritas comendo em bandejas! E, para o cardápio desta noite, não há nada a temer, planejamos algo especial para as senhoritas! – ele disse com seu sorriso mágico que sempre encantava as mulheres. Mais tarde naquela noite, no salão de jantar principal, ninguém diria que faltava quase todo o pessoal da criadagem, quanto mais duas das figuras mais importantes. O salão estava lindo, decorado com flores de estufa da surpresa anterior de Tulipa, e as velas brilhavam intensamente em tigelas votivas de cristal, lançando uma luz sobrenatural no ambiente. As duas damas estavam saboreando a sobremesa quando o príncipe entrou cambaleando na sala, parecendo abatido e meio enlouquecido.

– Estou feliz que as duas estejam aproveitando a refeição enquanto toda a casa está desmoronando em volta de vocês! – Ele aparentava ter envelhecido vários anos desde o início daquela tarde. Parecia exausto e indisposto, com uma expressão feroz nos olhos.

Babá e Tulipa não sabiam o que dizer. Elas apenas olharam para ele, completamente perdidas.

– Não tem nada para dizer em sua defesa, Tulipa? Sentada aí se enchendo enquanto minhas companhias da infância estão sofrendo por um terrível destino? – Seu rosto se transformou em algo desumano, algo perverso e cruel, fazendo as duas mulheres recuarem de medo.

– Não me olhe assim, velha! Não vou tolerar que me dê olhares diabólicos! E você...! – Ele voltou sua raiva para Tulipa. – Sua meretriz mentirosa, brincando com meus sentimentos, fingindo que me ama quando claramente não o faz!

Tulipa ofegou e começou a chorar imediatamente, mal conseguindo falar.

– Isso não é verdade! Eu amo mesmo você! – O rosto do príncipe estava pálido, os olhos fundos e escuros pela doença, a raiva aumentando a cada palavra.

– Se me amasse, realmente me amasse, nada disso estaria acontecendo! A Senhora Potts e Cogsworth estariam aqui! Os animais no labirinto não teriam me atacado, e eu não estaria assim! Olhe para mim! A cada dia fico mais feio, mais acabado.

A Babá colocou um braço protetor em volta de Tulipa. A princesa chorava tanto que mal conseguia respirar direito, muito menos dizer qualquer coisa em sua própria defesa.

– Não suporto olhar para você! Quero-a fora de meu castelo agora! Não se incomode em pegar suas coisas! – Ele correu em direção a elas, agarrou Tulipa pelos cabelos e arrastou-a violentamente até a porta, derrubando a Babá no processo.

– Não a quero no castelo nem mais um segundo, você entendeu? Você me enoja! – ele disse, cuspindo nela. Tulipa chorou mais do que nunca, gritando para o príncipe soltá-la quando Gaston entrou na sala.

– O que está acontecendo aqui, homem? – Gaston arrancou Tulipa das garras do príncipe e ajudou a Babá a se levantar.

— O que está fazendo, senhor? Enlouqueceu? – Gaston nunca estivera tão zangado com Reizinho desde a noite em que seu pai morrera. Ele não conseguia acreditar no que estava vendo. De alguma forma, nunca tinha visto de fato quem era Reizinho antes, ou a tensão da maldição o levara a isso? De qualquer modo, tudo o que Gaston pôde fazer foi não atacar o príncipe ali mesmo, vendo-o maltratar uma mulher daquela maneira. Era vil e abaixo do desprezível.

— Rápido, vão para seus quartos, senhoras. Eu cuidarei disso – disse Gaston, conduzindo as duas mulheres até a porta, onde Lumière as recebeu. – Lumière, cuide da Babá e a leve, com a princesa, para cima. — No momento em que Lumière fechou a porta atrás deles, Gaston deu um soco no rosto do príncipe, atingindo-o no queixo e derrubando-o no chão.

— Que diabos está acontecendo? – Gaston estava pairando sobre o príncipe, com o rosto cheio de fúria. Ansiava por chutá-lo no estômago, mas se conteve. — Como você ousa colocar as mãos em Tulipa desse jeito? — Gaston estava pronto para partir, pronto para deixar o castelo e seu amigo para sempre. Ele esperava que Reizinho se levantasse e se defendesse, que o criticasse por agredi-lo, que o expulsasse do castelo, mas ele simplesmente chorou.

— Ela mentiu para mim, Gaston. Ela não me amava. Ela nunca amou.

Gaston ficou chocado ao ver como seu amigo estava mudado. Ele não parecia totalmente humano. Mas Gaston podia sentir que ainda restava nele algo do velho amigo escondido por trás de sua forma horrível e coração raivoso.

— Do que você está falando, homem? Ela amava você.

— Então, por que a maldição não foi quebrada? Por que todos os servos foram transformados em pedra? Por que fui atacado pelos animais no labirinto?

— Talvez seja porque *você* não a ame. Não é culpa dela, Reizinho. Ela não merece isso.

— E eu mereço? — Reizinho indagou, seu rosto se transformando em algo monstruoso. Sua voz se tornou grave e rosnante. Parecia mais um animal selvagem do que a voz de um homem.

— Eu mereço ser transformado em um monstro? Mereço ser amaldiçoado? Isso é culpa sua! Eu culpo você! Foi você quem me empurrou para os braços daquela idiota. Agora, lide você com isso! — A voz de Reizinho era alta como um trovão e ele parecia prestes a atacar a qualquer momento. — Tire essas mulheres do castelo antes que eu as mate. E não se preocupe em voltar.

Gaston fechou os olhos diante do rosto rosnante do amigo. Não tinha intenção de ir a lugar nenhum. Reizinho precisava dele. Ele nunca tinha visto tanta raiva, tanta amargura. Estava com medo por seu amigo e por todos eles. Como poderia Reizinho vir a amar alguém, tal como ele era? E quem amaria uma fera assim?

CAPÍTULO XVIII

DO LIVRO DE CONTOS DE FADAS

O descendente

A princesa Tulipa Morningstar nunca mais ouviu falar do príncipe. E parecia que Reizinho finalmente havia parado de delirar com feitiços e maldições malignas, mas se recusava a sair do castelo. Ele nunca saía do quarto e não permitia que Lumière ou Gaston abrissem as cortinas. E admitia que acendessem apenas uma vela à noite. O único visitante que ele tolerava era Gaston.

— Tem certeza de que é assim que quer lidar com isso, Reizinho? – Gaston perguntou a ele certa manhã, logo depois que Tulipa e Babá partiram durante a noite. O príncipe olhou para Gaston como se ele estivesse tentando ao máximo não cair em um dos acessos de raiva que tão facilmente se apoderavam dele nos últimos tempos. E Gaston não queria fazer nada que pudesse desencadear um deles.

— Tenho certeza, meu amigo. É o único jeito. Você irá até o castelo Morningstar para romper o noivado oficialmente.

— E o acordo de casamento? O rei será destituído sem o acordo que prometeu.

O príncipe sorriu.

— Tenho certeza de que será. Mas é isso que merece por jogar sua filha idiota em cima de mim! Ela nunca me amou, Gaston! Nunca! Era tudo mentira! Tudo um meio de conseguir meu dinheiro, para ela e para o reino de seu pai!

Gaston balançou a cabeça. Parecia que toda a raiva de Reizinho estava agora dirigida aos Morningstar. Seu amigo não se contentou em destruir o coração da princesa; ele queria destruir o reino dela também. Gaston não se incomodou em discutir com ele. Ele viu que seu amigo estava ficando nervoso de novo e já havia tentado convencê-lo de que Tulipa o amava. Gaston não sabia como ajudar. Nada do que ele dissesse convenceria o príncipe de que ele estava errado sobre Tulipa e que o que quer que tivesse acontecido no labirinto não fora culpa dela. A convicção de Reizinho era tão forte, porém, que até mesmo Gaston começou a se perguntar se seu amigo estaria certo. Ou ele estava apenas perdendo a si mesmo e sua razão para essa maldição? Tulipa estivera realmente os fazendo de tolos o tempo todo? Ela era esperta o suficiente para realizar um truque tão inteligente, fazendo Reizinho acreditar que ela o amava, quando na verdade não o amava? Gaston não tinha certeza. Ele pensou que tinha escolhido sabiamente ao juntar o casal, e podia jurar que Tulipa amava o príncipe, mas agora ele apenas sentia pena dos problemas que isso havia causado, para seu amigo e para os Morningstar.

— Vou partir hoje mesmo, meu bom amigo. Descanse.

O sorriso do príncipe era perverso, distorcendo seu rosto à vaga luz das velas, lançando sombras perversas. Quase fez Gaston ficar com medo do amigo.

Enquanto Gaston voltava do castelo Morningstar, ele começou a esquecer por que fora lá e o que havia feito enquanto lá estava. Quando retornou ao reino de Reizinho, já havia esquecido que estivera em Morningstar e a devastação que isso causou. Ele nunca saberia que Tulipa ficara tão perturbada que se atiraria dos penhascos rochosos, na esperança de acabar com seu sofrimento – apenas para se ver fazendo uma barganha com Úrsula nas profundezas das águas lá embaixo. E, a partir disso, Tulipa decidiu que viveria apenas para si mesma. Faria tudo o que desejasse, diria o que sentia, daria a si mesma a educação que sempre desejou e viveria sua vida exatamente como quisesse. Você já sabe como o desgosto e as dificuldades de Tulipa transformaram a princesa Tulipa Morningstar na mulher que ela eventualmente se tornou, a mulher que ela é agora, apesar de como o príncipe tentou arruiná-la e destruir seu reino. Ela é a rainha Morningstar, com sua legião de Senhores das Árvores e Gigantes Ciclópicos, governando um dos reinos mais poderosos dos Muitos Reinos. Amiga e aliada das Rainhas da Floresta dos Mortos e, portanto, amiga e aliada nossa, as Irmãs Esquisitas, e sob nossa proteção. Mas nós nos adiantamos. Essa parte da história de Tulipa ainda está sendo escrita.

Havia muitas coisas que Gaston nunca saberia, a primeira delas era quão afundados nessa maldição ele e seu amigo haviam ficado com esse ato final de crueldade. Eles poderiam muito bem ter empurrado Tulipa do penhasco. Porque no momento em que ela decidiu que não poderia mais viver no mundo, no momento em que pulou daquele penhasco, a maldição foi praticamente selada. O príncipe se tornou a fera que sabíamos que ele era. Havia se revelado um monstro, e era assim que todos o veriam. E, ao sucumbir por completo à escuridão, fez com que Gaston se esquecesse dele. E eventualmente o príncipe esqueceria o amigo.

Gaston não voltou para o castelo ao retornar de Morningstar. Foi para sua propriedade, deixando seu amigo sozinho para definhar nas garras da maldição.

Gaston se esqueceu do amigo e de todas as aventuras que viveram juntos. Esqueceu-se de que tinham matado a Fera de Gévaudan. Esqueceu-se de que crescera no castelo e de todos os seus amigos e pessoas que considerava sua família. Ele se esqueceu da Senhora Potts, do Senhor Cogsworth, de Lumière, de todos eles. Tudo o que ele lembrava era de ter crescido com seu pai e de como seu pai e sua mãe foram mortos por uma fera. Uma fera que Gaston jurou matar. Ele não se lembrava do dia em que ele e seu melhor amigo mataram aquela fera juntos, salvando a vida um do outro. Tudo o que ele lembrava era um ódio profundo e permanente pela criatura que tirou sua família dele, e sua promessa de manter o vilarejo seguro, o que fez dele, aos olhos de todos em sua pequena cidade, um herói.

CAPÍTULO XIX

DO LIVRO DOS CONTOS DE FADAS

O caçador na floresta

Já haviam se passado vários meses desde que o príncipe enviara Gaston em sua missão covarde, e o príncipe não saiu de seu quarto desde então, mantido cativo pelo medo e pela raiva. Gaston se fora, e o príncipe estava exatamente onde o queríamos: sua desgraça aumentava a cada dia e seu destino estava mais próximo de ser selado. O único servo que o príncipe via era Lumière, e ele era evasivo quanto à criadagem quando o príncipe perguntava. Gaston agora estava livre dos horrores de ficar preso dentro do castelo amaldiçoado.

Observamos Lumière no quarto de seu mestre segurando seu pequeno candelabro, com medo de lançar luz sobre o rosto do príncipe, ou sobre o seu próprio, com medo de que o príncipe percebesse quão desesperadamente ele estava tentando esconder seu terror. Ficamos encantadas em ver o príncipe tão medonho, pálido e desgastado. Seus olhos eram buracos escuros e suas feições eram mais animalescas do que humanas. Lumière não tinha coragem de contar que todos no castelo, um por um, foram transformados após cada ato imundo que o príncipe cometeu, e agora, depois do que o príncipe fizera com Tulipa e sua família, Lumière era o único servo que restava em sua forma humana. Mas parecia que isso já havia ficado claro para o príncipe, o que restava dele, de qualquer modo, falando sobre servos desaparecendo, com medo das estátuas se movimentando pelo castelo e virando os olhos em sua direção quando ele não estava olhando.

Mas não era assim que os servos se viam. Eles não viam horrores espreitando nas sombras ou estátuas em movimento. Não viam nada disso. Esse pavor estava reservado apenas ao príncipe, agora que seu amigo Gaston havia escapado dos horrores do desaparecimento de seus amigos de infância, do medo de que estivessem presos em pedra. Na verdade, eles haviam sido transformados em objetos domésticos e estavam fazendo o possível para ajudar o príncipe a tentar quebrar a maldição.

Lumière sabia que era apenas uma questão de tempo até que ele também se transformasse em algum objeto doméstico como havia acontecido com os outros, e o príncipe ficaria sozinho apenas com os horrores que eram conjurados em sua mente. Até lá, Lumière faria o que pudesse para confortá-lo.

Certa noite, Lumière convenceu o príncipe a dar um passeio na floresta. Era crepúsculo, a hora preferida do príncipe, a hora intermediária em que tudo era possível. Quando tudo parecia perfeito. O céu escuro estava lilás, tornando a lua ainda mais marcante pelo contraste. Lumière estava certo, pensou o príncipe, um passeio na floresta era o que ele precisava depois de ficar tanto tempo enfurnado em seu quarto. À medida que escurecia, ele ficava mais à vontade, a copa dos galhos das árvores acima dele obscurecia a luz, exceto por pequenos trechos que revelavam um manto de noite coalhado de estrelas. Observamos o príncipe enquanto ele ficava mais confortável, seus olhos se adaptando à escuridão como um animal da floresta, e vimos que ele agora estava gostando de sua nova forma, sentindo-se bastante bestial e rondando a floresta. Perseguindo, procurando algo para matar. Ele estava à vontade; tudo parecia certo e perfeito na floresta. Estava em seu ambiente.

Algo – ele não tinha certeza do que, talvez instinto – o fez se esconder rapidamente atrás de um grande toco de árvore coberto de musgo. Alguém estava vindo. Um caçador andando pela floresta segurando um bacamarte. Mas, antes que o príncipe fera pudesse reagir, choveram tiros sobre ele, penetrando no tronco da árvore, lascando a madeira e colocando seu coração num ritmo maníaco que ele pensou que iria matá-lo.

Ficamos encantadas; isso não poderia ter sido mais perfeito. Seria esse o momento em que Gaston mataria seu amigo, pensando que finalmente havia matado a fera que havia ceifado sua família? O momento que Circe previra? Ou o príncipe fera mataria o caçador, sem saber que era seu amigo Gaston? Estava tudo muito delicioso. E vimos algo terrível e sombrio crescer dentro do príncipe fera. Isso obscureceu tudo, fazendo-o esquecer Gaston. Ele sentiu como se estivesse escorregando para um oceano profundo e escuro, estava se afogando nele, perdendo a si mesmo e a lembrança de seu amigo por completo enquanto outra coisa assumia o controle, algo que parecia estranho, mas familiar e confortável ao mesmo tempo.

Tudo em sua periferia se estreitou e a única coisa em que ele conseguia se concentrar era Gaston. Nada mais existia, nada mais importava, exceto o som do sangue correndo para o coração palpitante de Gaston. O som o envolveu, combinando com seu próprio batimento cardíaco.

Ele queria o sangue de Gaston. Ele nem percebeu que havia corrido e derrubado Gaston e o imobilizado no chão até que se viu olhando para aquele homem que ele havia derrubado tão facilmente, aquele homem que ele deixara indefeso. Aquele com medo nos olhos.

Tudo o que ele queria era provar seu sangue. Ele lambeu os lábios, imaginando qual seria o sabor: quente, salgado e espesso. Mas, então, olhou nos olhos do homem e viu medo, e viu seu amigo. Aquele homem, aquele caçador, era Gaston. Ele nunca tinha visto Gaston parecer tão assustado, desde que eram meninos. O príncipe quase tirara a vida de seu melhor amigo. Um homem que salvara sua vida. Então, ele arrancou a arma de Gaston das mãos trêmulas dele e a lançou longe, fugindo o mais rápido que pôde, deixando Gaston sozinho e confuso na floresta, imaginando que tipo de animal o atacara. O príncipe fera só podia esperar que Gaston não soubesse que havia sido seu velho amigo quem tentara matá-lo.

Depois daquele momento, se Gaston ainda tivesse alguma lembrança do príncipe, da amizade deles ou de sua vida anterior no castelo, ela foi completamente esquecida. E a vida anterior de Gaston também o esqueceu. Lumière não o reconheceu quando ele apareceu no pátio dos criados, espancado, machucado e ensanguentado, necessitando de socorro. Ele era apenas um homem que precisava da ajuda deles e que se esqueceu de que esteve lá depois de partir.

Parecia-nos que Gaston finalmente teria seu final feliz para sempre. Estava livre. Livre de suas obrigações para com o príncipe e de suas lembranças dele.

Pelo que Gaston sabia, fora atacado pela Fera de Gévaudan na floresta, e não pelo homem que um dia o chamou de irmão. O homem que disse que não tinha espaço em seu coração para ninguém além dele. Então, depois que ele foi tratado dos ferimentos e despachado, voltou para a única vida que conhecia. A de herói da cidade. O único homem corajoso o suficiente para caçar a Fera de Gévaudan.

Gaston teve uma nova vida, vivendo em sua propriedade, esquecendo que foi o príncipe quem a dera a ele. Estava livre para viver como quisesse. Livre para ser o melhor em tudo, fazer suas próprias escolhas e o que estivesse em seu alcance para proteger as pessoas da cidade, que não o esqueceram como fizeram todos os que viviam dentro do castelo depois que a maldição foi selada. O castelo que agora era considerado uma relíquia antiga e abandonada que restara da obscuridade, um lugar assombrado e fantasmagórico que ninguém tinha motivos para visitar.

E, por um tempo, Gaston estava vivendo sua melhor fase. Parecia que finalmente seria capaz de viver do jeito que desejasse.

Mas Gaston mal sabia que ainda tínhamos planos para ele. Vasculhamos profundamente seu coração e vimos que ele ainda amava o príncipe, mesmo que não se lembrasse dele. E não queríamos que essa irmandade entre eles despertasse suas lembranças, fazendo com que Gaston ajudasse a fera. Que se aventurasse de volta ao seu antigo lar, em busca de respostas para meias-recordações nebulosas ou sonhos estranhos sobre outra vida. Queríamos que ele fosse controlado, que se concentrasse quase inteiramente em si mesmo. Para ser o homem que deveria ser. Para ser o melhor.

Precisávamos de algo para distraí-lo. Bela parecia a escolha perfeita. Ela adorava livros quase tanto quanto Gaston, mesmo que ele não se lembrasse daqueles dias em que entrava furtivamente na biblioteca do castelo ou do príncipe lendo para ele. Mesmo que ele não se lembrasse de amar histórias, mesmo que começasse a partilhar as mesmas noções de mente fechada que as outras pessoas da aldeia tinham sobre a necessidade de se adaptarem, que as mulheres não deviam ter o nariz enfiado num livro e que eram peculiares por sonharem acordadas. Pelo que Gaston sabia, ele era como todo mundo na cidade, e sempre fora assim. Pelo que ele sabia, crescera com aquelas pessoas e compartilhava seus valores. Ele era exatamente o que a cidade pensava que precisava. E Gaston estava feliz com a sensação de pertencimento.

Nossa maldição mudou Gaston, mas pelo menos ele se encaixou. E ele era amado por todos na cidade. Mas precisávamos de garantias. Então, fizemos o que as bruxas fazem de melhor. Lançamos um feitiço. Um que o fez mudar seu foco para Bela.

Aquele que fez de Bela o maior desejo de Gaston.

CAPÍTULO XX

A FERA

Tarde da noite e nas primeiras horas da manhã, depois que Gaston fora atacado pela fera, ele e seu administrador de propriedade, LeFou, estavam na taverna, cercados por todos os farristas habituais que frequentavam o estabelecimento do Senhor Higgins. Aquele era o lugar favorito de Gaston, onde ficava rodeado de seus admiradores. As paredes estavam repletas de troféus que ele colecionava havia anos. Não havia nenhuma cabeça de animal empalhada ou montada naquela parede que alguém além dele pudesse reivindicar ser sua. Pelo que todos sabiam, ele tinha orgulho disso, mas, de certa forma, ao mesmo tempo que as paredes cobertas de troféus de caça o envaideciam, também eram um lembrete de que faltava um. A cabeça da fera que matara seus pais. E naquele dia tivera a chance de matá-la, mas a fera levou a melhor sobre ele e fugiu.

Todos os olhares estavam fixos em Gaston, arrebatados pela atenção enquanto ouviam sua história angustiante. Ele passava mais tempo na aldeia e em sua propriedade, mesmo antes de o príncipe ter se transformado por completo. Ele e o príncipe já estavam começando a perder as lembranças lentamente antes daquela noite fatídica em que esqueceriam para sempre o que significavam um para o outro.

— E do nada a fera se lançou sobre mim, prendendo-me no chão! Eu pensei que estivesse acabado. Vocês tinham que ter visto sua cara contorcida num rosnado, seus dentes enormes e afiados como navalha, prontos para rasgar minha garganta.

O que Gaston não contou foi que ele havia tentado e errou. E como ele realmente ficara assustado quando a fera levou a melhor sobre ele. Foi como um raio! Ele nem tinha visto acontecer; num momento estava ali parado e no seguinte jazia no chão temendo por sua vida. Ele não lhes disse que tivera medo de morrer, que sentia como se tivesse falhado com sua mãe e seu pai, ou como sentiu-se impotente enquanto estava preso ao chão. A fera era muito forte. Mas algo estranho aconteceu quando ele estava deitado no chão olhando nos olhos da fera: por um breve momento, pensou que soubesse quem era a fera. Pensou ter a reconhecido. E naquele momento fugaz, a fera agarrou o bacamarte de Gaston e atirou-o longe, correndo para dentro da floresta. Mas como aquilo foi possível? Como uma fera poderia fazer isso? Estava tudo tão confuso em sua mente. Tudo o que ele conseguia lembrar era de ter procurado e encontrado sua arma e ir até a taverna, sentindo que só havia uma coisa que desejava mais do que matar a fera. Queria contar tudo a Bela.

— O que aconteceu depois? Você a matou, Gaston? Onde está o monstro agora?

— Eu teria feito isso, mas a maldita criatura me pegou de surpresa e conseguiu arrancar a arma da minha mão — contou Gaston. — E fugiu. Não consigo explicar.

— Você estará pronto da próxima vez, não é, Gaston? — perguntou LeFou, sempre lá para elevar o ânimo de Gaston.

— Claro que estará! — disse o Senhor Higgins. — A fera nem saberá o que a atingiu!

— Estarei. Não tenham medo. Eu vou matar a fera! Podem ter certeza disso! — ele afirmou, distraído pelo relógio na parede. — LeFou, olhe, o sol nasceu! Já é de manhã. Acho que já é hora de Bela voltar da livraria para casa. Vamos, quero impressioná-la com minha história sobre a fera. Nenhuma mulher viva pode resistir a um bom caçador, especialmente se esse caçador for bonito como eu!

LeFou parecia confuso, mas seguiu em frente mesmo assim.

— Desde quando você se preocupa em impressionar Bela?

— Desde que decidi que vou me casar com ela, desde então! — Gaston disse, abrindo a porta da taverna e saindo. E foi sorte dele: um bando de gansos sobrevoava. Essa era sua chance de mostrar a Bela suas habilidades de caça. — Rápido, LeFou, pegue sua bolsa! Prepare-se!

LeFou estava com ele desde que Gaston se lembrava. Na verdade, nem tinha certeza de como se tornara seu agente de terras. Nenhum dos dois conseguia se lembrar, mas isso não importava. Gaston presumiu que fosse algo que seu pai havia arranjado. Ele não tinha certeza. O que sabia era que LeFou era leal e estava sempre a seu lado. Ao que tudo indicava, LeFou parecia adorar Gaston mais do que qualquer outra pessoa na aldeia, e isso dizia alguma coisa. Gaston não se importava. Ele gostava de tê-lo por perto. Sempre pronto para cumprir suas ordens. Sempre lembrando-o de como ele era bonito e de como era o melhor em tudo. Não que Gaston precisasse ser lembrado. Ele sabia que era o melhor. Sabia que era o queridão de todos.

Gaston ergueu seu bacamarte e atirou nos gansos no céu, acertando um. Gostava de imaginar que LeFou não conseguiu pegar a ave quando ela caiu porque estava muito distraído, admirado com o tiro de Gaston.

— Puxa! Você não perde um tiro, Gaston! — LeFou parecia pasmo com o talento de Gaston. — Você é o maior caçador! — Gaston sabia que seu companheiro era fácil de impressionar. E também sabia que ele estava tentando fazê-lo se sentir melhor por deixar a fera fugir. LeFou era perfeito assim. Embora aparentemente não fosse perfeito para pegar gansos.

— Eu sei — disse Gaston.

— Rá. Nenhuma fera tem a menor chance com você... e nenhuma garota também! — afirmou LeFou.

— Tem razão, LeFou. E eu só consigo olhar praquela ali! — disse Gaston, passando um dos braços em volta do pescoço de LeFou e levantando-o, usando seu bacamarte para apontar para Bela, a fim de que LeFou pudesse ver de quem ele estava falando.

— A filha do inventor? — LeFou parecia confuso. Como se de alguma forma Bela fosse indigna do afeto de Gaston. Era verdade, ela não parecia ser a escolha óbvia para Gaston, mas havia algo nela que ele gostava. Algo diferente. Algo especial. E havia algo que lhe dizia que ela era a garota certa para ele. A mulher com quem ele deveria se casar. Então, por que lutar contra isso? Por que não pedi-la em casamento? Afinal, ele era o homem mais bonito da cidade. Por que ela não iria querer se casar com ele? Tudo o que ele precisava fazer era pedir.

E foi exatamente isso que ele pretendia fazer.

– É ela sim. E é com ela que eu quero me amarrar! – exclamou Gaston, olhando para Bela como se ela fosse uma de suas presas. Como se planejasse fazer dela um de seus troféus.

– Mas ela é...

– É a mais bonita da cidade – interrompeu ele, irritando-se com o amigo.

– É, eu sei... – declarou LeFou.

– Ela é a melhor! E eu não mereço a melhor? – Gaston disse, largando seu bacamarte na cabeça de LeFou.

– Ora, é claro, você merece sim, mas...

Gaston pegou sua arma das mãos de LeFou e partiu atrás de Bela, determinado a alcançá-la, mas isso não o impediu de se admirar num espelho antes de persegui-la pela rua movimentada. Ela continuava a ler seu livro enquanto caminhava, alegremente alheia ao que acontecia ao seu redor.

Gaston esquivou-se de carroças e admiradoras a ponto de desmaiar ao avistá-lo, enquanto abria caminho entre aldeões fofoqueiros, mantendo o tempo todo o olho em Bela, que estava vários metros à sua frente. Ele podia ouvir as pessoas comentando sobre ela enquanto passava por eles, dizendo como Bela era peculiar por ler tanto, como a achavam estranha, mas isso não importava para ele. Gaston declarou suas intenções a todos ao alcance de sua voz de fazer de Bela sua esposa.

Gaston tinha que concordar com todos na cidade. Bela era estranha, com seu amor pelos livros e olhar distante, sempre sonhando acordada. Ela era a garota mais estranha que ele já conhecera. Bela não era como ninguém na cidade, mas talvez fosse por isso que estava tão apaixonado por ela. Gaston não se importava; mesmo que Bela não se encaixasse, ele ainda iria se casar com ela. Tinha que se casar! Algo o estava levando a isso. Ele ia pedi-la em casamento naquele dia. E que os deuses ajudassem qualquer um que falasse contra ela depois de casados.

Gaston desistiu de tentar chegar a Bela abrindo caminho entre a multidão reunida na aldeia e decidiu entrar em uma das casas no fim da rua. Ele correu até o sótão o mais rápido que pôde, subiu pela janela até o telhado e deslizou para poder surpreender Bela do outro lado. Ele havia cronometrado tudo perfeitamente.

O que Gaston sentia por Bela naquele dia era quase tão estranho quanto ela. Nunca havia pensado nela desse jeito antes. Pelo menos, não achava que tivesse. Nunca havia parado para prestar atenção nela. Claro, ele a via na aldeia desde que ela e o pai se mudaram para lá. Mas não fora algo que se poderia chamar de amor à primeira vista. Fora mais como um relâmpago inesperado. Um choque que o atingiu depois que ele foi atacado pela fera – de repente, ele estava apaixonado por Bela. Ele não conseguia explicar. E não se importava.

Finalmente ele a alcançou. Sabia que Bela ficaria muito feliz ao saber que ele sentia algo por ela. Que mulher não ficaria? Bela provavelmente estava sofrendo por ele desde que ela e seu excêntrico pai se mudaram para a cidade, e só andava pelas ruas lendo seus livros para chamar atenção dele. E de alguma forma ele nunca a tinha notado, não de verdade, não assim, não até aquele dia. O dia em que ele decidiu que tinha que se casar com ela.

Ele pulou do telhado, aterrissando bem no caminho de Bela, e fez uma de suas melhores poses: mãos na cintura, exibindo seus músculos. Ele sabia naquele momento que estava mais bonito do que nunca, se isso fosse possível.

– Olá, Bela – Gaston disse, certo de que ela ficaria surpresa e satisfeita por ele estar fazendo poses e conversando com ela. Ele a faria desmaiar em pouco tempo.

– *Bonjour*, Gaston – ela falou, enquanto Gaston arrancava o livro de suas mãos de brincadeira. Ele era até bom em flertar! – Gaston, me devolve o livro, sim?

– Como pode ler isto? Não tem figuras! – ele exclamou, virando o livro de lado e depois de cabeça para baixo.

– Ah, só precisa usar a imaginação.

– Bela, já é tempo de você afastar a cabeça desses livros e dar atenção a coisas mais importantes... como *eu*! – Ele jogou o livro no ar com um floreio, deixando-o cair em uma poça de lama. Ela não pareceu impressionada. Bela não ficou muito feliz por ele estar falando com ela. Qual poderia ser o problema? Qualquer outra garota estaria desmaiando agora. Na verdade, Claudette, Laurette e Paulette, as três beldades loiras que trabalhavam na taverna, estavam paradas na rua, desmaiando por causa dele naquele exato momento. O que havia de errado com essa garota?

– A aldeia toda só fala nisso. Não é direito uma mulher ler. Logo começa a ter ideias... a pensar – disse Gaston com a maior sinceridade, enquanto Bela pegava seu livro na lama. Nem lhe passava pela cabeça que um dia ele amara livros tanto quanto ela; Gaston havia se esquecido completamente daqueles dias. E se ele tivesse se lembrado, ficaria feliz em passar a vida com alguém que adorasse ler, alguém tão doce e gentil, que ficaria satisfeita em dedicar um tempo para ensiná-lo a ler livros por conta própria, se ele não agisse de modo tão arrogante... Mas tudo o que sabia era que amava aquela mulher e não sabia por quê. Ele não se lembrava de ter desejado a oportunidade de cortejá-la depois da conversa no baile, de como desejara levá-la do salão de baile para a biblioteca e mostrar-lhe todos os seus livros favoritos. Ele não se lembrava de como, em algum nível, estava protegendo Bela quando empurrou Reizinho na direção de Tulipa. Ele não se lembrava de nada disso.

Ele nem era a mesma pessoa que fora antes da maldição. Era mais parecido com as pessoas da cidade, tacanho e com ideias antiquadas. Ele se encaixava. E era obcecado por um punhado de coisas: ser o herói que a cidade queria, ser o melhor, matar a fera e cortejar Bela. Todo o restante havia sido encoberto pela maldição, mesmo que permanecesse sob a superfície, obscuro e indistinto. Essas novas obsessões o distraíam e inspiravam. Mesmo que o foco em si mesmo o tornasse insuportável, não havia chance de ele se lembrar.

– Gaston, você é um homem primitivo. – Bela lançou-lhe um olhar feio enquanto limpava o livro com o avental. Aquilo não estava indo bem, e Gaston não entendia por quê. Ela deveria estar nas nuvens por ter um homem tão bonito puxando conversa com ela. Bela era imune a sua extrema beleza? Ela não estava impressionada com suas habilidades superiores de caça? Com sua reputação de ser o homem mais corajoso da aldeia? Impossível! Devia haver algo mais acontecendo, ele pensou, e decidiu interpretar o comentário dela como um elogio. Considerava tudo um elogio; a vida era muito mais agradável assim. Colocou o braço em volta dela e sorriu.

– Ora, obrigado, Bela. O que me diz de darmos um passeio até a taverna para olhar meus troféus? – Com toda certeza, se ela visse todas as suas conquistas, perceberia como ele era um bom partido.

– Talvez em outra ocasião – respondeu ela. Claudette, Laurette e Paulette engasgaram audivelmente, e Gaston sabia como se sentiam. Bela o estava dispensando. Como todos na cidade o amavam, exceto Bela?

– Perdão, Gaston. Eu não posso. Preciso ir ajudar meu pai. Até logo. – E assim ela estava se afastando dele. Como isso era possível? Ele ficou parado ali, incrédulo, quando LeFou chegou ao local, e os dois ficaram um ao lado do outro, observando Bela caminhar em direção a sua casa.

– Ha-ha-ha, aquele velho maluco está precisando de muita ajuda! – LeFou sempre sabia o que dizer para fazê-lo rir. O pai de Bela era um pouco doido. Não havia como negar.

– Não fale de meu pai desse jeito! – Bela se virou e lançou-lhes um olhar severo. Essa foi a primeira vez que Bela deixou transparecer sua raiva. E Gaston sabia que, se quisesse conquistar o coração daquela garota, zombar do pai dela não era a maneira de fazer isso.

– É, não fale do pai dela desse jeito! – Gaston se apressou em dizer, batendo na cabeça de LeFou. Mas Bela ainda estava com raiva. Ela ficou parada lá, olhando feio para eles.

— Meu pai não é louco! Ele é um gênio! — ela exclamou quando algo explodiu no porão de sua casa, fazendo levantar fumaça. Muito provavelmente, uma das engenhocas malucas do velho Maurice.

Enquanto ela saía correndo, Gaston disse:

— Não me importo com o que dizem sobre ela, LeFou! Vou me casar com aquela garota e você vai me ajudar a fazer isso!

E Gaston falava sério. Todo o restante estava derretendo. Não havia mais nada que importasse. Ele tinha que se casar com Bela. Era uma sensação na boca do estômago, uma urgência inexplicável empurrando-o, quase como se sua vida dependesse disso.

CAPÍTULO XXI

DO LIVRO DOS CONTOS DE FADAS

O espião das Irmãs Esquisitas

Irmãs Esquisitas falando. Não se preocupem, queridos, em breve voltaremos às tosquices de Gaston. Não que vocês já não saibam o que vai acontecer. Que desastre foi seu casamento surpresa, mas longe de nós darmos spoiler. Tenho certeza de que vocês já devem ter percebido que todas essas histórias estão entrelaçadas, uma teia intrincada, tecida como os fios do destino. Portanto, tenham paciência conosco, queridos, enquanto compartilhamos algumas páginas do Livro dos Contos de Fadas.

No topo de uma colina gramada havia uma mansão verde-escura em estilo casinha de biscoitos de gengibre enfeitada em dourado e com venezianas pretas. Seu telhado se elevava contra o céu, com um formato parecido com um chapéu de bruxa. Estávamos aconchegadas lá dentro, tomando nosso chá da manhã. Martha vinha trazendo scones de mirtilo quando me ouviu gritar de alegria.

— Ela está aqui! Ela está aqui!

Ruby e Martha correram até a janela, tropeçando para ver *quem* estava ali. Nós a observamos trilhar o caminho de terra enquanto seus lindos olhos dourados delineados em preto brilhavam com pequenas manchas verdes na luz da manhã. Ficamos muito felizes por finalmente tê-la em casa.

— Pflanze, olá! Nós vimos tudo! Nós vimos tudo! Você trabalhou bem, nossa querida.

Talvez vocês estejam se perguntando como vimos tudo o que estava acontecendo no castelo. Talvez tenham pensado que era através de um dos nossos muitos espelhos mágicos e, em alguns casos, era, mas também era Pflanze. Sim, Pflanze, a velha gata de Gaston, a gata que Tulipa tanto amava quando estava no castelo.

E tudo teria acontecido como planejamos se Circe não tivesse percebido que estávamos nos intrometendo, depois de termos prometido a ela que não faríamos isso. Tentamos fazê-la pensar que estávamos apenas espionando, apenas de olho no príncipe.

— E o que vocês viram? — ela perguntou, entrando na sala. E, assim, nossas palavras choveram sobre ela como uma tempestade. Não conseguimos evitar. E a pobre Circe foi apanhada pela agitação das nossas histórias fragmentadas. Estamos muito gratas por não falarmos mais assim. Quando olhamos para nós mesmas, como éramos naquela época, é como se fôssemos bruxas totalmente diferentes. E suponho que fôssemos.

— Ah, vimos de tudo!

— Coisas desagradáveis e terríveis!

— Pior do que imaginávamos!

— Assassinato!

— Mentiras!

— Uma fera feia, asquerosa e horrível!

— Corações despedaçados, romances malfadados!

— Ah, estamos rimando agora? Que adorável!

Circe pôs fim àquilo antes que a rima continuasse.

— Não, não, não estão! Sem rima! Agora se acalmem e me contem tudo, de forma contínua. Eu sei que vocês conseguem.

E foi isso que fizemos: contamos tudo a ela. Tudo o que aconteceu desde a maldição – e é claro que ela se sentia responsável, especialmente pelo que aconteceu com Tulipa.

— Foi o príncipe que fez isso com ela, Circe, não você!

— Eu sei, mas ele destruiu Tulipa e sua família para quebrar a maldição! Minha maldição! – Sabíamos que fora um erro contar a ela no momento em que abrimos a boca. Sabíamos que ela sentiria que precisava fazer alguma coisa e não havia nada que pudéssemos dizer para influenciar sua convicção. Mas nós tentamos.

— A Velha Rainha Grimhilde destruiu a terra e deixou um rastro de desastre e morte em seu caminho. Devemos nos culpar?

Não queríamos que Circe se culpasse por Tulipa ter pulado do penhasco, assim como não poderíamos nos culpar por Grimhilde ter feito o mesmo tantos anos antes. Por mais que tentássemos, não conseguíamos controlar tudo. Além disso, Tulipa foi salva pela Bruxa do Mar Úrsula. Ela estava bem. Não havia nada para Circe se preocupar.

— O que a Bruxa do Mar exigiu em troca?

— Você faz tão pouco de nossas amizades? — Ruby ficou magoada com a pergunta. Todas nós ficamos.

— E como vamos saber o que Úrsula tirou dela? Não estamos a par do que acontece em todos os reinos. — Mas Circe tinha certeza de que isso era mentira. Claro que sabíamos. Sabíamos mais do que Circe poderia ter imaginado na época. Mas ela tinha um pressentimento. Ela era muito mais poderosa do que imaginava na época. Ela não era a rainha que é agora, mas estava dando os primeiros passos que a levariam ao seu destino.

— Ela não tirou nada que Tulipa realmente precisasse. — Circe não estava convencida. Não tinha motivos para confiar em nós; ela conhecia nossos costumes. Mesmo que estivéssemos apenas tentando protegê-la.

— Quero que vocês acertem as coisas com Úrsula! Deem algo a ela em troca do que ela tirou de Tulipa! E eu vou resolver os assuntos do reino Morningstar!

Ruby e Martha entraram em pânico, como acontecia frequentemente naquele tempo, relutantes e ansiosas com a ideia de doar qualquer um de nossos bens mais preciosos.

— Mas o que vamos dar a ela? Nada muito precioso. Nada do cofre.

— Circe gostaria que doássemos todos os nossos tesouros! Primeiro, um dos nossos espelhos encantados, e agora?

Mas eu sabia exatamente o que iríamos dar a ela. E não era muito precioso. Minhas irmãs desmioladas tinham se esquecido daquilo, escondido no fundo da despensa. Estava em um saquinho de veludo amarrado com um cordão. Entreguei-o para Circe levar com ela para Morningstar.

— Quando você chegar em Morningstar, vá até os penhascos e dê isso a Úrsula. Ela estará lá esperando por você.

E essa foi a última vez que vimos nossa querida Circe por mais tempo do que gostaríamos de reconhecer.

Às vezes, um simples ato pode causar repercussões inesperadas ao longo da vida. E dar o colar de conchas de Úrsula a Circe naquele dia nos colocou em caminhos que nunca imaginamos. Mas não vimos isso então. Tudo o que sabíamos era que Circe estava determinada a ajudar Tulipa, e muito possivelmente o príncipe. Conhecíamos nossa filha e conhecíamos seu coração. E, se você leu a história da fera, sabe que no fim foi Circe quem interveio e ajudou Bela e a fera, e ela é a razão pela qual eles estão juntos hoje.

Mas não sabíamos disso na época, então nosso objetivo era garantir que o príncipe não quebrasse a maldição. Vimos no Livro dos Contos de Fadas que seria Bela quem poderia ajudá-lo a quebrá-la, e tivemos que fazer tudo ao nosso alcance para garantir que isso não acontecesse.

Mesmo que isso significasse eliminar Gaston no processo. Mesmo que isso significasse deixá-lo louco de desejo por Bela e de sede de sangue pela fera. Então, fizemos o que as bruxas fazem de melhor.

CAPÍTULO XXII

A SURPRESA

Gaston deixou LeFou desempenhando tarefas durante toda a manhã, preparando-se para a grande surpresa. Ele estava correndo por toda a cidade cuidando dos preparativos e todos ficaram felizes em ajudar. Afinal, isso era para Gaston e não havia nada que as pessoas daquela aldeia não fizessem por ele. O padeiro ficou feliz em fazer o bolo de casamento, e o celebrante não se importou com um casamento de última hora. LeFou não teve problemas em montar a banda, ou em encontrar voluntários para preparar o banquete de casamento, ou em reunir homens para construir um estrado e arrumar as mesas e cadeiras da festa. E, claro, todos ficaram felizes em participar. Tudo o que LeFou precisou fazer foi anunciar na taverna que Gaston iria se casar e todos estavam prontos para participar da comemoração.

Estava tudo preparado para o casamento de Gaston e Bela. Tudo preparado e arrumado, bem na frente da casa de Bela, mas do outro lado de uma cerca viva alta, para que ela não visse o que estavam fazendo. A única coisa que faltava era a noiva.

— Puxa vida! A Bela vai ter uma grande surpresa, não é, Gaston? – LeFou comentou enquanto Gaston puxava um galho da cerca viva, revelando a casa de Bela.

— É. É o dia de sorte dela! – Gaston disse, largando o galho, que acertou LeFou bem na cara.

Enquanto olhava para todos os seus convidados, ele pensou consigo mesmo como este seria o ponto alto da vida de Bela. Um sonho tornado realidade. O dia em que ela se casaria com o homem mais corajoso e bonito da cidade. Ele mal podia esperar para mostrar a ela sua surpresa.

— Agradeço a todos por virem a meu noivado. Primeiro, vou lá e peço a mão dela... – Todos riram muito, exceto Claudette, Laurette e Paulette, que choravam ao pensar em Gaston se casando com alguém que não era uma delas. Gaston supôs que não houvesse mulher na cidade que não desejasse poder se casar com ele. E Bela sem dúvida se sentiria honrada por ele a ter escolhido. Aquilo seria muito fácil!

— LeFou. Quando Bela e eu sairmos daquela porta...

Mas LeFou não deixou Gaston terminar.

— Ah, já sei, já sei! Eu vou reger a banda. – Ele estava tão animado para mostrar a Gaston que tinha tudo sob controle que começou a comandar a banda para tocar no mesmo instante. Gaston revirou os olhos.

Obviamente, a banda estava na taverna quando LeFou encontrou os integrantes. Não importava. Tudo seria perfeito desde que LeFou não estragasse tudo.

— Ainda não! – Gaston bateu com a tuba na cabeça do idiota. Que palerma LeFou poderia ser às vezes. Não importava.

O momento estava próximo. Ele bateu à porta e esperou que Bela atendesse. Pareceu-lhe que estava parado na varanda da frente havia uma eternidade. O que ela estava fazendo lá dentro? Por que estava demorando tanto? Quanto tempo ele teria que esperar para se casar com aquela garota? Era enlouquecedor.

O que há de errado com você, homem? Acalme-se, ele disse a si mesmo. Por que estava em tamanho pânico? Por que isso de repente se tornara tão urgente?

Quando ela finalmente abriu a porta, estava usando o mesmo vestido azul e avental branco de antes. Não importava. Ela era linda independentemente do que vestisse. Seria a noiva perfeita. Sua noiva. A noiva mais sortuda do mundo.

– Gaston! Mas que bela... surpresa. – Gaston foi entrando na casa e fez uma de suas melhores poses, colocando as mãos no cinto para exibir seu novo traje chique. Não havia como resistir a ele com seu novo colete dourado e longo casaco vermelho. Ele não conseguia se lembrar de ter se sentido mais bonito do que naquele dia. O que era incrível, já que ele sempre se sentia bonito.

– Você gostou? Eu sou sempre cheio de surpresas. Sabe, Bela, não há uma garota na aldeia que não fosse adorar estar em seu lugar. Hoje é o dia... – ele disse, distraindo-se com seu próprio reflexo no espelho e parando um momento para admirá-lo. Sim, ele estava mais bonito do que nunca. Nenhuma dúvida quanto a isso. – Hoje é o dia de realizar seus sonhos. – E estava falando sério. Ele acreditava. Sentia isso em seu âmago.

– O que você sabe sobre meus sonhos, Gaston?

– Bastante. Olhe, imagine. – Ele se sentou em uma poltrona e cruzou as botas cobertas de lama sobre o livro de Bela, que estava aberto em cima da mesa. Ele poderia se acostumar com aquilo, pensou, e tirou as botas, revelando as meias surradas e cheias de buracos. Era bom tirar as botas, mexer os dedos dos pés e imaginar sua futura vida com Bela.

– Uma cabaninha rústica, minha última caça assando no fogo, minha esposinha... massageando os meus pés, pequeninos brincando no chão com os cães. – O que era aquela expressão no rosto dela? Repulsa? Talvez ela não gostasse de cachorros.

– Teremos seis ou sete – disse ele, abrindo seu melhor sorriso.

– Cães?

– Não, Bela! Garotos robustos, como eu!

– Imagine só. – Ele percebeu que ela estava nervosa enquanto se ocupava com a casa, pegando o livro, colocando o marcador nas páginas e devolvendo-o à estante. Estava tão emocionada com a proposta dele e com a vida que ele havia planejado para os dois que não sabia o que dizer? Ou ela não entendera? E ele ali, achando que Bela fosse inteligente.

– E sabe quem será a esposinha?

– Quem será? – perguntou Bela, fingindo que não sabia que era ela. Ou estaria fingindo? Estava apenas bancando a difícil ou ela realmente não entendia? Gaston tinha a sensação de que Bela estava brincando com ele. Bem, ele estava farto daqueles joguinhos. Não poderia ter sido mais claro. Talvez fosse hora de ser mais direto.

– Você, Bela! – Ele se aproximou e a encurralou, mas ela rapidamente escapuliu por baixo do braço dele e foi até o outro lado da sala. Jogar duro para conseguir era uma coisa, mas aquilo estava indo longe demais. Todos sabiam que ela iria se casar com ele. Todos, ao que parecia, exceto ela.

— Gaston, estou... estou... sem palavras. Eu não sei o que dizer — falou ela enquanto Gaston empurrava cadeiras e qualquer outra coisa que estivesse entre ele e sua futura esposa para fora de seu caminho. Então, finalmente ele a alcançou. Ela estava de costas contra a porta, de frente para ele. Por fim, teriam seu momento.

— Diga que casa comigo.

— Lamento muito, Gaston, mas... mas... acho que não mereço você — disse ela, abrindo a porta e fazendo-o cair da varanda em uma poça gigante.

Enquanto estava ali sentado, mortificado, coberto de lama, ele viu suas botas sendo atiradas para fora antes que ela fechasse a porta.

Gaston se sentia um idiota e parecia um. Mas enquanto a banda tocava "Lá vem a noiva", ele percebeu uma coisa. Ela não o recusara. Não de verdade. Ela simplesmente não acreditava que o merecesse e, embora isso fosse provavelmente verdade, não importava. Ele a queria. Caramba, ele poderia ter quem quisesse. Mas queria Bela, ainda que nem tivesse certeza do motivo. Então, como ele iria provar que ela era digna? Como ele seria capaz de acalmar o receio dela de não merecê-lo? E que mulher não gostaria de um casamento surpresa, afinal? E com o homem mais bonito da cidade? Estaria ela tão confusa quanto seu pai? Estava tentando fazer Gaston parecer um idiota? Ele não sabia, mas de uma coisa tinha certeza: não gostava de ser feito de bobo, por engano ou acaso. E ele faria qualquer coisa para fazê-la se casar com ele.

— Eu vou ter Bela como esposa, pode apostar em minha palavra!

CAPÍTULO XXIII

NINGUÉM LUTA COMO GASTON

Mais tarde naquela noite, Gaston se viu de volta à taverna com LeFou, lambendo as feridas. Não sabia ao certo como se sentia: irritado, magoado ou confuso? Talvez tudo junto. Mesmo que Bela não se sentisse digna dele, como ela poderia humilhá-lo publicamente daquele jeito? Não havia ninguém na cidade que não tivesse ouvido falar de como ela o recusara e o expulsara de casa. E como isso o fazia parecer? Não. Como isso *a* fazia parecer? Sem dúvida, todos se perguntavam como ela poderia resistir a seus encantos e a uma proposta de casamento tão romântica.

Ele não conseguia pensar direito. Sua mente estava acelerada, era como um redemoinho, girando. Ele ouviu as mesmas palavras sendo entoadas repetidamente em sua mente: *Você tem que se casar com Bela.* Ele não sabia quem estava dizendo as palavras. Era ele? Esses eram seus próprios pensamentos? Não parecia ele. Era outra pessoa? Houve momentos em que ele pensou que eram vozes de mulheres; três, na verdade. Vozes que ele pensava conhecer, mas não conseguia identificar. Isso o estava deixando louco. Ele ao menos queria se casar com Bela? Claro que sim. Precisava disso. Não havia como voltar atrás agora.

– Quem ela pensa que é? Está brincando com o homem errado. Ninguém diz "não" pra Gaston! – A última coisa que ele desejava era se sentir fraco na frente dos outros homens, ainda mais LeFou. Ele precisava salvar sua reputação.

Precisava colocar a cabeça no lugar.

– Tem toda razão!

– Repudiado. Rejeitado. Publicamente humilhado. Ah, isso é demais pra um homem! – Ele virou a cadeira para que os outros não o vissem agindo como uma criança.

– Mais cerveja? – Era típico de LeFou tentar animá-lo, mas nem a cerveja estava ajudando. Não havia nada que alguém pudesse fazer.

– Pra quê? Nada consola. Sou um desgraçado.

– Quem, você? Jamais. Gaston, você tem que voltar logo a ser o que era. – E era verdade, Gaston nunca estivera tão deprimido, e era típico de LeFou tentar animá-lo. E sem saber como aquilo aconteceu, todos na taverna começaram a balançar de um lado para o outro, cantando louvores a Gaston. O turbilhão de vozes que o enlouquecia foi substituído pela cantoria de seus amigos. Ah, sim, era disso que ele precisava para levantar seu ânimo. Era disso que se tratava a vida, estar na companhia de homens bons que davam valor às suas qualidades. Pessoas que o amavam. Por quem ele era.

E bem no momento em que os amigos de Gaston o celebravam com sua música, no momento em que ele estava se sentindo melhor e mais parecido com ele mesmo, ou talvez uma versão sua ainda melhor do que antes, o pai de Bela, Maurice, entrou cambaleando na taverna deixando lá fora o frio congelante. Gaston tinha certeza de que o homem estava ali para perguntar o que acontecera com Bela. Se alguém poderia convencer Bela a agir com bom senso, esse alguém era o pai dela, por isso, por um instante, Gaston ficou satisfeito em vê-lo. Mas não parecia que Maurice estivesse em condições de fazer alguma coisa, tremendo e em pânico como estava.

– Socorro! Alguém me ajude.

– Maurice?

– Por favor! Por favor, eu preciso de ajuda! Ele a pegou. Ele a prendeu no calabouço. – As coisas que Maurice falava estavam fazendo menos sentido ainda do que o normal. Nenhum deles sabia do que ele estava falando.

– Quem? – perguntou LeFou.

– Bela! Temos que ir! Não podemos perder um minuto! – exclamou Maurice.

– Ô-ô! Devagar, Maurice. Quem prendeu Bela, afinal de contas? – Gaston queria entender direito aquilo. Não havia como ele tolerar que alguém trancasse sua futura noiva em um calabouço.

– A fera! Uma fera monstruosa e horrível! – Maurice corria de homem em homem, implorando ajuda. Mas eles apenas riam. Essa não era a primeira vez que Maurice entrava na taverna dizendo coisas estranhas, e os homens estavam todos exaltados depois de um longo dia. Eles resolveram que iriam se divertir um pouco com o pobre velho.

— E de que tamanho?

— Grande!

— Com um focinho grande e feio?

— Uma cara horrenda!

— Com os caninos afiados?

— É, é. Vão me ajudar?

— Está bem, velhote, nós vamos livrá-lo disso – disse Gaston.

— Ah, vão? Obrigado, obrigado, obrigado! – agradeceu Maurice. E três dos homens o pegaram e atiraram pela porta da taverna.

— Velho louco Maurice.

— Ele mata a gente de tanto rir!

— Velho louco Maurice. Velho louco Maurice. Humm. – Gaston teve uma ideia.

Ele sabia que, se Maurice tivesse realmente ficado cara a cara com a fera, não teria sobrevivido para contar a história. Se um caçador habilidoso como Gaston mal havia escapado com vida, não tinha como Maurice conseguir. Além disso, a Fera de Gévaudan era um animal selvagem. Não andava por aí colocando pessoas em calabouços. Ela as devorava. Não, essa era apenas uma das histórias de Maurice.

Todo mundo sabia que ele era um velho excêntrico, sempre falando sobre uma coisa e outra. Não fora ele o mesmo homem que entrara na taverna alegando que as corujas não eram o que pareciam? O que isso significava? E, naquela mesma noite, disse que estava construindo uma engenhoca que poderia cortar madeira em toras. Quem já ouviu falar de tal coisa? E por que alguém iria querer ou precisar disso? Todos estavam cansados de suas histórias, engenhocas e noções malucas sobre as coisas. E esse era apenas mais um exemplo.

Não, Maurice estava apenas dizendo bobagens, como sempre. Mas Gaston tinha uma ideia de como isso funcionaria a seu favor. Ele só precisava de uma forma de convencer Monsieur D'Arque, o homem que dirigia o sanatório, a seguir seu plano.

CAPÍTULO XXIV

MORTE À FERA

D'Arque ficou mais do que feliz em atender ao pedido de Gaston de colocar Maurice no sanatório se Bela não concordasse em se casar com ele. Estava claro que D'Arque sabia muito bem que Maurice era apenas um homenzinho estranho que amava apenas uma coisa mais do que seus aparelhos barulhentos: sua filha, Bela. E Bela não amava ninguém mais do que seu pai. Gaston quase se sentiu mal por ir tão longe, mas havia algo que o pressionava, como se algum poder estranho o dominasse. E não era apenas a beleza de Bela; era outra coisa. Talvez fosse o destino, ele não tinha ideia. Tudo o que ele sabia era que precisava se casar com ela e faria qualquer coisa para convencê-la a dizer "sim". Desde que fora atacado na floresta, parecia que faltava alguma coisa, algo que ele não conseguia explicar. Gaston tinha uma sensação estranha de vazio, como se tivesse perdido uma coisa importante, ou alguém importante, como se não estivesse completo, mas não sabia o que era. Depois que percebeu que nutria sentimentos por

Bela, começou a pensar que talvez, uma vez que ela fosse sua esposa, ele se sentiria bem e completo novamente.

Parecia que D'Arque estava satisfeito com o acordo, e por que não estaria? Gaston certificou-se de que seus cofres estivessem cheios e D'Arque ficou feliz por ter feito uma nova aliança com Gaston. Juntos, eles estavam prestes a participar de uma boa trapaça à moda antiga.

Até mesmo Gaston teve que admitir quão intimidante D'Arque parecia agora, iluminado pela luz das tochas enquanto eles estavam diante da casa de Bela. Parecia a Gaston que a coisa que aquele homem mais adorava era causar medo. E essa era uma característica que Gaston admirava.

Gaston e sua turba estavam reunidos com força total em frente à casa de Bela e Maurice. Estavam perto da carroça de D'Arque, pronta para levar Maurice, caso Bela se recusasse a se casar com Gaston. Eram um bando de desordeiros que Gaston reunira na taverna. Não havia nada tão ameaçador quanto um grupo de arruaceiros depois de uma longa noite de bebedeira, com ouro nos bolsos e ódio no coração. Tudo isso, nesse caso, abastecido por Gaston.

Não havia dúvida de que Bela se casaria com ele agora. Ela não poderia resistir, nem se sair melhor. Quem mais na cidade a aceitaria, com seus modos estranhos? E como ela poderia dizer "não", dadas as circunstâncias? Ele iria compensá-la depois que se casassem. Ela seria a mulher mais feliz do mundo. Quem não seria? Afinal, ela estaria casada com ele.

E, com isso, ele bateu à porta dela.

Bela atendeu à batida timidamente, com os olhos cheios de medo.

— O que deseja?

— Eu vim para internar seu pai – respondeu D'Arque.

Seu rosto murcho, semelhante a uma caveira, parecia horrível e ameaçador à luz das tochas.

— Meu pai? – Ela parecia confusa.

— Não se preocupe, mademoiselle. Nós cuidaremos bem dele – disse D'Arque, com a cara da morte.

Gaston percebeu que Bela estava tomada de medo. Ela entendeu o que estava acontecendo imediatamente. Viu a carroça de D'Arque ao longe. Sabia que estavam levando seu pai para o hospício.

— Não, não podem fazer isso! – ela protestou, tentando detê-los a todo custo. Estava com medo e desesperada, e seu olhar de repugnância pela traição quase fez Gaston cancelar tudo. Algo no medo nos olhos dela o lembrou de alguém, uma mulher que fora magoada – não por ele, mas por sua cumplicidade. O que ele estava fazendo? Mas sua cabeça começou a girar novamente, as vozes estavam de volta, incentivando-o, dizendo-lhe que seria motivo de chacota se Bela não se casasse com ele, que ficaria sozinho. Que morreria se não se casasse com Bela. Então, Gaston balançou a cabeça, livrando-se de suas dúvidas, e prosseguiu com seu plano. E deveria ter funcionado.

Era um plano simples e direto. Se Bela concordasse em se casar com ele, Gaston convenceria D'Arque a não levar Maurice embora. Bela era teimosa. Ele esperava isso, e de certa forma a admirava por tal, mas o que não esperava era uma prova de que o pai dela realmente havia visto uma fera. Ela levantou um espelho de mão e revelou o monstro para todos verem. E ele ficou chocado. Profundamente abalado.

Gaston não conseguia acreditar no que estava vendo; era a mesma fera que o atacara na floresta. A mesma fera que havia matado seus pais. Ele não entendia por que não acreditara em Maurice no momento em que pediu ajuda. Gaston não conseguia descobrir o que havia de errado com ele ultimamente. Era quase como se ele tivesse esquecido que fora atacado. Sua cabeça estava tão confusa, e só conseguia pensar e se importar com Bela. Mas ver aquele monstro no espelho de Bela desencadeou algo, uma faísca, e ele sabia que já tinha visto aquela fera antes. E o que havia de errado com Bela, defendendo aquele monstro? Ele acabara de ouvi-la dizer que ele foi gentil e bondoso? Teria a fera lançado algum tipo de feitiço de amor sobre Bela, ligando-a a ela para sempre? Aquilo era uma loucura.

— Se eu não a conhecesse, diria que está caidinha por esse monstro — disse ele, olhando para Bela.

— Ele não é monstro, Gaston. Você é! — Gaston tinha certeza de que Bela estava sob algum feitiço perverso. Obviamente, aquela fera tinha algum tipo de magia. De que outra forma ela teria conseguido o espelho mágico se não fosse da fera? Aquilo era uma loucura. Ela estava delirando.

— Ela é tão louca quanto o velho — declarou ele, enquanto arrancava o espelho da mão dela. Ele precisava fazer alguma coisa. Tinha que quebrar aquela maldição maligna que a fera lançara sobre Bela. Tudo fazia sentido agora, por que ela não queria se casar com ele. Por que ela nunca prestara atenção nele. Deve ter sido a influência da fera o tempo todo. Encantando-a de alguma forma à distância, atraindo-a para seu covil, onde poderia tê-la só para si. Bem, ele não iria deixar Bela ficar trancada para sempre. Não iria deixar a fera aterrorizar a região, matar mais pessoas inocentes. Iria acabar com a criatura e quebrar o feitiço maligno que ela lançara sobre sua querida Bela. Uma vez que o feitiço fosse quebrado, ela perdoaria o que ele precisou fazer para protegê-la e a todos os outros na aldeia.

    Ele mataria a fera.

CAPÍTULO XXV

IRMÃOS DE SANGUE

Alimentados pelo medo e pela raiva, Gaston e os outros aldeões aventuraram-se em direção a um pesadelo através das brumas e da floresta, através da escuridão e das sombras até chegarem ao castelo. Era um lugar aterrorizante, envolto em uma escuridão monstruosa. Para onde quer que olhassem havia estátuas de gárgulas e outras criaturas repugnantes, assomando na escuridão, olhando para eles. Gaston podia sentir os olhos daquelas coisas sobre ele e ouvir sussurros dentro das paredes. Não conseguia entender o que estavam dizendo, ou se estavam mesmo dizendo alguma coisa. Mas não podia deixar que a atmosfera o distraísse de seu propósito. Ele estava lá para salvar Bela, acabando com aquela fera de uma vez por todas.

Enquanto a multidão invadia o castelo, Gaston perseguia sua presa, procurando silenciosamente pela fera em todos os aposentos. Ele não tinha certeza do motivo, mas algo no castelo parecia familiar. Era uma sensação muito estranha; ao passar de cômodo em cômodo, sentia como se já tivesse estado ali antes.

Deparou-se com um quarto que parecia diferente dos outros, decorado como ele decoraria um quarto para si próprio. Na penteadeira, havia dois objetos que pareciam deslocados: um candelabro fino de ouro e um relógio de corda de aparência rabugenta. Na mesa de cabeceira, havia um bule atarracado e alegre e uma pequena xícara lascada sobre um pires. Sua mente começou a mudar à medida que imagens de rostos que ele não reconhecia apareciam em sua mente. E, novamente, ele se perguntou o que estava fazendo. Por que ele estava ali.

Ele desanuviou a mente e se lembrou. Ele estava ali para salvar Bela. Para matar a fera. Não iria perder alguém que amava para aquele monstro. Então, ele se livrou da confusão e tentou ignorar os sussurros, e continuou procurando, até que finalmente avistou a fera.

Ela estava sozinha, parecendo estar esperando Gaston chegar lá. Por um breve momento, sentiu pena dela. Como se a criatura conhecesse o seu destino. Como se já tivesse sido derrotado antes da chegada de Gaston. Havia algo em seu comportamento que disse a Gaston que a fera sabia que estava prestes a morrer. Gaston mirou enquanto a fera lentamente o encarava. E assim que Gaston lançou sua flecha, viu tristeza em seus olhos. Por um momento fugaz, Gaston sentiu a dor da fera quando a flecha atingiu seu ombro. Quis gritar de dor também, enquanto a fera rugia.

Antes que Gaston soubesse o que estava fazendo, antes que a fera pudesse retaliar, Gaston atacou a criatura. Foi puro instinto e fez com que os dois saltassem pela janela para a varanda. Eles lutaram, até que Gaston encurralou a fera na beira do telhado. A fera ficou ali sentada, com ódio de si mesma e desespero enquanto Gaston zombava da criatura, rindo dela. Querendo saber como ele já tivera medo daquele monstro. Como aquela criatura fraca e patética poderia ser a Fera de Gévaudan? Como aquilo matara seu pai, o homem mais corajoso, mais forte e melhor que ele já conhecera?

– Levante! Levante! O que foi, Fera? Bom e gentil demais pra me atacar?

Mas a fera nem olhou para ele. Merecia seu destino. Sabia que um dia Gaston viria buscá-lo. Como poderia ser diferente, depois de tudo que a fera havia feito?

Enquanto estava ali, Gaston teve a chance de quebrar um pedaço irregular do telhado que ele poderia usar como um porrete. Ele o ergueu no ar, pronto para quebrar o crânio da fera, quando ouviu a voz de Bela lá embaixo, gritando de terror.

– Não!

Com uma palavra, ela partiu seu coração. Bela não tinha medo *por* Gaston. Ela estava com medo *dele*. Com medo de que Gaston matasse a fera. Ele ouviu a fera murmurar o nome de Bela enquanto arrancava a arma de Gaston de sua mão. A criatura encontrou forças e se levantou, rugindo na cara de Gaston.

Foi uma luta terrível, os dois brigando perigosamente no telhado, até que a fera conseguiu escapar das garras de Gaston e se esconder entre as sombras. Gaston não conseguiu encontrá-la. Não podia acreditar que havia deixado a fera escapar novamente. Mas não tinha escapado, não é? Ele o teria visto fugir. Não, o monstro estava se escondendo como o covarde que era.

– Venha até aqui e lute! Está apaixonado por ela, Fera? E acha que ela vai querer você quando tem alguém como eu?

A fera saltou de seu esconderijo entre as gárgulas. Algo sobre o que Gaston acabara de dizer lhe parecia familiar. Como ele havia dito aquelas palavras antes. Não, não era isso. Palavras como aquelas haviam sido ditas a ele, mas por quem? Ele se livrou da agitação de meias-lembranças e imagens que giravam em sua mente. Não podia se distrair. Tinha que se concentrar. Precisava salvar a si mesmo e a Bela daquele monstro.

– Acabou, Fera! Bela é minha! – ele disse, mas a fera envolveu sua mão monstruosa em volta do pescoço de Gaston e apertou-o ao segurá-lo sobre a beirada do telhado. Enquanto estava pendurado ali, Gaston sentiu o mundo desaparecer sob seus pés. Ele sabia que a morte esperava por ele lá embaixo. Sua mente foi novamente inundada por lembranças veladas, a maioria das quais ele não entendia, mas que de alguma forma sabia que pertenciam a ele. Coisas que ele havia esquecido.

– Não, não, não me solte! Não me solte! Não me deixe cair! Eu faço qualquer coisa! Faço qualquer coisa! – Gaston gritou, implorando à fera por sua vida, e então ele viu a raiva da fera se dissipar, e em seus olhos percebeu algo que reconheceu quando a fera puxou Gaston de volta para o telhado. As lembranças estavam começando a entrar em foco agora. Lembranças fortes, infelizes e horríveis, cheias de tristeza, dor e repulsa.

– Saia daqui! – a fera rugiu, soltando Gaston, voltando sua atenção para Bela, que corria para a varanda.

Gaston observou enquanto a fera subia a varanda para alcançar Bela. Sua mente era um turbilhão de meias-lembranças e medo. E, então, teve uma iluminação. Ele conhecia aquela fera, e não porque tivesse sido atacado por ela. As lembranças de Gaston estavam embaralhadas e confusas. Apenas flashes inundavam sua mente. Recordações parciais e meias-verdades. Ele não viu a história inteira. Não viu toda a verdade. Viu apenas as coisas horríveis que o príncipe havia feito, a dor que causara a Gaston. Ele se lembrou da Senhora Potts e da noite em que ela contou a Gaston como sua mãe havia morrido. Viu a dor nos olhos dela quando ela descreveu a fera comendo sua mãe viva. Lembrou-se da noite em que o príncipe insistiu que desobedecessem ao pai de Gaston e caçassem a fera, causando a morte medonha e horrível de seu pai. E ele se lembrou de ter mandado a princesa Tulipa embora para mantê-la a salvo do príncipe.

Como ele poderia ter esquecido tudo isso? Enquanto ele estava ali, observando Bela e o monstro olhando um para o outro com amor, sabia que tinha que salvá-la também daquela criatura horrível. Aquele homem horrível. Ele tinha que matar a fera para proteger Bela. Tinha que matá-lo para vingar sua família.

Gaston ficou enojado com a ideia de Bela estar com aquele monstro, e ele precisava fazer tudo o que pudesse para protegê-la. Aproximou-se deles o mais lenta e silenciosamente que pôde e pegou a fera de surpresa! Usando toda a sua força, cravou sua faca o mais fundo possível nas costas da criatura. A fera rugiu de dor quando Gaston rapidamente removeu a lâmina e o atacou, dessa vez para matá-lo. Ele errou, e os dois cambalearam na beirada da sacada, perdendo o equilíbrio. Ambos ficaram perigosamente perto de mergulhar para a morte. Naquele momento, Gaston estava pronto para morrer. Pelo menos, levaria a fera com ele. E Bela estaria livre de ambos.

Mas, então, ele viu a mão de Bela estendida, mas não para ele. Isso o lembrou da estátua da mãe em frente ao mausoléu, estendendo-lhe a mão, como se estivesse chamando Gaston para se juntar a ela do outro lado. E num piscar de olhos Gaston se lembrou. Ele viu a verdade. Viu tudo. Sua mente não estava mais obscurecida por uma névoa espessa. E todos os seus pensamentos eram seus. Viu tudo claramente. A história dele e do príncipe, quase como um dos livros que ele e Reizinho liam juntos. Lembrou-se de seu melhor amigo, o homem que amava. Como um irmão. Mais que um irmão. O homem que disse que não tinha espaço em seu coração para ninguém além dele.

E com os poucos momentos que lhe restavam, antes de cair para a morte, Gaston esperava que seu amigo tivesse realmente aberto espaço em seu coração para outra pessoa, e com Bela ele finalmente quebraria a maldição.

EPÍLOGO

UM CHAMADO DA FLORESTA DOS MORTOS

Lucinda, Ruby e Martha estavam na biblioteca do Submundo comendo bolo sob o brilho das chamas azuis dançantes. Elas liam enquanto esperavam por Hades, que estava no cais da barca pronto para receber as almas recentemente mortas. Pflanze estava enrolada entre Martha e Ruby no sofá de dois lugares, e Lucinda estava sentada em frente a elas, sorrindo. Não conseguia se lembrar da última vez que estivera tão feliz. A qualquer momento, Hades chegaria em casa e eles fariam seu banquete noturno com os recém-falecidos.

A vida após a morte deles era boa. Melhor do que boa. Era uma delícia. E ela sabia que Circe, Primrose e Hazel poderiam lidar com qualquer coisa que aparecesse em seu caminho. Eram muito mais poderosas do que ela e suas irmãs jamais foram, não que ela fosse admitir isso. Não para ninguém além de Hades, porque não fazia sentido mentir para um deus.

Enquanto estava ali sentada, esperando a sineta tocar para avisar que era hora de ir até o salão de jantar para cumprimentar Hades e seus convidados, ela ouviu a voz de Circe em seu espelho encantado na parede. Presumiu que tinha algo a ver com Branca de Neve. Branca escrevera para as rainhas dos mortos, com medo de que houvesse algo errado com o espelho de Grimhilde, e pediu ajuda. Lucinda não detestava Branca como antes, mas seu ódio por ela já fora tão amargo que era difícil esquecer completamente o gosto. Ela suspirou, levantou-se e foi até o espelho, e nele estava sua doce Circe.

– *Mãe, preciso de sua ajuda. A princesa Tulipa Morningstar pediu nosso auxílio. Ela planeja atacar o castelo do príncipe fera.*

– E suponho que ela tenha os Senhores das Árvores e os Gigantes Ciclópicos a seu lado. Fiquei imaginando quando isso aconteceria.

– *O que você quer dizer? Você previu isso e nunca me contou?*

– Como você *não* viu que isso iria acontecer? Além disso, se eu lhe contasse tudo o que previ, nunca pararia de falar.

Isso fez Ruby e Martha rirem.

– De qualquer modo, você nunca para de falar – disseram elas ao fundo, acenando para Circe do outro lado da sala. Lucinda suspirou. Ela temia que as novas rainhas dos mortos limpassem a bagunça que ela e suas irmãs haviam deixado para trás. Mas também sabia que Circe seria capaz de dar conta disso, especialmente com o apoio de Hazel e Primrose.

– *Ela tem o direito de declarar guerra a ele, é claro. Mas depois de todo esse tempo? E juramos ir em seu auxílio como aliadas. Mãe, o que fazemos?*

– Minha doce menina, você sabe que o tempo não significa nada. Parece que você não tem outra escolha senão juntar seu exército ao dela e marchar para a batalha.

– *Mas não há outro jeito?*

– Se houver, minha querida, tenho certeza de que você o encontrará.

FIM